AF393831

Hanna

Schatten der Liebe

Von Wilma Borghoff

Bibliografische Information der Deutschen Nationalbibliothek: Die Deutsche Nationalbibliothek verzeichnet diese Publikation in der Deutschen Nationalbibliografie; detaillierte bibliografische Daten sind im Internet über dnb.dnb.de abrufbar.

Herstellung und Verlag:
BoD – Books on Demand, Norderstedt.

ISBN: 9 783 759 743 152

Cover: C. Bouzrou, www.agency-of-authors.de
Korrektorat: Stefanie Brandt, www.steffis-buchecke.de

Über das Buch

Die neunzehnjährige Hanna arbeitet als Rettungssanitäterin und trifft bei einem Einsatz den verletzten Daniel, der mit seinen zweiundvierzig Jahren nicht nur attraktiv, sondern auch geheimnisvoll und verschlossen ist. Zwischen ihnen entfacht eine leidenschaftliche Beziehung, die jedoch bald auf harte Prüfungen trifft.

Während Hanna aus einer liebevollen Familie stammt und sich eine Zukunft mit Kindern vorstellt, scheint Daniel aus einer anderen Welt zu kommen. Er lehnt familiäre Bindungen ab und möchte keine eigenen Kinder. Trotz ihrer unterschiedlichen Lebensvorstellungen geben sie ihrer Liebe eine Chance.

Einige Monate später der Schock: Hannas kleine Nichte, die von ihrem Cousin gemeinsam mit der Großfamilie betreut wird, wird entführt. Hannas Welt gerät aus den Fugen. Gemeinsam mit ihrer Familie begibt sie sich auf eine verzweifelte Suche nach dem Baby und deckt eine schockierende Wahrheit auf.

Wird ihre Liebe zu Daniel diesen Belastungen standhalten? Oder werden ihre unterschiedlichen Vorstellungen von Familie und Zukunft unüberwindbare Hindernisse bleiben?

Ein mitreißender Liebesroman, der die Grenzen der Liebe, Familie und Loyalität auf die Probe stellt und mit einer fesselnden Entführungsgeschichte verbunden ist.

Vorwort der Autorin

Liebe Leserinnen und Leser,

Die Geschichte des vorliegenden Romans startet zwei Jahre nach meinem Abenteuerroman „Die Steine der Zwillinge" und teilweise parallel zu meinem Familienthriller »Timos Baby«.

„Die Steine der Zwillinge" schildert die Ereignisse um Nora, die sich in einem kanadischen Nationalpark verirrt, und ihre Zwillingsschwester Helene, die sich mit ihrem Sohn und Noras Tochter auf die Suche begibt.

»Timos Baby« erzählt die Geschichte von Noras Sohn Timo, der drei Jahre nach dem Kanada-Abenteuer Vater wird. Sein Baby wird zwei Monate nach der Geburt entführt und die Familie sucht gemeinsam nach dem Kind.

Hanna, die Protagonistin des vorliegenden Buches, trifft zweieinhalb Jahre nach dem Kanada-Abenteuer auf Daniel und verliebt sich in ihn. In den Start ihrer Liebesgeschichte platzt die Nachricht von Timos baldiger Elternschaft. In den nächsten Monaten erlebt Hanna die Vorbereitungen, um Timo bei der Erziehung seines Kindes zu unterstützen, und die schockierende Entführung des Babys.

Alle drei Bücher können völlig unabhängig voneinander gelesen werden.

In den Jahren 2021 und 2022, in denen Hannas Liebesgeschichte erzählt wird, gab es Coronabeschränkungen, die sich im Buch wiederfinden.

Ich wünsche Ihnen/ Euch viel Vergnügen beim Lesen.

Wilma Borghoff

Kapitel 1

Hanna spürte das Adrenalin in ihrem Körper ansteigen. Blaulicht warf sein rotierendes Licht auf die regennasse Straße und erhellte die einsetzende Dämmerung an diesem kühlen Dezembertag. Die Autofahrer vor ihr fuhren zügig zur Seite und ließen sie passieren. Fast alle. Bis auf einen: Ein grauer Mercedes älteren Baujahrs reagierte langsam und fuhr zögerlich nach rechts. Mark, der den Rettungswagen steuerte, betätigte erneut das Martinshorn, dessen greller Ton durch die Straße schallte.

»Idiot!«, knurrte Hanna mit zusammengebissenen Zähnen. »Geht es noch langsamer? Du könntest selber mal darauf angewiesen sein, dass der Rettungswagen schnell durchkommen muss!«

»Lass gut sein«, ermahnte Mark, der Notfallsanitäter war und quasi ihr Boss. Hanna warf einen raschen Blick zum Fahrersitz. Mark sah gut aus, muskulös, mit dunklen kurz geschnittenen Haaren und tiefblauen Augen. Er war mit seinen achtundzwanzig Jahren neun Jahre älter als Hanna. Ein kurzes Grinsen huschte über sein Gesicht, bevor er wieder mit gerunzelter Stirn nach vorne blickte, wo der Mercedes endlich die Spur freigab.

Hanna liebte ihren Job als Rettungssanitäterin. Sie liebte das Gefühl, gebraucht zu werden und anderen Menschen helfen zu können. Vor wenigen Wochen hatte sie die Ausbildung abgeschlossen, und sie fühlte sich einigermaßen qualifiziert. Die Handgriffe waren routiniert und sie kannte genau ihre Aufgaben: Sie beruhigte die Verletzten, legte auf Anweisung des Notfallsanitäters Druckverbände an, stoppte Blutungen, lagerte die

Verunglückten fachgerecht. Manchmal musste sie Angehörige der Verletzten trösten, oft auch den Verursacher eines Unfalls, die häufig eine Schockreaktion zeigten.

Mark, den sie am liebsten begleitete, hatte ihr beigebracht, keinesfalls die Unfallbeteiligten zu beurteilen, nach dem Motto: ‚der war schuld‘, oder ‚warum hat sie nicht besser aufgepasst‘. An einem Unfallort zählte einzig und allein, den Betroffenen zu helfen. Manchmal wurden sie von Umstehenden bedroht, oder Angehörige beschimpften sie, weil ihnen die Behandlung ihrer Liebsten nicht schnell genug ging. Aber Hanna war darauf trainiert, diese äußeren Einflüsse auszublenden, sich ausschließlich auf ihre Aufgaben zu konzentrieren, die Kommandos des Notfallsanitäters zügig umzusetzen und darauf zu achten, wer welche Hilfe brauchte.

Sie hing an ihrem Job, auch wenn er lange unregelmäßige Dienstzeiten bedeutete und häufig stressig war. Jede Fahrt zu einem Unfallort oder zu einer Person, die sie zu Hilfe gerufen hatte, bot neue Aufgaben und Herausforderungen, ihr Job wurde nie zur Routine. Sie war inzwischen gelassener als in den ersten Wochen, und Mark und die anderen Notfallsanitäter wussten, dass sie sich auf Hanna verlassen konnten.

Endlich hatten sie den Unfallort erreicht. Hanna und Mark stiegen aus dem Wagen, Mark holte ein Paar blaue Einmalhandschuhe aus einer Schachtel auf dem Armaturenbrett und streifte sie über. Hanna trug bereits die Handschuhe, sie öffnete die Klappe neben der Beifahrertür und holte den Notfallrucksack heraus. Ein schwarzer PKW der Mittelklasse stand mitten auf der Straße vor ihnen, mit offener Fahrertür. Vor dem PKW lag ein Mann auf der Straße, dunkel gekleidet und zusammengekrümmt. Sein linkes Bein war in einem unnatürlichen Winkel abgeknickt, unter seinem Kopf breitete sich eine Blutlache aus.

Mehrere Personen standen um ihn herum und starrten den Mann an, ohne etwas zu unternehmen.

»Ruf den Notarzt«, wies Mark Hanna an und kniete sich neben den Verletzten.

Ein kräftiger Mann von etwa fünfzig Jahren stellte sich dicht neben Mark. Sein Gesicht war von Entsetzen gezeichnet.

»Er ist mir direkt vors Auto gelaufen!« Der Mann sah abwechselnd Mark und Hanna an. »Ich hatte überhaupt keine Chance zum Bremsen.« Seine Stimme war flehentlich. »Wie geht es ihm? Er wird doch wieder gesund, oder?«

»Lassen Sie mich bitte meine Arbeit machen und halten Sie zwei Meter Abstand«, knurrte Mark nicht unfreundlich, aber bestimmt. Der andere, offensichtlich der Fahrer des PKWs, ging einige Schritte zur Seite, wischte sich mit einem Taschentuch die Stirn ab und beobachtete Marks Handeln.

Während Hanna mit der Leitstelle telefonierte, untersuchte Mark den Verletzten. Hanna bemerkte erleichtert, dass das Unfallopfer leise vor sich stöhnte. Zumindest lebte er noch! Sie hatte in ihrem Sanitäterleben bereits Tote gesehen, aber nur während ihrer Ausbildung im Krankenhaus. Sie telefonierte mit dem Notarzt und schilderte kurz die Verletzungen, die sie erkennen konnte. Dann wandte sie sich wieder zu Mark, der sorgfältig den Kopf des Verletzten untersuchte.

Hanna merkte auf, sie hörte den Ton eines Martinshorns näher kommen. Ein Polizeiwagen hielt hinter dem Rettungswagen, ein weiteres Blaulicht warf sein Licht auf die Straße und die angrenzenden Häuser. Zwei Polizisten stiegen aus und gingen zu Mark, dabei schoben sie die Umstehenden zur Seite. »Macht Platz, Leute«, ermahnte der Kleinere der beiden. Der zweite Polizist – er war jung, mit kurzgeschorenen Haaren und einem dürftigen

Schnurrbart – erkundigte sich kurz bei Hanna, wie es dem Unfallopfer gehe. »Er ist schwer verletzt«, das konnte Hanna mitteilen. »Wir warten auf den Notarzt.« Der Polizist nickte und forderte ebenfalls die gaffende Menge auf, Abstand zu halten. Danach wandte er sich dem Unfallverursacher zu und Hanna sah, wie er den Mann befragte.

Erneut erklang der Ton eines Martinshorns, der Notarzt sprang aus einem PKW, der hinter dem Polizeiauto angehalten hatte, und eilte zu Mark. Dieser beschrieb die Verletzungen des Opfers, dann wies er Hanna an, die Trage herauszuholen. Der Notarzt untersuchte den Verletzten kurz und legte ihm eine Halskrause an, während Hanna die Trage aus dem Rettungswagen holte. Gemeinsam hoben sie den Verletzten vorsichtig darauf, Hanna fuhr das Traggestelle elektrisch hoch und Mark schob den Verletzten zur Laderampe.

Sie hielten einen Moment inne und Hanna hatte erstmals Gelegenheit, den Verletzten näher zu betrachten. Sie erstarrte. An wen erinnerte das Unfallopfer sie? Das Gesicht – es kam ihr bekannt vor. Obwohl sie sicher war, dass sie den Mann noch nie gesehen hatte. Aber irgendetwas an ihm war ihr vertraut. Sie konnte sich nicht von dem Anblick losreißen. Plötzlich öffnete der Mann die Augen und sah Hanna direkt ins Gesicht. Hanna hatte den Eindruck, dass diese graublauen Augen in ihre Seele blickten, dass der Verletzte ihre Gedanken und Gefühle erspürte. Seine Augen leuchteten auf, so als würde er in ihr ebenfalls jemanden erkennen. Kannten sie sich? Nein, Hanna war sich sicher, sie war diesem Mann noch nie begegnet. *Aber woher kam dieses gegenseitige Erkennen? Hatten sich zwei verwandte Seelen gefunden?* Während sie sich den Kopf zermarterte, woher dieses beiderseitige Interesse kam, änderte sein Blick sich, von forschend zu flehend. Beschwörend sah er sie an. *Wollte er sie um etwas bitten?* Der verletzte Mann öffnete den Mund, als wolle er etwas sagen, dann verdrehte er die Augen, so dass nur noch das Weiße zu sehen war, und sein Kopf sank zur Seite.

»Nein!«, schrie Hanna und fasste an seinen Arm. »Bleib bei uns!«

»Das wird schon«, sagte der Notarzt mit mürrischer Stimme, ein hagerer Mann mit dünnem grauem Haar. Hanna kannte ihn flüchtig, sie hatten bereits mehrmals Unfallopfer gemeinsam betreut. »Kennst du ihn?«

»Nein.« Hanna schüttelte den Kopf. Mark schob die Trage mit dem Verletzten vorsichtig in den Rettungswagen. Der Notarzt stieg ein und stellte sich neben den Patienten. Hanna stieg ebenfalls ein und zog den Apothekerschrank mit den Medikamenten auf. Sie reichte dem Notarzt ein Infusionsset, setzte sich auf den Sitz neben der anderen Seite des Patienten und wartete auf weitere Anweisungen. Anfangs hatte Mark sie aufgezogen, ob sie beim Anblick von Blut nicht ohnmächtig werden würde. Hanna wusste nicht, ob er das bei anderen Sanitätern erlebt hatte, oder ob er sie nur ärgern wollte. Aber sie war von Anfang an in der Lage, die eigene Betroffenheit zurückzustellen und sich voll und ganz um die Personen zu kümmern, die ihrer Hilfe bedurften. Manchmal kam sie körperlich an ihre Grenzen, sie war mit ihren 1,60 Metern eher klein und hatte bisweilen Schwierigkeiten beim Transport der Verletzten. Mark hatte sie mehrfach ermahnt, sich nicht zu überanstrengen. »Es nutzt keinem, wenn du dir den Rücken vermurkst«, sagte er. »Wir können Hilfe für den Transport rufen.«

Der junge Polizist, der den Unfallfahrer befragt hatte, erschien an der Tür.

»Der Fahrer, der den Mann hier überfahren hat, behauptet, der wäre mit Absicht ins Auto gelaufen«, sagte er und warf einen forschenden Blick auf den Verletzten.

Ein Suizid? Warum nur? Hanna war entsetzt.

»Dazu kann ich Ihnen nichts sagen«, knurrte der Notarzt. »Und der hier auch nicht. Wir müssen jetzt los.« Er legte eine Infusion an den Arm des Verletzten.

Mark erschien an der Tür, schubste den Polizisten sanft zur Seite und schloss die hintere Tür. Kurz darauf schlug er die Fahrertür zu. Hanna ging zum Schiebefenster, das sie vom Fahrer trennte und öffnete es, um Mark eine Kommunikation mit dem Notarzt zu ermöglichen,

»Kann ich losfahren?«, fragte Mark.

»Ja«, antwortete der Arzt. »Aber langsam und vorsichtig bitte.«

Mark schaltete das Martinshorn ein, das Blaulicht leuchtete weiter, und der Rettungswagen fuhr langsam los. Hanna setzte sich und schnallte sich an.

Hoffentlich überlebt er! Dieser Gedanke kreiste in Hannas Kopf, während sie vorsichtig zum Krankenhaus fuhren. *Was bedeutete der Mann ihr? An wen erinnerte er sie?* Sie schüttelte den Kopf und versuchte, das Grübeln abzustellen.

»Er ist bei Bewusstsein«, alarmierte der Notarzt sie.

»Wie heißen Sie?«, fragte Hanna den Verletzten. Der Notarzt nickte ihr aufmunternd zu, sie wusste, dass sie den Mann wachhalten sollte.

»Daniel«, murmelte der Mann mit kaum verständlicher Stimme.

»Und weiter?«, fragte Hanna. »Haben Sie Ihre Versichertenkarte dabei?«

Der Verletzte wies mit einer zitternden Hand auf seine Jacke, die auf dem Fußende der Trage lag. Hanna griff danach, fasste in die Innentasche und zog ein erdbraunes Lederportemonnaie heraus. Fragend sah sie zu dem Verletzten auf der Trage, der blinzelte kurz, was sie als Bestätigung auffasste, dann durchsuchte sie rasch das Portemonnaie nach seiner Gesundheitskarte. Sie ertappte sich dabei, dass sie nach einem Foto Ausschau hielt, ein

Foto einer Frau oder von Kindern. Aber der Platz in dem Portemonnaie, der für ein Foto vorgesehen war, war leer. In den anderen Fächern fand sich ebenfalls kein Bild. Sie zog die Gesundheitskarte heraus.

»Daniel Schwarzenthal«, las sie vor. Sie drehte die Karte um. »Zweiundvierzig Jahre alt.«

Sie musterte den Patienten. Er war ausgesprochen attraktiv, ein markantes Gesicht wurde von dichten Augenbrauen beherrscht, tiefe Falten zogen sich von der kräftigen Nase zu seinem ausdrucksvollen Mund, der von einem kurzgeschnittenen Bart eingerahmt war. Rot-braune Haare mit einigen grauen Strähnen lockten sich unter dem weißen Verband hervor, den Mark ihm angelegt hatte. *Ob es eine Frau in seinem Leben gab, die diese tiefen Falten streichelte, den sinnlichen Mund küsste? Die seine roten Locken streichelte?* Hanna schüttelte den Kopf. *Was waren das für Gedanken? Sie sollte sich auf den Notarzt und dessen Anweisungen konzentrieren! Nicht auf den Mund des Patienten oder seine üppigen Haare.* Seufzend griff sie nach dem Klemmbrett und füllte das Notfallprotokoll aus.

Kapitel 2

Sie lieferten den Verletzten im Krankenhaus ab und übergaben eine Kopie des Notfallprotokolls, dann kehrten Mark und Hanna zur Rettungsstation zurück. Hanna säuberte das Fahrzeug und füllte die verbrauchten Medikamente auf. Anschließend musste sie noch bis zum nächsten Morgen um 7.30 Uhr den Rest ihrer 24-Stunden-Schicht verbringen. Bei ihrer Dienststelle gab es ausschließlich 12- oder 24-Stunden-Schichten, die ganze Woche durch, an Sonn- und Feiertagen musste die Rettungswache besetzt sein. Nach einer 24-Stunden-Schicht gab es mindestens 48 Stunden Ruhepause.

Sie fühlte sich nach dem Einsatz mit dem Verletzten völlig erschlagen, legte sich in den Ruheraum und versuchte zu schlafen. Falls es einen Einsatz gab, würde man sie wecken. Aber die Gedanken an den Verletzten hielten sie wach.

Den ganzen Weg im Rettungswagen zum Krankenhaus hatte sie sich den Kopf zerbrochen. Kannte sie ihn? Oder warum hatte er sie so berührt? Was war an ihm, das sie nicht zur Ruhe kommen ließ? Die Antwort fiel ihr nicht ein.

Zumindest hatte er die Fahrt zum Krankenhaus überlebt.

Hanna konnte normalerweise in dem Ruheraum der Rettungswache während einer 24-Stunden-Schicht einige Stunden schlafen. Aber nach diesem Einsatz mit dem Unfallopfer fand sie keine Ruhe. Wenn sie endlich in den Schlaf gefallen war, wurde sie von Albträumen geplagt.

Träume, in denen der verletzte Mann sie ansah und kurz darauf seine Augen brachen. Ein andermal trug sie ihn mit ihrem Kollegen auf der Trage, die brach entzwei und der Verletzte fiel mit dem Kopf voraus auf den Asphalt, eine tiefrote Blutlache breitete sich um den Kopf aus.

Hanna war froh, als ihre Schicht vorbei war, sie aufstehen musste und aus den Albträumen befreit wurde. Ihr war immer noch nicht eingefallen, warum der Fremde ihr bekannt vorkam, oder an wen er sie erinnerte. Ganz im Gegenteil, der fremde Mann rückte weiter weg, sie konnte sich – nach einer Nacht! – kaum noch an sein Gesicht erinnern. Nur dass seine ausdrucksvollen Augen sich in ihre gebohrt hatten, forschend, flehend, das Bild hatte sich in ihr festgebrannt.

Hanna packte ihre Sachen, setzte den Fahrradhelm auf und verließ mit einem »Tschüss zusammen« die Rettungsstation. Sie schloss ihr Fahrrad auf, das sie an dem Fahrradständer hinter der Wache geparkt hatte, schwang sich auf den Sattel und radelte nach Hause.

»Was ist los?« Ihre Mutter, Helene, sah sie überrascht an. Sie räumte die Küche auf und hielt mit dem Wischlappen in der Hand inne, als Hanna die Küche betrat. *Sah sie so schlecht aus?*, fragte Hanna sich. *Konnte ihre Mutter ihr ansehen, dass sie die ganze Nacht gegrübelt hatte?*

»Möchtest du frühstücken?«, fragte ihre Mama. »Ich kann dir ein Rührei oder Pfannkuchen machen.«

Hanna schüttelte stumm den Kopf. Hunger verspürte sie nicht. Sie ging an den Kühlschrank, schenkte sich ein großes Glas Orangensaft ein, schluckte es gierig hinunter und füllte es erneut auf. Sie ignorierte die erstaunten »Hanna?« Rufe ihrer Mutter und ging schweren Schrittes nach oben in ihr Zimmer, stellte das Saftglas auf ihren Nachttisch und warf sich auf ihr Bett. Sie fühlte sich völlig ausgelaugt, jegliche Energie schien sie verlassen zu haben. Der Mann war nicht das erste Unfallopfer gewesen, das sie betreut hatte, aber mit ihm war etwas anders. Dieses Gefühl, sie müsste ihn kennen. Als er sie angesehen hatte, mit flehenden Augen, so als wolle er etwas von ihr, als würde er sie zu etwas auffordern. *Wozu? Ihm zu helfen? Und an wen erinnerte er sie?*

Sie schaffte es, einige Stunden zu schlafen. Danach duschte sie ausgiebig, mit Wechselduschen heiß und kalt, um endlich wach zu werden, und ging in die Küche hinunter. Sie bereitete sich ein Müsli mit Joghurt und einer Banane zu und trank eine Tasse Tee. Ihre Mutter, die im Homeoffice arbeitete, kam in die Küche und löcherte sie mit teilnahmsvollen Fragen: »Was ist los mit dir? Du siehst so müde aus?«

»Nichts.« Hanna wimmelte sie ab. »Hab nur schlecht geschlafen.« Sie sah auf ihr Handy. »Ich muss noch was erledigen«, sagte sie ohne weitere Erklärung, stellte Müslischale und Teetasse in die Spülmaschine, gab ihrer Mutter einen flüchtigen Kuss auf die Wange und ging in den Flur.

Jetzt verstand sie, warum ihre Mutter sich so besorgt gezeigt hatte. Der mannshohe Spiegel in der Diele zeigte ein müdes Mädchen, mit abgespanntem Gesicht und tiefen Ringen unter den Augen. Hanna wurde häufig als niedlich bezeichnet, eine Bezeichnung, die sie hasste. Niedlich, das war etwas Püppchenhaftes, Braves, etwas, das bestimmt nicht Hanna beschrieb. Sie fand sich eher unscheinbar, mit ihrem schmalen Gesicht, umrahmt von langen dunklen Haaren und dem Pony, der ihr in die grünen Augen fiel. Rasch band sie ihre Haare zu einem Pferdeschwanz zusammen. Hanna kleidete sich gerne bunt, in Sachen, die von Farbe oder Muster nicht unbedingt zusammenpassten. Aber für die Fahrt zum Rettungsdienst trug sie meistens Jeans und einfarbige T-Shirts, die sie in der

Rettungswache mit der grell-orange-farbenen Dienstkleidung tauschte. Die goldenen Creolen, die häufig ihre kleinen Ohren zierten, konnten bei ihren Einsätzen stören, daher trug sie einfache Ohrstecker mit einer Perle oder einem kleinen Edelstein. Auf ihre bunten Armreifen, die bei jeder Bewegung leise klirrten, hatte sie vom ersten Tag an verzichtet und legte sie nur noch in der Freizeit an.

Sie streckte ihrem Spiegelbild die Zunge heraus, schlüpfte rasch in Winterstiefel und die schwarze Daunenjacke und ging hinaus zu ihrem Fahrrad.

Noch während ihrer häufigen Wachphasen in der vergangenen Nacht hatte sie sich vorgenommen, den Verletzten im Krankenhaus zu besuchen. Sie musste unbedingt wissen, wie es ihm ging. Und vielleicht würde sie ja mehr über ihn herausfinden, entdecken, warum der Fremde sie so berührt hatte.

Die Fahrt auf dem Fahrrad in der winterlichen Kälte verscheuchte ihre Müdigkeit. Wie so häufig wurde ihr bewusst, wie wichtig ihr der Job der Rettungssanitäterin war. Seit dem frühen Unfalltod ihres Vaters vor sieben Jahren hatte sie Ärztin werden wollen. Sie konnte sich nicht von der Vorstellung befreien, dass er hätte gerettet werden können, wenn er schnell kompetente Hilfe bekommen hätte. Ihre Mutter Helene hatte lange Zeit versucht, ihrer Tochter diese Gedanken auszureden, war aber erfolglos geblieben. Schließlich hatte Helene ihre Bemühungen aufgegeben und gehofft, dass Hanna sich im Laufe der Jahre von dieser fixen Idee lösen würde.Hannas Abiturnoten ermöglichten ihr keinen direkten Zugang zum Medizinstudium. Manchmal warf sie sich vor, nicht genug für die Schule getan zu haben, ihr Wunschstudium nicht ernsthaft angegangen zu haben. Immer wieder hatte sie sich in der Oberstufe vorgenommen, mehr zu lernen, zu büffeln, um einen Einser-Schnitt im Abitur zu erreichen. Sie hatte sich selber kleine Belohnungen versprochen, dass sie sich ein neues T-Shirt kaufen würde, oder einen Abend so richtig einen draufmachen. Aber es gelang ihr einfach nicht. Kleidung hatte sie genügend, und ‚einen draufmachen‘ war sowieso nicht ihr Ding. Dafür gab es so viele andere wichtige Aufgaben, die ihre Zeit beanspruchten, unter anderem ihre Töpferwerkstatt.

Während ihres letzten Jahrs auf dem Gymnasium musste sie sich der Tatsache stellen, dass sie in absehbarer Zeit keinen Medizinstudienplatz erhalten konnte und sich Gedanken über Alternativen machen. Keinesfalls wollte sie jahrelang auf ihren Studienplatz warten. Ein Studium im Ausland, zum Beispiel in Österreich, wäre eine Möglichkeit. Allerdings wollte sie nicht in Österreich leben, sie konnte sich nicht mit dem Gedanken anfreunden, jahrelang so weit weg von ihrer Familie und von ihren Freunden zu sein. Hanna informierte sich über Alternativen. Die Voraussetzung für sie war, dass der Beruf eine medizinische Komponente hatte, sie wollte unbedingt verletzten oder kranken Menschen helfen.

Mit Hilfe einer Berufsberaterin und Recherchen im Internet stieß sie auf zahlreiche Möglichkeiten und entschied sich schließlich für eine Ausbildung zur Rettungssanitäterin. Sie hatte lange mit dem Berufsziel Notfallsanitäterin geliebäugelt, der eine dreijährige Ausbildung in Vollzeit bedeutet, im Unterschied zur Rettungssanitäterin, für die sie innerhalb weniger Monate die Qualifikation erreichen konnte. Tatsächlich war sie unentschlossen, ob die Notfallsanitäterin für sie die richtige Wahl war. Ein Problem bestand in der körperlichen Voraussetzung, Hanna war klein und zierlich und hatte immer wieder Probleme, Patienten auf die Trage zu legen oder sie aufzurichten. Für den Transport auf Treppen gab es Hilfen, aber die körperliche Belastung für die Sanitäter blieb hoch. Letztlich hatte sie sich als Kompromiss für die Rettungssanitäterin entschieden. Die Ausbildungszeit war überschaubar: 240 Stunden Schule, 80 Stunden Krankenhaus, 160 Stunden Rettungswache und 40 Stunden Schule plus Prüfung. Ein Teil der Prüfung bestand aus einem Test, ob sie körperlich geeignet war. Diesen Teil hatte sie nur knapp bestanden. Hanna trainierte regelmäßig mit Gewichten, um ihre Muskeln zu stärken.

Mit ihrer Entscheidung für die Ausbildung zur Rettungssanitäterin verschaffte sie sich einen guten Einblick in medizinische Arbeitsfelder und gewann Zeit für eine endgültige Berufswahl.

Hannas Mutter war unzufrieden mit dem Job ihrer Tochter und warf ihr vor, dass sie, Hanna, zu lange gezaudert hätte und sich letztlich nicht zu einer Entscheidung für einen ‚richtigen' Beruf durchringen konnte. Vermutlich hatte sie recht, aber Hanna gefiel ihre Arbeitsstelle, insbesondere seit sie auf dem Fahrersitz den Rettungswagen zu Unfalleinsätzen lenken durfte.

Und nun würde sie den Verletzten besuchen. Mark durfte davon nichts wissen, er ermahnte sie immer wieder, keine Gedanken an die Verletzten zu verwenden, nachdem sie sie im Krankenhaus abgeliefert hatten.

Hanna radelte zum Krankenhaus. Unterwegs fiel ihr ein, dass sie nichts für den Patienten dabei hatte. Üblicherweise brachte man doch bei einem Patientenbesuch kleine Geschenke mit. Was könnte sie mitnehmen? Blumen im Krankenhaus nahmen nur Platz weg und erwarteten täglich frisches Wasser. Daniel – in Gedanken sagte sie immer wieder seinen Namen – konnte das mit seinem verletzten Bein sicher nicht erledigen.

Ein kleiner Supermarkt zu ihrer Rechten lieferte die Antwort. Sie hielt an, schob ihr Fahrrad in den Ständer und machte sich nicht die Mühe, ihr Rad abzuschließen. Rasch ging sie durch die Gänge des Ladens, schnappte sich eine kleine Flasche mit Orangensaft und eine Packung Schokoriegel. Auf dem Weg zur Kasse kam sie an einem Bücherständer vorbei. Hanna rollte den Ständer langsam herum und holte ein schmales Taschenbuch heraus. Das sollte reichen; sie wusste ja nicht einmal, ob der Verletzte überhaupt überlebt hatte. *Vielleicht konnte er ihre Geschenke gar nicht mehr annehmen? Nein, weg mit diesen düsteren Gedanken.* Sie bezahlte und packte alles in ihren lilafarbenen Rucksack, schwang sich auf ihr Fahrrad und fuhr los.

Was war das? Als sie in die Auffahrt zum Haupteingang des Krankenhauses einbiegen wollte, nahm sie einen schwarzen Schatten wahr. Einen Schatten, der vor ihr zu schweben schien. Es sah aus, als wolle der Schatten sie am Weiterfahren hindern. Hanna erschrak, sie wäre beinah in den Schatten hineingefahren. Abrupt machte sie mit ihrem Fahrrad einen Schlenker, so dass sie um ein Haar hingefallen wäre. Im letzten Moment konnte sie vom Rad springen. *Das fehlte noch,* dachte sie, *jetzt verletze ich mich auch noch!* Sie schüttelte das eigenartige Gefühl der Beklemmung ab, das sie überkommen hatte, und sah sich nach allen Seiten um. Der Schatten war verschwunden und sie schob ihr Fahrrad zu den Fahrradständern vor dem Eingang.

An der Rezeption des Krankenhauses zeigte sie die Bescheinigung über den Coronatest vor, dann gab man ihr bereitwillig Auskunft über den Patienten: »Zimmer 103«, sagte der Mann hinter der Glasscheibe mit freundlicher Stimme, sein Gesicht war wegen der Corona-Maske nicht erkennbar. *Das war nicht die Intensivstation! Ein gutes Zeichen!* Wieder fragte Hanna sich, warum der Fremde ihr so wichtig war.

Rasch stieg sie die Treppe zur 1. Etage hinauf und ging den Gang entlang, bis sie das Zimmer mit der Nummer 103 erreicht hatte. Die typischen Krankenhausgerüche umfingen sie, nach Desinfektionsmittel, Urin, Kernseife und Tod. Sie hielt einen Moment inne – was sollte sie überhaupt sagen? Normalerweise hätte sie sich eine Begrüßung zurechtgelegt, aber ihr Kopf war wie leergefegt. Eine Krankenschwester kam den Gang entlang und stockte, vermutlich um ihre Hilfe anzubieten. Hanna straffte die Schultern, klopfte zweimal an, wartete einen Moment und öffnete die Tür.

Zwei Betten standen in dem Raum. Im vorderen lag ein alter Mann, der mit geöffnetem Mund schlief. »Hallo«, sagte Hanna und nickte dem Patienten zu, auch wenn dieser das kaum mitbekam. Dann ging sie langsam an dem Bett vorbei.

Die Person, die im zweiten Bett lag, das vor dem Fenster stand, hatte überhaupt nicht reagiert. Ein Bein war an einer Stange über dem Bett aufgehängt, eine weiße Bettdecke verdeckte den Körper, der darunter lag. Der rechte Arm lag auf der Decke, ein dünner Schlauch lief zu einem Infusionsbeutel, der an einem Ständer neben dem Bett hing. Ein weiterer Schlauch kam unter der Bettdecke hervor und führte zu einem Urinbeutel, ein dritter Schlauch beförderte eine dicke gelbe Flüssigkeit in einen anderen Beutel.

»Hallo Daniel«, sagte Hanna und ging an das Bett heran. Sie erschrak über sein Aussehen, er war sehr blass, sein Gesicht sah eingefallen aus. *Vielleicht hätte sie zunächst einen Arzt fragen sollen, ob er überhaupt Besuch haben dürfte?*

Daniel hatte sich nicht gerührt. *Hatte er sie nicht gehört? Schlief er? Lebte er überhaupt noch?* Bei dem Gedanken verspürte sie einen Stich ins Herz. *War er ihr von der kurzen Begegnung nach seinem Unfall so wichtig geworden?* Hanna betrachtete ihn. Im Rettungswagen war ihr bereits sein gutes Aussehen aufgefallen, trotz seines angegriffenen Zustands. Seine markante Nase stach aus dem blassen Gesicht hervor, darunter zusammengekniffene farblose Lippen. Um seinen Kopf trug er einen sauberen weißen Verband, die roten Locken mit grauen Strähnen, die ihm in die Stirn fielen, gaben ihm das verwegene Aussehen eines Wikingers.

Unvermittelt schlug der Verletzte die Augen auf und sah ihr direkt ins Gesicht. Genau wie nach dem Unfall schien sein Blick in ihre Seele zu blicken und ihre geheimsten Gedanken und Gefühle zu lesen. Seine Augen waren grau-blau, mit einigen goldenen Tupfern, umrahmt von langen dichten Wimpern.

»Hallo«, sagte er nach einem kurzen Räuspern. Seine Stimme war leise, klang ermattet. Daniel ließ seinen Blick kurz über Hanna wandern, dann wandte er den Kopf ab und sah aus dem Fenster. Es gab nichts Besonderes zu sehen, das Fenster ging auf die Stadt und zeigte Häuser, Straßen, auf denen Autos und Fahrräder fuhren. Mehrere Krähen flogen ein paar Runden vor dem Fenster, sie schienen sich gegenseitig zu verfolgen.

»Ich wollte dich besuchen«, brachte Hanna endlich hervor und ärgerte sich im selben Moment über ihre Worte. »Fragen, wie es dir geht«, fügte sie hinzu und kramte in ihrem Rucksack. Sie holte die kleine Flasche Orangensaft und die Schokoriegel heraus und hielt die Sachen Daniel hin.

»Darfst du alles essen und trinken?«, fragte sie. Auf sein Nicken legte sie beides auf seinen Nachttisch, auf dem ein halbvolles Wasserglas und eine Mineralwasserflasche standen, daneben eine Tablettendose und ein Handy. »Und das ist ein Taschenbuch mit humorvollen Kurzgeschichten«, erläuterte Hanna, hielt das Taschenbuch aus dem Supermarkt hoch und legte es ebenfalls auf den Nachttisch, ohne seinen Kommentar abzuwarten. Sie sah sich um und holte einen Stuhl von der Seite des Zimmers, weiß, mit einer Kunststoffschale, und stellte diesen neben das Bett. Sie setzte sich, verschränkte die Arme und sah Daniel an. Schweigen.

»Also, wie geht es dir?« Hanna konnte diese Stille nicht länger ertragen. »Was sagt der Arzt? Wie lange musst du hierbleiben?«

Daniels Augen weiteten sich etwas, er sah überrascht aus. »Äh, so genau weiß ich es nicht«, krächzte er. »Bein gebrochen, Schädeltrauma, Hämatome. Das war's, glaube ich.«

Er machte eine Pause und ließ den Blick durch das Zimmer wandern. »Nichts Lebensgefährliches. Nur der Kopf macht ihnen Sorgen. Daher weiß ich nicht, wann ich rauskann.« Er hob den Kopf etwas an und sah Hanna scharf an. »Warum fragst du? Warum bist du hier?«

Hanna spürte zu ihrem Ärger, dass sie errötete. *Tja, das hätte sie selber gern gewusst. Warum dieser Besuch?*

»Besuchst du alle Menschen, die du von der Straße aufsammelst?«, fragte Daniel. Hanna hätte ein Lächeln erwartet, aber sein Gesicht blieb ernst und unbeweglich.

»Ich weiß nicht, warum ich hier bin«, gab Hanna zu.

Daniels Gesicht veränderte sich, wurde weich, ein feines Lächeln schlich sich in seine Züge. Aufmerksam musterte er Hannas Gesicht. Seine linke Hand – die keine Infusionsnadel beherbergte – kam unter der Bettdecke hervor und legte sich auf Hannas. Eine schwere Hand, mit schwarzen Härchen auf Handrücken und Fingern, Schwielen an den Innenseiten. Die Fingernägel wiesen schwarze Ränder auf. Die Hand eines Mannes, der mit seinen Händen arbeitete. *Was war wohl sein Beruf?* Daniel drückte Hannas Hand kurz und streichelte zart über ihren Handrücken.

»Lieb von dir«, sagte er, seufzte tief auf, zog seine Hand zurück, legte den Kopf auf das Kissen und sah zur

Zimmerdecke hinauf. »Du bist etwas Besonderes«, sagte er mit rauer Stimme. »Das hab ich schon auf der Straße gemerkt.«

»Jetzt ist aber genug mit dem Gesülze!«

Der Bettnachbar war aufgewacht. Hanna schrak zusammen, sie hatte ihn völlig vergessen und war über seine laute kräftige Stimme überrascht. Die Stimme passte gar nicht zu dem eingefallenen Greis, den sie beim Hereinkommen bemerkt hatte. Der alte Mann wälzte sich mühsam in seinem Bett herum und sah Daniel und Hanna mit wütendem Gesicht an. »Ich will schlafen, und euer Geschwätz geht mir auf die Nerven!«

»Ich wollte sowieso gleich gehen«, sagte Hanna und erhob sich von ihrem Stuhl. Sie war froh über die Unterbrechung, Daniel rührte sie an, wie noch kein Mann sie angerührt hatte, und sie wollte sich zurückziehen, damit sie nachdenken und zur Ruhe kommen konnte. Sie wusste jetzt, dass er nicht lebensgefährlich verletzt war und wohl keine bleibenden Schäden erlitten hatte. In der nächsten Nacht würde sie hoffentlich besser schlafen. Aber sie musste noch etwas klären.

»Hast du jemanden, der deine Wohnung versorgt?«, fragte sie. Ein kleines Teufelchen in ihr flüsterte, warum sie danach fragte. Weil sie praktisch veranlagt war? Wollte sie wissen, ob jemand die Wohnung mit Daniel teilte? »Oder deinen Hund? Dir einen Schlafanzug bringt?« Sie warf einen Blick auf sein gestreiftes Krankenhaushemd.

»Kein Hund, kein Wellensittich«, knurrte Daniel. »Ich brauche niemanden.« Das klang abweisend.

»Aber wer bringt dir denn deine Sachen? Oder guckt nach der Post?« Hanna hätte zu gern einen Blick in seine Wohnung geworfen. *Lebte er mit jemandem zusammen? Bisher hatte er scheinbar keinen Besuch bekommen.*

»Alles geregelt«, gab Daniel kurz angebunden zurück. Er schien ihren verletzten Blick zu bemerken. »Äh – danke für das Angebot. Und danke für den Besuch.« Er schloss die Augen und sank in sein Kissen zurück.

»Dann tschüss«, sagte Hanna, warf Daniels Bettnachbarn einen wütenden Blick zu, und stapfte zur Tür. *Er hat mich noch nicht einmal nach meinem Namen gefragt,* ging es ihr durch den Kopf, während sie leichtfüßig die Treppe hinunterlief. *Blödmann!*

Kapitel 3

Nie wieder würde sie Daniel besuchen! Das hatte Hanna sich fest vorgenommen. Sie wollte ihn nicht wiedersehen. Sie würde ihn vergessen. Einfach vergessen. Er schien nicht an ihrer Aufmerksamkeit oder ihrer Fürsorge interessiert. *Und wie abrupt er ihr Angebot, sich um die Wohnung zu kümmern oder ihm Sachen zu bringen, abgelehnt hatte! Hatte er sich über ihren Besuch gefreut?* Hanna rief sich die wenigen Minuten in seinem Krankenzimmer ins Gedächtnis. *Nach der anfänglichen Überraschung schien er wirklich froh über ihren Besuch und hatte ihr sogar so etwas Ähnliches wie ein Kompliment gemacht: ‚Du bist etwas Besonderes‘, hatte er gesagt. Und dann hatte der blöde Alte im Nebenbett gemeckert. Da war bei Daniel die Klappe heruntergefallen. Er hätte den Greis ja zurechtweisen können. Stattdessen hatte er sie, Hanna, quasi hinausgeworfen. Nie wieder würde sie ihm einen Gefallen anbieten!*

Aber so sehr sie diese Worte wiederholte, der Fremde ging ihr nicht aus dem Kopf. *Eigenartig, dass er keinen Besuch bekommen hatte. Und wie schroff er ihr Hilfsangebot abgelehnt hatte. War es ihm peinlich, dass es niemanden gab, der ihm half?* Andererseits fand sie ihn überaus attraktiv, trotz seiner jämmerlichen Verfassung und der schlechten Laune. Sie hatte sein Gesicht vor Augen, das von einem bewegten Leben erzählte, ein Leben mit Höhen und Tiefen. Daniel hatte ihr Interesse geweckt, sie wollte mehr von ihm erfahren, hören, welche Geschichten diese tiefen Falten um seine Mundwinkel gegraben hatte. Ein kleines Teufelchen flüsterte ihr zu, dass er zu alt war für sie, nicht nur wegen der dreiundzwanzig Jahre Altersunterschied. Sie war ein behüteter Teenager, kaum erwachsen, hatte das ganze Leben vor sich. Er hingegen? Sein Gesicht war das eines Mannes, der viel erlebt hatte, Gutes und Schlechtes. Trotz ihres Ärgers über Daniels Verhalten: Hanna wollte wissen, was er durchlebt hatte. Immerhin konnte sie in der Nacht schlafen, auch wenn sie immer wieder kurz aufwachte und an Daniel dachte.

»Was ist los mit dir?«, fragte ihre Mutter, als sie beim Frühstück eine Frage stellte und offensichtlich erwartete, dass Hanna diese beantwortete. Hanna wohnte noch zu Hause, bei ihrer Mutter Helene und deren Ehemann Sandro. Helene hatte Sandro sechs Jahre nach dem Tod ihres ersten Mannes Thomas, Hannas Vater, geheiratet. Hannas Bruder Elias, 23 Jahre alt, vervollständigte die Familie. Er studierte BWL und hatte bisher keine eigene bezahlbare Wohnung gefunden. Dies behauptete er. Hanna hegte den Verdacht, dass er es im »Hotel Mama« bequemer fand. Und billiger war es auch.

»Entschuldige«, sagte Hanna hastig und sah ihre Mutter an. »Wir hatten vorgestern einen etwas problematischen Krankentransport, da muss ich die ganze Zeit dran denken.«

»Ist gut«, antwortete Helene. »Willst du drüber reden? Ich hatte dich gefragt, ob du noch Tee möchtest.«

»Danke, gern«, antwortete Hanna und hielt ihre Tasse hoch. »Und nein, ich möchte nicht drüber reden.«

Sie trank einen Schluck von dem schwarzen Tee, nahm sich eine weitere Schnitte Brot, die sie mit Marmelade und Quark bestrich, und aß diese gedankenverloren auf. Den forschenden Blick ihrer Mutter ignorierte sie.

Nach dem Frühstück eilte sie hinauf ins Badezimmer, putzte ihre Zähne, lief wieder hinunter und machte sich auf den Weg zur Rettungsstation.

Daniel hatte sich in ihrem Kopf festgesetzt. Immer wieder schweiften ihre Gedanken ab, zu Daniel. *Wie ging es ihm wohl? Ob er wirklich keinen Besuch bekam? Hatte er ihr Buch gelesen? Mit diesem unfreundlichen Bettnachbarn in einem Zimmer, das musste ja die Hölle sein.*

Fünf Tage lang hielt sie ihre guten Vorsätze durch, dann kapitulierte sie. Sie musste ihn wiedersehen. Den Entschluss hatte sie in der Nacht gefasst, als sie wieder einmal wach lag und ihre Gedanken um eine Person kreisten: Daniel. *Wenn du ihn nicht wiedersiehst, wirst du es bis an dein Lebensende bereuen,* sagte sie sich. *Du musst wissen, was dich so sehr an ihm fasziniert. Was hast du zu verlieren? Außer einem kleinen Knick für dein Selbstwertgefühl, wenn er wieder unfreundlich ist.*

»Was ist los, hast du eine Verabredung?«, fragte Mark, der Notfallsanitäter.

Hanna schreckte auf. »Wieso?«, fragte sie und spürte zu ihrem Ärger die Röte in ihren Wangen hochkriechen.

»Du guckst die ganze Zeit auf die Uhr«, antwortete Mark mit einem amüsierten Grinsen. »Wer ist es? Erzähl mir mehr von ihm.«

»Quatsch!«, tat Hanna seine Frage ab. *Warum erzählte sie ihm nicht von Daniel?* Sie hatte ein gutes Verhältnis zu Mark, er berichtete häufig von seiner Beziehung zu Sandra, die von Hochs und Tiefs geprägt war, und sie versuchte, ihm Tipps aus ihrer weiblichen Perspektive zu geben. Sie verbrachten berufsbedingt viel Zeit miteinander, und da kam man sich in den meisten Fällen näher. Hanna mochte Mark, seine unkomplizierte Art, seinen Optimismus und seinen Humor. Außerdem sah er gut aus, mit seinen dunklen Haaren, die einen Schnitt benötigt hätten, den schönen tiefblauen Augen, seinem kantigen Gesicht mit der Narbe unter dem linken Auto. Mark war 28 Jahre alt und wollte Medizin studieren. Die Wartezeit auf den Studienplatz verbrachte er als Notfallsanitäter. Sein Hobby war das Cello-Spiel, er nahm regelmäßig Unterricht und hatte mehrmals im Jahr kleinere Auftritte. Hanna hatte ihn vor wenigen Wochen live gehört. Klassische Musik war nicht ihr Fall, aber Marks gefühlvolles Spiel hatte sie fasziniert.

Sie bereute, dass sie als Siebenjährige das Klavierspielen nach wenigen Monaten aufgegeben hatte, es machte ihr damals einfach keinen Spaß, und sie hasste das tägliche Üben. Ihr Bruder Elias hingegen war dabei geblieben, hatte über zehn Jahre Unterricht und spielte häufig. »Ich spiele Frust und Enttäuschung ab«, erklärte er ihr. Ab und zu spielte Elias gemeinsam mit seiner Mutter. Hanna fragte sich manchmal, ob Helene sie nicht mehr zum Üben hätte zwingen sollen.

Hanna war nicht sicher, warum sie Mark nicht von Daniel und ihrem Besuch im Krankenhaus erzählte. Fürchtete sie, dass er es nicht gutheißen würde? Er empfahl ihr immer, die Unfälle nicht mit nach Hause zu nehmen.

»Sobald du die Rettungsstation verlässt, musst du versuchen, die Einsätze von heute wegzuschieben«, sagte Mark häufig. »Das kann und muss man trainieren, sonst kannst du diesen Job nicht machen.« Und bisher hatte sie diese Empfehlung befolgt. Anfangs war es ihr nicht immer gelungen, aber im Laufe der letzten Monate hatte sie meist beim Verlassen der Rettungsstation ihre Einsätze ‚abgestreift‘.

Mark sah sie forschend an. »Dann erzählst du mir eben ein andermal davon«, sagte er leichthin, und Hanna nickte.

Endlich war es 19:30 Uhr und ihre 12-Stunden-Schicht war beendet. Hanna nahm ihren Rucksack, nickte Mark und den anderen zu und ging nach draußen. Sie schloss ihr Fahrrad auf und fuhr Richtung Krankenhaus. Sie hielt wieder bei dem Supermarkt, der zum Glück noch geöffnet hatte, kaufte Orangensaft, etwas Obst und eine Packung Schokoriegel. Der Bücherständer wies in Augenhöhe eine Lücke auf, von dem Buch, das sie vor sechs Tagen gekauft hatte. Sie drehte ihn einmal schwungvoll um, dann wählte sie einen Krimi von einer Autorin, deren Bücher ihr gefielen und bezahlte alles an der Kasse.

Hanna schwang sich auf ihr Fahrrad, das sie wieder unverschlossen gelassen hatte, und fuhr zum Krankenhaus. Unterwegs stutzte sie: Was war da auf einmal vor ihr? Schon wieder ein Schatten? Sie blinzelte. Nichts mehr zu sehen. Es hatte ausgesehen wie ein Schatten. Der Schatten einer alten Frau? Oder eher diffus? Immerhin hatte er sie diesmal nicht ins Straucheln gebracht. Hanna verlangsamte ihre Fahrt, schüttelte sich und radelte weiter.

Am Krankenhaus schloss sie ihr Fahrrad ab und zeigte wieder ihre Corona-Bestätigung. Der Krankenhausmitarbeiter an der Rezeption knurrte: »Besuchszeit ist schon lang vorbei«. Dann drehte er sich mit einem leichten Grinsen demonstrativ zur Seite. Hanna hauchte ein »danke« und eilte zu Daniels Zimmer. Vor der Tür atmete sie tief durch, dann klopfte sie kräftig an. Hoffentlich war er überhaupt noch da! Daran hatte sie gar nicht gedacht, dass es ihm möglicherweise besser ginge und er nach Hause entlassen worden war. Allerdings war sein Bein ja schwer verletzt, da war es unwahrscheinlich, dass er nach fünf Tagen das Krankenhaus verlassen konnte. Insbesondere, da er ja scheinbar niemanden hatte, der sich um ihn kümmerte.

Wie beim letzten Mal gab es keine Antwort auf ihr Klopfen, sie öffnete nach kurzem Warten die Tür und ging hinein.

Das vordere Bett war von einem etwa dreißigjährigen Mann belegt, der ein Buch las und Hanna bei ihrem Eintreten freundlich anlächelte. Welch ein Unterschied zu letzter Woche! Hoffentlich war das ein gutes Zeichen, dass der Besuch diesmal besser ablaufen würde. Freundlicher. Sie grüßte und lächelte zurück, dann sah sie zum nächsten Bett. Daniel! Er war noch da, das Bein weiterhin an der Stange aufgehängt. Statt des gestreiften Krankenhaushemds trug er einen karierten Pyjama. Wer hatte den gebracht?

Er saß gegen das schräg gestellte Kopfteil gelehnt und schrieb in ein Notizbuch, das DIN-A5-Format hatte und einen braunen Ledereinband. Er sah auf und hob überrascht die Augenbrauen.

»Hallo Daniel«, sagte Hanna und ging zu ihm.

»Hallo«, brachte Daniel nach einem Räuspern hervor.

Hanna holte ihre Mitbringsel aus dem Rucksack.

»Ist das alles für mich?«, fragte Daniel mit skeptischer Stimme. Hanna warf einen raschen Blick auf sein Gesicht. Seine Augenbrauen waren eng zusammengezogen und er sah mürrisch auf die Sachen, die Hanna auf seinem Nachttisch ausbreitete.

»Ich kann ja mitnehmen, was dir zu viel ist«, antwortete sie pampig. Sie fragte sich, warum sie noch einmal zu ihm gefahren war. *Das lief ja genauso mies wie beim letzten Mal!* »Ich kann alles einpacken und verschwinden.«

Sie begann, die Sachen wieder in ihren Rucksack zu packen. Daniel fasste ihr Handgelenk. »Tut mir leid«, sagte er mit leiser Stimme. »Ich bin so was nicht gewöhnt.«

Er führte nicht aus, was er nicht gewöhnt war. Hanna musterte ihn kurz, dann stellte sie den Rucksack auf den Boden, holte den Besucherstuhl heran, zog ihre schwarze Daunenjacke aus und hängte sie über die Lehne.

»Warum bist du so unfreundlich zu dem netten Mädchen?«, fragte sein Bettnachbar. »Sie ist die Einzige, die dich besucht, da solltest du ein bisschen netter sein.«

»Das geht dich nichts an«, beschied Daniel ihn, und der andere drehte sich demonstrativ auf die andere Seite. »Arschloch«, flüsterte er, so leise, dass es kaum zu hören war. Hanna grinste.

»Wie geht es dir? Was macht der Kopf?« Daniel trug keinen Kopfverband mehr, nur ein Pflaster oberhalb der Stirn.

»Alles in Ordnung«, brummte Daniel. »Übrigens lieb, dass du mich besuchst. Ich komme bald raus.«

»Noch vor Weihnachten?«, fragte Hanna. Die Vorstellung, dass er die Weihnachtstage im Krankenhaus verbringen müsste, behagte ihr gar nicht. Weihnachten – das war das Fest der Familie. Oder der Freunde, wenn er keine Familie hatte. Aber Weihnachten im Krankenhaus? Das klang für sie nach sehr traurigen Tagen.

»Nee, wahrscheinlich erst im nächsten Jahr. Ist aber nicht so schlimm. Hier hab ich ja alles, was ich brauche.« Zärtlich strich er über das Notizbuch, mit der linken Hand. Hanna fragte sich, ob er Linkshänder war. *War das wichtig?*

»Wie heißt du überhaupt?«, fragte Daniel und sah sie an. Wieder mit diesem tiefen Blick, als wolle er sie ergründen. Sie hätte in seinen ausdrucksvollen Augen versinken können.

»Hanna«, antwortete sie und unterdrückte mühsam den Impuls, seine Hand zu nehmen.

»Hanna«, wiederholte Daniel mit weicher Stimme. »Ein schöner Name für ein schönes Mädchen.«

»Ich bin kein Mädchen mehr«, korrigierte Hanna. *Wollte er auf den Altersunterschied hinweisen?* »Ich bin neunzehn Jahre alt.«

Schweigen.

»Was schreibst du in dieses Buch?«, fragte Hanna. »Bist du Schriftsteller?« Sie überlegte: *Wer hatte ihm das Buch gebracht? Und den Pyjama?*

»Nein, ich mache nur Skizzen«, antwortete Daniel, klappte das Notizbuch zu und legte es neben sich aufs Bett, weg von Hanna.

»Aha.« Hanna war enttäuscht, dass er ihr so offensichtlich die Skizzen vorenthielt. Zu gern hätte sie einen Blick hineingeworfen. *Was das wohl für Skizzen waren?* »Und wer hat dir das Buch gebracht? Eine der Krankenschwestern? Oder hast du doch mal Besuch gekriegt?«

Daniel hob überrascht die Augenbrauen und grinste etwas gequält. »Ein Kumpel hat mir ein paar Sachen gebracht«, antwortete er. »Telly. Ist ein Kollege von mir. Der hat auch meinen Kühlschrank leergeräumt, damit meine Wohnung nicht stinkt, wenn ich endlich nach Hause kann.«

»Also kriegst du doch Besuch.« Hanna warf einen triumphierenden Blick zum Nachbarbett. *Zu blöd, dass Daniel nicht mobil war und sie nicht in die Besucherecke gehen konnten. Der Bettnachbar hörte ganz ungeniert zu, auch wenn er sich abgewandt hatte und keine Kommentare mehr von sich gab. Musste der nicht mal zur Toilette? Oder konnte er nicht einfach mal höflicherweise hinausgehen?* Hanna konnte keine Gerätschaften an seinem Bett erkennen, die darauf hindeuteten, dass er nicht gehen konnte. Aber immerhin hatte sie erfahren, dass Daniel offensichtlich alleine lebte. *Warum war ihr das wichtig? Wollte sie etwa eine Beziehung mit ihm?*

»Hast du das Buch gelesen, das ich dir letzte Woche mitgebracht habe?« *Ein mühsames Gespräch. Warum waren sie so förmlich, so gestelzt? Lag es wirklich nur an dem lauschenden Bettnachbarn?*

»Ja, danke, war nett«, antwortete Daniel, warf einen bösen Blick auf das Nebenbett und rollte mit den Augen.

»Was macht dein Bein?«, fragte Hanna.

»Es gab Komplikationen«, antwortete Daniel. »Die müssen morgen noch mal operieren. Sie hatten beim ersten Mal eine Platte und ein paar Nägel eingesetzt, und da ist irgendwas lose.« Genervt verdrehte er die Augen.

Da hatte sie ja Glück gehabt, Daniel wach anzutreffen!

»Willst du mir deine Telefonnummer geben?«, fragte Hanna. »Dann kann ich beim nächsten Besuch vorher nachfragen, ob mein Besuch passt.«

Daniel sah überrascht auf. Dann grinste er sie spöttisch an. »Willst du mich etwa noch einmal besuchen?«

Hanna errötete. Sie ärgerte sich über seine Frage, und noch mehr über seinen hämischen Tonfall. *Warum war sie bloß hier?* »Klar«, antwortete sie mit forscher Stimme. »Du musst doch etwas zu lesen kriegen.«

»Und einen Orangensaft als Abwechslung zum Mineralwasser.« Daniels Lächeln sah mühsam aus, sein Gesicht geradezu verzerrt. »Wenn es denn sein muss.« Er nahm sein Handy in die rechte Hand, Hanna diktierte ihre Telefonnummer, und er wählte.

Er ist Linkshänder, dachte Hanna. *Wie mein Papa.*

»Vielleicht kannst du mich ja nächstes Jahr noch einmal besuchen«, fügte er hinzu. Er musterte Hanna, ließ seinen Blick über ihr Gesicht und ihr knallrotes Sweatshirt gleiten.

»Und jetzt muss ich schlafen«, sagte er mit leiser Stimme und rutschte etwas von seinem Kopfkissen herunter.

Hanna holte enttäuscht Luft. *Das war schon wieder ein klarer Rauswurf!*

»Na, dann wünsche ich dir frohe Weihnachtstage«, sagte sie mit tonloser Stimme, erhob sich und stellte den Stuhl wieder zurück. Ihre Jacke zerrte sie so heftig herunter, dass der Stuhl umfiel. »Bis bald.« Sie richtete den Stuhl wieder auf, nahm ihren Rucksack und eilte grußlos aus dem Zimmer.

Kapitel 4

Hanna liebte Weihnachten, genau wie ihre Familie. Die Wochen davor waren mit Vorbereitungen gefüllt, Plätzchen backen, Geschenke auswählen, verpacken und verstecken, einen Tannenbaum aussuchen, aufstellen und schmücken. Der Duft der selbstgebackenen Plätzchen zog durch das Haus, und der Tannenbaum, den sie Anfang Dezember aufstellten, verströmte den Geruch nach Wald und Harz. Wie jedes Jahr gab es lebhafte Diskussionen, was es dieses Jahr zu essen gäbe und wann sie mit der ganzen Familie feierten – all diese Aktivitäten zauberten Vorfreude in ihr.

Dieses Jahr feierten sie Heiligabend zu Hause im engsten Familienkreis. Helene und Sandro hatten ein kaltes Büfett vorbereitet, mit deutschen und italienischen Köstlichkeiten. Hanna hatte die letzten Geschenke eingekauft und kam erst gegen 17 Uhr nach Hause. Sie bewunderte von draußen die Weihnachtsbeleuchtung: eine kitschig bunte Lichterkette, die im Küchenfenster blinkte. Vor der Haustür zog ein kleines Rentier einen Schlitten mit Nikolaus darauf, alles bunt beleuchtet. Helene, die rationale Helene, liebte Kitsch, besonders zu Weihnachten.

Hanna zog sich rasch um und ging ins Wohnzimmer. Geflissentlich bewunderte sie den Tannenbaum. Elias hatte beim Schmücken geholfen und den mannshohen Baum gemeinsam mit seiner Mutter mit schönen Glaskugeln und kleinen Holzschnitzereien dekoriert, dazu mehrere bunte Ketten und zahllose Engel und Sterne aufgehängt.

Dann packten alle die Geschenke aus. Hanna hatte von ihren Eltern eine goldene Halskette mit einem Harlekin in schwarz-gold bekommen und ein buntes Sweatshirt, das sie sich ausgesucht hatte. Ihr Bruder schenkte ihr einen Kino-Gutschein. Hanna legte sogleich die Halskette an und streifte kurz das Sweatshirt über. Später setzten sich alle an den Esstisch und genossen das Büfett. Danach gab es wie jedes Jahr ein Hauskonzert, Elias und Helene spielten abwechselnd am Klavier und beendeten ihre Darbietung mit zwei vierhändigen Stücken.

Hanna musste am ersten Weihnachtstag arbeiten, eine 24-Stunden-Schicht. Der Tag und die folgende Nacht verliefen ruhig, es gab keine Unfälle, lediglich einige Krankentransporte waren durchzuführen. Später stand eine Überprüfung der Materialien im Krankenwagen an.

Für den zweiten Feiertag hatte ihre Familie Helenes Zwillingsschwester Nora mit ihrem Mann Niklas und den drei Kindern Sarah, Timo und Dominik eingeladen, außerdem den Halbbruder der beiden Frauen, Michael mit seiner Freundin Greta und seinem vierzehnjährigen Sohn Leon. Karin, die Mutter von Nora und Helene, war wie jedes Jahr ebenfalls dabei, genau wie ihr Lebensgefährte Reto und Elias' Freundin Lea. Es gab ein reichhaltiges Raclette, zu dem alle Fleisch, Gemüse, Obst und Saucen beigesteuert hatten, Niklas und seine Tochter Sarah hatten vegetarische Spezialitäten mitgebracht. Sie stießen mit Sekt an, außerdem gab es Wein und alkoholfreie Getränke für die Jungs. Das Essen wurde begleitet von Geplauder, alle lobten die Speisen. Im Hintergrund lief leise Musik, keine Weihnachtsmusik, Helene mochte keine Weihnachtsmusik.

Nach dem Essen räumten alle gemeinsam auf, dann wurde gespielt. Sie gingen in den Spielekeller, den Sandro nach seinem Einzug in Helenes Haus eingerichtet hatte, und maßen sich im Darts und beim Kickern.

Es waren vergnügliche entspannte Tage. Hanna genoss die Zeit mit ihrer Familie, das gemeinsame Faulenzen, Spielen, Fernsehen.

»Worüber grübelst du die ganzen Tage?«, fragte ihre Mutter unvermittelt. Es war drei Tage nach Weihnachten, sie saßen zu zweit im Wohnzimmer, Helene löste ein Sudoku, Hanna versuchte zu lesen. Sie hatte den Tag frei.

»Was ist?« Hanna schrak zusammen.

»Ich hab dich jetzt zwei Mal angesprochen«, antwortete Helene lächelnd. »Du hast mich gar nicht gehört. Was ist los? Willst du mir nicht davon erzählen? Ist es immer noch der Verletzte von vor Weihnachten?«

Konnte ihre Mutter Gedanken lesen? Wie kam sie nur darauf, dass dieser Verletzte tatsächlich immer noch in ihrem Kopf herumgeisterte? »Entschuldige«, antwortete Hanna hastig. »Ja, kann schon sein. Der war ziemlich lädiert, wollte aber niemanden verständigen. Das haben wir nicht so oft, eigentlich wollen die meisten Verletzten möglichst bald ihre Angehörigen sehen. Tja, und jetzt ist er wohl allein, allein über Weihnachten. Irgendwie tut er mir leid.«

Sie stand auf. »Ich muss noch was erledigen«, sagte sie und ging die Treppe hinauf. Das enttäuschte Gesicht ihrer Mutter ignorierte sie. Hanna konnte nicht sagen warum, aber sie wollte ihrer Mutter nichts von Daniel erzählen. *Sie hatte schon zu viel erzählt, die Bemerkung, dass Daniel über Weihnachten vermutlich allein war, hätte sie sich sparen sollen, das gab ihrer Mutter sicher zu denken. Hätte Helene die Beziehung, oder besser die Möglichkeit einer Beziehung, abgelehnt? Weil Daniel so viel älter war? Weil er so kompliziert war? Helene hätte sicher Angst gehabt, dass Daniel ihre sensible Tochter verletzen könne.*

Sie war nicht begeistert über Hannas Berufswahl gewesen, sie hatte mehrfach geäußert, dass die Arbeit als Rettungssanitäterin Hanna körperlich und psychisch überfordern könne. Hanna hatte sich über diese Kommentare geärgert. Immerhin übte sie diesen Beruf mittlerweile seit fünf Monaten aus und war noch nicht zusammengebrochen. Helene neigte für Hannas Geschmack dazu, allzu fürsorglich zu sein, geradezu überbehütend. Von einer ‚Helikoptermutter‘ war sie zum Glück noch weit entfernt. Sie machte sich häufig Sorgen, insbesondere um ihre Tochter, was vielleicht auf die Schicksalsschläge zurückzuführen war, die Helene bereits erlitten hatte. Elias hatte weniger von Helenes Sorge zu ertragen. Hanna fragte sich oft, ob es daran lag, dass er ein Mann war? Oder weil sie sich so stark von ihrer Mutter unterschied? Helene war rational und stur, und erzählte ihren Freundinnen immer wieder, dass Hanna zu verträumt und sensibel sei. »Manchmal denke ich, Hanna passt nicht in dieses Jahrhundert«, sagte sie gerne.

Am selben Abend traf Hanna sich wie jedes Jahr mit ihren Freunden, sie besuchten einen Club und kamen erst weit nach Mitternacht nach Hause. Im Club ertappte sie sich mehrmals dabei, wie sie ihre Freunde betrachtete und sich fragte, warum sie eigentlich nicht studierte oder eine zielgerichtete Ausbildung betrieb. So gut ihr der Job als Sanitäterin gefiel – es war eine Zwischenlösung, kein Zukunftsjob. Allmählich wurde es Zeit, dass sie sich für ein Studium oder eine Ausbildung entschied, die Zukunft hatte.

Beim Zusammensein mit ihrer Familie und mit ihren Freunden schweiften Hannas Gedanken häufig ab zu Daniel. Sie fragte sich, wie es ihm erging, ob er tatsächlich die Tage im Krankenhaus verbringen musste. *Wie deprimierend musste das sein!* Sie hatte ernsthaft überlegt, ihn einzuladen, sie konnte sich gar nicht vorstellen, an

Weihnachten alleine zu sein. Nach längerem Nachdenken hatte sie sich aber dann doch dagegen entschieden. Hanna kannte ihn überhaupt nicht und wusste nicht, wie er auf die Familie reagieren würde. Wenn er öfters so unfreundlich war wie bei ihren Besuchen, wollte sie ihn nicht ihrer Familie vorstellen. Vielleicht würde die Situation ihn völlig überfordern. Außerdem konnte er vermutlich immer noch nicht gehen, wie hätte sie ihn transportieren sollen?

Mehrfach war sie versucht, ihn wenigstens anzurufen, ihn zu fragen, wie es ihm ginge. Andererseits war er bei ihrem letzten Treffen ziemlich verdrossen gewesen. *Warum sollte sie ihn überhaupt besuchen? Warum bloß dachte sie so häufig an ihn?*

Kapitel 5

Hanna saß verdrossen in ihrem Zimmer und versuchte, sich zu beschäftigen. Sie hatte den Tag frei, und normalerweise genoss sie die freien Tage, traf sich mit Freunden, ging mit ihrem Hund oder faulenzte einfach. Aber an diesem Tag hatte Aylin keine Zeit und Hanna hatte zu nichts Lust. Alles Mögliche hatte sie ausprobiert: Lesen, Instagram, TikTok, YouTube-Videos. Sie hatte sogar ihr Zimmer aufgeräumt und einige Bücher, Schul- und Jugendbücher, zusammengepackt und in den Keller geräumt. Sieben Tage waren seit ihrem letzten Besuch bei Daniel vergangen, sieben Tage, in denen sie nichts von ihm gehört hatte. *Was hatte er Sylvester gemacht?* Sie hielt es nicht mehr aus. Hanna konnte sich einfach nicht konzentrieren, dachte permanent an Daniel und wie es ihm erging. Ihr tat das Herz weh bei dem Gedanken, dass er die ganzen Tage alleine im Krankenhaus war, dass niemand ihn besucht hatte. Außer vielleicht dieser Kumpel, wie hatte der noch geheißen?

Kurz entschlossen ging sie hinunter in die Küche, nahm eine kleine Keksdose aus dem Schrank, füllte einige der wenigen übrig gebliebenen selbstgebackenen Plätzchen hinein, dann suchte sie aus ihrem Bücherregal ein Buch von Loriot. Sie liebte Loriot, seine Bücher und seine Fernsehfilme und hatte sich deswegen schon öfters Spott von ihrem Bruder anhören müssen. »Loriot ist nicht so ganz deine Altersklasse, oder?«, pflegte Elias sie zu necken. Vielleicht passte Loriot zu Daniel.

Sie packte Keksdose und Buch in ihren Rucksack, ging in den Flur, zog ihre Stiefel an und rief: »Ich bin noch mal weg«, in das Treppenhaus hinauf. Dann eilte sie nach draußen, bevor jemand fragen konnte, wo sie hinfuhr, holte ihr Fahrrad aus der Garage und fuhr los.

Unterwegs verwünschte sie sich, dass sie keine Handschuhe angezogen hatte. Am liebsten hätte sie ihre Hände in die Jackentaschen gesteckt, um sie vor dem eisigen Wind zu schützen. *Hatte sie es so eilig gehabt, zu diesem mürrischen Verletzten zu fahren?*

Hanna fuhr zur nächstgelegenen Corona-Teststelle, ließ sich testen – negativ – und radelte zum Krankenhaus. Während sie ihr Fahrrad abschloss, überlegte sie, was sie irritierte. Irgendetwas hatte gefehlt. *Richtig. Diesmal hatte kein schwarzer Schatten ihren Weg blockiert. Seltsam. Hatte sie es sich die letzten beiden Male nur eingebildet? Oder hatte der Schatten aufgegeben? Sie grinste über ihre Gedanken – Schatten mit Bewusstsein!*

An der Rezeption zeigte sie ihren Testbescheid und eilte den Gang entlang und die Treppe hinauf, bis sie endlich vor Zimmer 103 stand. Sie atmete tief durch, klopfte und öffnete nach kurzem Warten die Tür.

Hanna erstarrte.

Das Zimmer war leer.

Beide Betten waren mit einer durchsichtigen Folie bedeckt. *Was war passiert? War Daniel doch entlassen worden? Mit dem gebrochenen Bein? Oder war er? ... nein, ganz bestimmt nicht. Es ging ihm doch besser. Und er war ja nicht lebensgefährlich verletzt gewesen. Eine Komplikation? Hatte sie zu lange mit ihrem Besuch gewartet? Sie hätte vorher anrufen sollen. Sie verwünschte sich, dass sie einfach losgebraust war, ohne zu überlegen, ohne anzurufen.*

Hanna trat einen Schritt zurück und schloss die Tür. Unschlüssig sah sie sich um. Warum war kein Pfleger zu sehen? Sie ging zum Schwesternzimmer, das nicht besetzt war, und wartete. *Vermutlich hatten sie möglichst viele*

Patienten über die Feiertage entlassen. Sollte sie die Klingel auf dem schmalen Fensterbrett vor dem Pflegedienst betätigen? Sie wurde immer unruhiger. *Sie musste unbedingt wissen, was los war.*

Endlich kam ein Pfleger den Gang entlang. »Kann ich Ihnen helfen?«, fragte er.

Nein, ich steh hier nur zum Vergnügen rum, dachte Hanna verdrossen und schluckte rasch ihren Frust hinunter.

»Ich suche Daniel Schwarzenthal«, flötete sie und sah den Pfleger gespannt an.

»Der liegt in Zimmer 107«, antwortete der Pfleger freundlich. »Gleich da drüben.«

»Danke sehr.« Hanna fühlte Steine in ihrem Inneren herunterpurzeln. Sie ging die paar Schritte bis zur Tür mit der 107, klopfte kräftig, öffnete die Tür und sah angespannt in das Zimmer.

Da war Daniel! Er lag im zweiten Bett, am Fenster, und hielt wieder sein Notizbuch vor sich. Das vordere Bett war leer und sah unbenutzt aus.

Bei ihrem Anblick ging ein Leuchten über Daniels Gesicht. »Hanna!«, stieß er hervor. Hanna hörte viele Emotionen in diesem Wort. Freude hörte sie, da war sie sich sicher. Außerdem Überraschung. Fröhlichkeit. Erleichterung? Möglicherweise.

Hanna ging zu ihm und legte ihre Hand auf seinen linken Arm. »Hallo«, sagte sie mit weicher Stimme. »Wie geht es dir?«

Daniel hob seinen Arm und streichelte über ihre Hand. »Jetzt besser«, sagte er und lächelte sie an. Seine Augen leuchteten und er ließ den Blick über ihr Gesicht wandern. So finster er bei ihrem letzten Treffen ausgesehen hatte, so freudig, geradezu glücklich sah er jetzt aus.

Mühsam riss Hanna sich von seinem Anblick los und öffnete ihren Rucksack.

»Weihnachtsplätzchen, von meiner Mama gebacken«, sagte sie und reichte ihm die Dose. Überrascht sah sie den Schatten, der über sein Gesicht flog. Hatte er etwas gegen Mütter? Oder gegen selbstgebackene Kekse? Schnell verdrängte sie den Gedanken.

»Und hier ein Buch von einem meiner Lieblingsautoren«, sagte sie und holte das Loriot-Buch heraus. Gespannt sah sie Daniel an und wartete auf seine Reaktion.

»Den mag ich auch«, sagte der mit einem beifälligen Kopfnicken und lächelte sie an. »Ich liebe seine Filme und besonders die mit Evelyn Hamann.«

Hanna legte das Buch auf seinen Nachttisch und holte sich einen Stuhl, den sie dicht an Daniels Bett stellte. Rasch streifte sie ihre Daunenjacke ab und hing sie über die Lehne.

»Hast du keinen Bettnachbarn?«, fragte sie und wies mit dem Kopf auf das zweite Bett.

»Nee, zum Glück nicht«, antwortete Daniel. »Keiner, der blöde Bemerkungen macht.« Er grinste. »Erzähl mir doch etwas von dir, was machst du? Außer Rettungswagen fahren, natürlich. Und wie bist du überhaupt auf den Sani-Job gekommen?«

Hanna überlegte. Sie war unsicher, wie viel sie von sich preisgeben sollte. Sie kannte Daniel überhaupt nicht. Alles, was sie von ihm wusste, oder zu wissen glaubte, war, dass er allein lebte.

»Ich wollte was mit Medizin machen«, begann sie und erzählte, dass sie den erforderlichen Notenschnitt nicht zustande gebracht hatte. Dass sie auf die Idee mit der Rettungssanitäterin gekommen war, und erläuterte den Unterschied zur Notfallsanitäterin. Von ihrem Vater, dessen früher Tod sie zu einem Medizinberuf motiviert hatte, erzählte sie nicht. Das war ihr zu privat.

»Willst du dein Leben lang Sanitäterin bleiben?«, fragte Daniel und sah sie fragend an. Hanna war wieder einmal irritiert von seiner Angewohnheit, ihr direkt in die Augen zu sehen. Zugleich ärgerte sie sich über die Frage oder besser gesagt über den Ton, in dem die Frage gestellt worden war. Etwas abfällig, verwundert.

»Nein, will ich nicht«, gab sie pampig zurück. »Es ist für mich ein guter Start in die Medizin, ich lerne sehr viel über medizinische Berufe, über Patienten, über Verletzungen und wie man sie behandelt. Zurzeit überlege ich, was ich ab dem Sommer studieren will. Allerdings gefällt mir der ‚Sani-Job‘«, sie legte möglichst viel Verachtung in das Wort, »richtig gut. Vielleicht kann ich den während des Studiums weiter betreiben, am Wochenende oder in den Semesterferien und so.«

»Alle Achtung«, sagte Daniel. »Dein Beruf imponiert mir. Und ich wollte dich nicht kränken, versteh mich nicht falsch.« Er streichelte über ihre rechte Hand. Sie saß wieder an seiner linken Seite. Die Infusionsnadeln waren entfernt worden. Das Bein hing allerdings immer noch über dem Bett. Das Pflaster an seinem Kopf war nicht mehr da, Hanna sah einen großen Schnitt, der gut verheilt aussah.

»Stimmt es, dass du so lange Dienstzeiten hast? Das hab ich mal gehört.«

Hanna nickte. »Ja, das ist ein Nachteil von diesem Job. Ich hab immer entweder eine 12-Stunden-Schicht oder eine Doppelschicht von 24 Stunden. Und natürlich die ganze Woche durch, am Wochenende und an Feiertagen. Ich hab zum Beispiel am ersten Weihnachtstag eine 24-Stunden-Schicht abgeleistet. Na ja, man gewöhnt sich daran.«

»Hast du denn überhaupt Zeit für anderes, für deine Hobbys? Und was sind deine Hobbys?«, fragte Daniel in leichtem Plauderton.

Er ist völlig verändert, dachte Hanna. *Hatten die blöden Bettnachbarn ihn so gestört? Oder ging es ihm einfach besser, so dass er positiver gestimmt war und gerne mit ihr redete?*

»Backen wohl eher nicht, oder?« Er zwinkerte.

»Fußballspielen«, antwortete Hanna. »Im örtlichen Verein. Da bin ich natürlich wirklich durch den Job stark eingeschränkt und kann nur noch unregelmäßig am Training teilnehmen. Bei unseren Spielen werde ich fast immer eingesetzt, wenn ich keinen Dienst habe, weil wir nicht so viele Spielerinnen haben. Und ein weiteres Hobby ist Töpfern.« Hanna wartete angespannt auf seine Reaktion.

»Töpfern?«, echote Daniel in hohem Ton und brach in Lachen aus. »Das Hobby der frustrierten Hausfrauen? Wie kommst du denn darauf?«

»Was ist falsch am Töpfern?« Hanna ärgerte sich. »Genau dasselbe hat meine Mutter gesagt, als ich mit Töpfern begonnen hab. Dann hat sie mir aber trotzdem eine Töpferwerkstatt eingerichtet.« Sie ließ ihren Blick durch das Zimmer wandern, ihre Gedanken waren in der schweren Zeit vor sieben Jahren.

Sie war ein Stück von Daniel weggerückt und hielt nicht mehr seine Hand.

»Entschuldige«, sagte Daniel. »Ich wollte mich nicht lustig machen über dich. Es passt irgendwie gar nicht zu dir, du kommst mir eher vor wie jemand, die in den Bergen klettern geht oder Comics entwirft.« Er beugte sich vor und nahm wieder Hannas Hand. Sie ließ es geschehen.

»Was sind denn deine Hobbys?«, fragte Hanna mit giftiger Stimme. Sie war noch nicht versöhnt. »Und was ist überhaupt dein Beruf?«

»Ich bin eigentlich Bildhauer«, erklärte Daniel. Hanna hob ruckartig den Kopf. Bildhauer! Das passte! Das passte zu hundert Prozent zu seinem Äußeren. Darum hatte er sich über ihr Töpfern lustig gemacht. Sie verzieh ihm seine lästerliche Bemerkung. Beinah.

Daniel schien ihre Bewunderung zu genießen. »Ja, Bildhauer. Das war schon immer mein Berufswunsch, seit meinem zehnten Lebensjahr oder so. Leider reicht mein Talent nicht so weit, dass ich damit Geld verdienen kann. Oder zumindest wird mein Talent nicht genügend gewürdigt.« Er verzog ironisch seinen Mund. »Darum hab ich mir einen Job beim Marketing gesucht. Da ist wenigstens ein kreatives Element dabei. Und in meiner Freizeit kann ich meinem Hobby nachgehen. Ab und zu verkaufe ich etwas, und an einer Ausstellung war ich auch schon mal beteiligt. Das Künstlerleben ist hart.«

Theatralisch verzog er schmerzhaft sein Gesicht. Hanna hätte ihn küssen können, er sah so verletzlich aus, sensibel, dabei kämpferisch. Daniel war ganz anders als andere Männer in ihrem Familien- und Bekanntenkreis, anders als ihre Freunde, ihr Bruder oder Cousin.

Sie nahm seine Hand und strich über die Innenseite. »Daher die Schwielen«, sagte sie mit weicher Stimme und unterdrückte mühsam den Impuls, seine Finger zu küssen. »Wie gut, dass deine Hände nicht verletzt sind«, fügte sie hinzu. »Oder deine Schultern.«

»Danke für dein Mitgefühl«, antwortete Daniel. »Das Bein macht mir genug zu schaffen, zum Teil sind meine Bildhauerarbeiten recht schwer. Da werde ich die nächste Zeit Probleme haben.«

»Ich hab noch eine Frage«, sagte Hanna zögernd. »Du darfst aber nicht böse werden, okay?«

»Hm«, antwortete Daniel. »Was ist das denn für eine intime Frage?« Auffordernd sah er ihr direkt in die Augen und Hanna spürte einen angenehmen Schauer über ihren Rücken laufen. Dieser Mann machte sie verrückt!

»Dein Unfall«, begann sie. »Vor Weihnachten. Der Mann, der dich angefahren hat, meinte, du wärst mit Absicht vor sein Auto gelaufen. Ist da was dran?«

Der Gedanke hatte sie nicht losgelassen. Und seine Erzählungen über seinen Berufswunsch, dass sein Bildhauer-Talent nicht ausreichte, um seinen Lebensunterhalt zu gewährleisten – hatte das zu diesem Unfall, der vielleicht keiner war, geführt?

Daniels Gesicht verdüsterte sich. »Mit Absicht?«, fragte er ungläubig. »Nein, ganz bestimmt nicht. Ich war einfach in Gedanken und hab nicht richtig aufgepasst, außerdem ist der Typ zu schnell gefahren. Die Staatsanwaltschaft hat mich bereits angeschrieben, die ermittelt. Telly hat mir den Brief ins Krankenhaus gebracht.« Zärtlich streichelte er über Hannas Arm. »Ich bin bestimmt nicht der Typ für einen Suizid. Aber der Unfall hatte ja durchaus sein Gutes, dadurch hab ich dich kennengelernt.« Er lächelte sie an und Hanna wurde wieder warm ums Herz.

»Ich würde deine Kunstwerke gerne einmal sehen«, sagte Hanna unvermittelt und wunderte sich über ihre Worte. Ging sie jetzt zu weit? Wo hatte er sein Atelier, in seiner Wohnung?

»Klar, gerne«, antwortete Daniel. »Wenn ich mal endlich hier raus bin.«

»Brauchst du eigentlich noch etwas?« Beinah hätte sie ‚einen Schlafanzug‘ hinzugefügt, hielt aber im letzten Moment inne. Sie konnte sich allzu gut an seinen ruppigen Kommentar erinnern, als sie ihm das letzte Mal angeboten hatte, etwas für ihn zu besorgen. Ein rascher Blick zeigte ihr, dass sein Schlafanzug sauber zu sein schien, und die Wangen sahen frisch rasiert aus.

»Nein, danke«, antwortete Daniel in kühlem Tonfall. »Telly versorgt mich mit allem, was ich brauche.«

Schon wieder dieser Telly.

»Telly, wie ist er so? Ist er auch Künstler?«

»Nein, nur ein Kollege.« Das klang abfällig, fast schon verächtlich.

»Und sonst? Deine Familie? Bist du verheiratet, hast du Kinder?«

Sie musste das wissen. Daniel verzog den Mund, sein Gesicht nahm einen verschlossenen Ausdruck an.

»Geschieden«, antwortete er knapp. »Schon seit vielen Jahren.«

Er entzog ihr seine Hand.

»Und du?«, fragte er. »Du hast doch bestimmt einen Freund. Oder mehrere.« Er zwinkerte.

»Nein, zurzeit nicht«, antwortete Hanna und ärgerte sich, dass er die Frage nach Kindern nicht beantwortet hatte. *Hatte er welche oder nicht?*

»Dann wohnst du allein?«, fragte sie. »Oder in einer Künstlerkommune?« Sie lächelte.

»Ganz allein. In einer Wohnung mit Atelier.« Daniels Stimme klang abweisend. Offensichtlich wollte er auf dieses Thema nicht weiter eingehen.

»Und du wohnst zu Hause?«, fragte er. »Mit Eltern und Geschwistern? Hund und Katze?«

»Mit Bruder, Mutter und Stiefvater«, antwortete Hanna. »Und Hund Carlos, ein Mischling. Mit dem gehe ich oft in den Wald.« Sie legte eine Pause ein, wartete, dass Daniel nachfragte, nach dem Bruder, warum sie einen Stiefvater hatte. Daniel hatte sich zurückgelehnt und sah aus dem Fenster. *Hatte er überhaupt zugehört?*

»Weihnachten haben wir zuerst in kleinem Kreis und dann am 1. Weihnachtstag mit der Großfamilie gefeiert«, erzählte sie und fragte sich, warum sie das erzählte. *Daniel war scheinbar nicht allzu sehr an Familie interessiert.* »Mit Tante, Onkel, Cousine, meinen Cousins und natürlich den Großeltern. Die Freundin meines Bruders war auch dabei. – Wie hast du die Weihnachtstage verbracht? Hat dich jemand besucht?«

Daniels Gesicht verschloss sich wieder.

»Weihnachten ist mir nicht so wichtig«, sagte er, sah sie kurz an und dann wieder zum Fenster hinaus. »Sei mir nicht böse, ich werde langsam müde«, fügte er hinzu und gähnte demonstrativ. War das Thema zu persönlich?

»Ich geh ja schon«, knurrte Hanna, stand auf, stellte den Stuhl zurück, nahm ihre Jacke und ihren Rucksack, den sie sich schwungvoll über die Schulter warf, und ging mit einem »Tschüss« zur Tür hinaus.

Blödmann!

Kapitel 6

Daniel! Hanna starrte ungläubig auf das Display ihres Handys. Es zeigte tatsächlich ‚Daniel Schwarzenthal' als Anrufer. Hanna hatte keinen Dienst und las gerade einen Bericht über neueste Erkenntnisse für die Behandlung von Verletzten. Sie holte tief Luft, dann nahm sie das Gespräch an.

»Hallo Daniel«, sagte sie und bemühte sich um einen möglichst kühlen Tonfall.

»Hallo meine Schöne«, antwortete Daniel mit samtener Stimme. Hanna blickte überrascht auf das Display. War das wirklich Daniel?

»Ich wünsche dir ein gutes neues Jahr«, fügte Daniel hinzu und lachte leise.

»Äh, danke, dir auch«, antwortete Hanna. Eine Bemerkung über die Heiligen Drei Könige lag ihr auf der Zunge, es war der 6. Januar. *Ob er einer der drei Könige war? Oder ein Stern ihn zu dem Telefonanruf geführt hatte?* Mühsam schluckte sie jeglichen Kommentar herunter und räusperte sich. »Bist du noch im Krankenhaus?«

»Ja, aber ich kann nach Hause«, antwortete Daniel. »Könntest du mich eventuell abholen? Telly, mein Kumpel, ist in Urlaub.«

»Äh, ja klar«, antwortete Hanna rasch. »Wann?«

»Wann kannst du denn?«, fragte Daniel.

»Ich hab heute keine Schicht«, antwortete Hanna. »Gegen 14 Uhr?«

»Perfekt«, antwortete Daniel. »Hast du überhaupt ein Auto?«, fragte er.

Ups, da hatte sie gar nicht dran gedacht.

»Klar, ich leih mir eins, von meiner Mutter oder meinem Bruder«, antwortete sie mit Überzeugung in der Stimme. Ihr Stiefvater Sandro verlieh seinen Fiat äußerst ungern, aber Helene und Elias hatten damit keine Probleme.

»Dann bis nachher«, sagte Daniel. »Danke«, fügte er rasch hinzu.

Hanna hauchte ein »Tschüss« ins Telefon und legte auf. Sie war verwirrt. Was sollte das bedeuten? Daniel hätte ja mit dem Taxi fahren können. Oder falls er noch nicht mobil genug war, mit dem Krankenwagen. Das war ja eine der Aufgaben ihrer Rettungswache. Was machte überhaupt sein Bein? Sie war von seinem Anruf so überrumpelt gewesen, dass sie das Gespräch kurzgehalten hatte, um sich von ihrer Überraschung erholen zu können.

Die Zeit bis 14 Uhr schlich quälend langsam. Beim Mittagessen, das Hanna gekocht hatte – Spaghetti mit Krabben, dazu ein Tomatensalat – musterte Helene ihre Tochter kritisch, und einmal öffnete sie den Mund, offensichtlich um zu fragen, was los sei. Aber Hanna warf ihrer Mutter einen finsteren Blick zu und Helene wandte sich ab.

Das Auto! »Könnte ich nachher dein Auto haben?«, fragte sie mit ihrer liebsten Stimme. Helene wandte ruckartig den Kopf und sah ihre Tochter überrascht an.

»Äh, ja klar«, sagte sie. »Wofür brauchst du das denn?«

»Ich muss was holen«, antwortete Hanna und begann, den Tisch abzuräumen. Ihre Mutter merkte vermutlich, dass Hanna keine weiteren Informationen herausrücken würde, und fragte nicht mehr weiter nach.

Kurz nach 13 Uhr zog Hanna Schuhe und Jacke an, schnappte sich den Autoschlüssel vom Schlüsselbrett hinter der Haustür und stieg in Helenes Kombi. Rasch schob sie den Fahrersitz nach vorne, sie war kleiner als Helene, und stellte die Spiegel ein. Dann fuhr sie los.

Am Krankenhaus überlegte sie einen Moment, wo sie parken sollte. Wie mobil war Daniel? Schaffte er es bis zum Parkhaus? Wenn nicht, würde sie das Auto holen und er müsste so lange am Eingang warten. Sie fuhr die Rampe des Parkhauses hoch. Den schwarzen Schatten, der sich ihr beim Einparken in den Weg stellte, ignorierte sie, fuhr direkt darauf zu und beobachtete befriedigt, dass er sich kurz vor ihr auflöste. *Schade, sie hätte ihn gerne an die Wand gequetscht, dann würde er ihr vermutlich nicht mehr auflauern.*

Sie eilte zum Krankenhaus und die Treppe hinauf und öffnete die Tür zu seinem Zimmer. Diesmal war das vordere Bett besetzt, ein Mann von Mitte vierzig sah sie aufmerksam an.

Hanna grüßte freundlich und ging zu Daniel. Sie versuchte vergebens, ihr Strahlen zu unterdrücken. Der Anblick von Daniel ließ ihr Herz hüpfen, sie hätte jubeln können. Daniel saß neben einer kleinen gepackten Reisetasche auf seinem Bett, er trug Jeans, einen grauen Hoodie und schwarze Turnschuhe. Aufmerksam blickte er ihr entgegen.

»Ach, holt deine Tochter dich ab?«, fragte sein Bettnachbar. »Das ist aber nett.«

Hanna spürte, wie das Blut ihr in die Wangen schoss. Er hatte ja recht, Daniel könnte altersmäßig tatsächlich ihr Vater sein.

Daniel schüttelte unwillig den Kopf und stand auf. Er zog die graue Daunenjacke an, die neben der Reisetasche gelegen hatte, und nahm die beiden Krücken, die am Fußende lehnten, dann ging er mit Hilfe der Krücken langsam zur Tür. Hanna hatte sich die Reisetasche geschnappt und folgte ihm.

»Tschüss und gute Besserung«, sagte sie beim Hinausgehen.

Es war eigenartig, neben Daniel zum Fahrstuhl zu gehen; er war einen Kopf größer als sie. Seine ganze Erscheinung kam ihr fremd vor, als hätte er sich verändert. Sie hatte ihn bisher nur liegend oder sitzend erlebt, durch die aufrechte Haltung schien er weniger hilfsbedürftig, eher ein Partner auf Augenhöhe. *Na ja, nicht ganz Augenhöhe, da war eine Kopflänge zwischen ihnen.*

»Alles in Ordnung?«, fragte Daniel und sah ihr prüfend ins Gesicht. Hatte er ihre Gefühle bemerkt?

»Alles bestens«, antwortete Hanna rasch und sah erleichtert, dass die Aufzugtüren sich öffneten.

»Schaffst du es bis zum Parkhaus?«, fragte sie, als sie aus der Tür des Krankenhauses getreten waren, und zeigte auf das Gebäude gegenüber.

»Ja, langsam«, antwortete Daniel. »Ich muss sowieso mit den Krücken üben.«

Am Auto angekommen ließ Hanna Daniel warten und fuhr aus der Parklücke, damit sie die Beifahrertür weit öffnen konnte. Mühsam stieg Daniel ein und steckte die Krücken vor sich in den Fußraum. Seine Reisetasche hatte Hanna auf den Rücksitz gelegt.

»Adresse?« Sie sah Daniel fragend an. Er nannte sie ihr und sie tippte sie rasch ins Navi ein. Dann fuhr sie los. *Er hätte mir ja auch den Weg sagen können, dachte sie unterwegs. Hat er überhaupt ein Auto?*

»Was hast du Silvester gemacht?«, fragte sie, um das Schweigen in diesem Auto zu unterbrechen.

»Wilde Party gefeiert«, antwortete Daniel bissig. »Tanz mit den hübschen Krankenschwestern, saufen, Feuerwerk.« Er fuhr sich mit der Hand über die Stirn. »Entschuldige. Hübsche Krankenschwestern gibt es nur im Fernsehen. Was hast du denn gemacht?«

»Party«, antwortete Hanna knapp. Sie war mit ihrer besten Freundin Aylin bei einem Freund eingeladen gewesen, dessen Eltern über Silvester weggefahren waren. Sie hatten eine ausgelassene Runde erlebt mit etwa fünfundzwanzig Teilnehmern. Alle hatten getanzt, gequatscht, gut gegessen und viel getrunken und Spaß gehabt. Um Mitternacht waren sie gemeinsam auf die Straße gegangen und hatten dem Feuerwerk zugesehen. Einer ihrer Freunde, Jens, war ein ‚Feuerteufel‘, wie sie immer sagten. Er musste Unsummen ausgegeben haben und hatte ein grandioses Feuerwerk gezündet. Hanna war erst am frühen Morgen nach Hause gekommen. Und zwischendurch hatte sie sogar überlegt, Daniel anzurufen, es aber dann gelassen. Sie hatte versucht, sich Daniel bei dieser Party vorzustellen, jedoch hätte er nicht dazu gepasst. Alle anderen waren um die zwanzig Jahre alt, ausgelassen und fröhlich. Sie hatten ihr ganzes Leben vor sich und genossen die Zeit. Daniel vermittelte den Eindruck, dass sein Leben gescheitert war, er schien eher pessimistisch zu sein. Hanna sah ihn förmlich vor sich, wie er mit einem sauertöpfischen Gesicht herumsaß und mürrische Bemerkungen machte. Aber vielleicht tat sie ihm ja unrecht.

Als sie auf das neue Jahr angestoßen hatten, flüsterte Aylin ihr zu: »Dieses Jahr findest du bestimmt deinen Märchenprinzen«, und lächelte verschwörerisch. Hanna hatte ihr von Daniel erzählt, aber klargemacht, dass er eigentlich überhaupt nicht zu ihr passte. Zum Märchenprinzen taugte Daniel sicher nicht, dafür hatte er zu viele Probleme. Das hatte sie aber nicht gesagt, sondern Aylin liebevoll in die Arme genommen. Sie waren seit der Mittelstufe eng befreundet und teilten fast alle Geheimnisse miteinander. Aylin war ein wenig größer als Hanna, hübsch mit ausdrucksvollen dunklen Augen und langen schwarzen Haaren. Ihre Eltern stammten aus der

Türkei, Aylin und ihr älterer Bruder waren in Deutschland geboren worden. Aylin studierte und wollte Ingenieurin werden. Genau wie Hanna hatte sie zurzeit keinen festen Freund. Hanna war manchmal eifersüchtig auf Aylin. Neben dieser auffallenden exotischen Schönheit kam sie sich häufig unscheinbar vor, geradezu unattraktiv. Mehr als einmal war es Hanna passiert, dass ein junger Mann sie ansprach, weil er über sie Aylin kennenlernen wollte. Ihrer engen Freundschaft tat das aber keinen Abbruch.

Sie chauffierte Daniel durch eine Straße mit hübschen Einfamilienhäusern und einigen wenigen gepflegten Mehrfamilienhäusern.

»Wir sind da«, sagte Daniel und riss Hanna aus ihren Gedanken. Hanna bremste abrupt, so dass Daniel in den Sicherheitsgurt gedrückt wurde. Er stieß einen unwirschen Laut aus und warf ihr einen finsteren Blick zu.

»Sorry«, murmelte Hanna. »Hättest ja eher Bescheid sagen können.« Sie rangierte das Auto in eine Parktasche, stieg aus und nahm die Reisetasche vom Rücksitz. Rasch ging sie um das Auto herum und öffnete die Beifahrertür. Mühselig stieg Daniel aus und verzog schmerzverzerrt das Gesicht. Sie reichte ihm die Hand, aber er schob sie unwillig zur Seite. »Das geht schon«, knurrte er, warf mit Schwung die Autotür zu, nahm seine Krücken und hinkte mühevoll zur Haustür.

Hanna seufzte, ging einen Schritt in Richtung Haus und sah sich um. Das Haus stand etwas zurückgesetzt, mit einem gepflegten Vorgarten, in dem einige kahle Büsche und ein paar niedrige Stauden standen. In der Mitte führte ein breiter Plattenweg zur Haustür. Das Gebäude war hellgelb gestrichen; mit den großen Fenstern vermittelte es einen freundlichen Eindruck. Hanna sah drei Etagen, vermutlich mit jeweils zwei Parteien.

Daniel lehnte eine Krücke gegen die Hauswand, fischte einen Schlüsselbund aus seiner Jackentasche, öffnete die

Haustür, nahm die Krücke und ging in den Flur. An der linken Seite gab es einen Fahrstuhl, den Daniel ansteuerte und den Knopf drückte, der den Aufzug zu ihnen führte.

»Wie gut, dass das Haus einen Fahrstuhl hat«, sagte Hanna und durchbrach damit das Schweigen, das sich über ihnen ausgebreitet hatte wie eine dunkle Wolke.

Daniel lächelte mühsam und sah angestrengt nach vorne. Als der Aufzug die Türen vor ihnen öffnete, hinkte Daniel hinein, verhakte aber eine der Krücken an der Fahrstuhltür. »So ein Driss!«, fluchte er und zerrte ungeduldig die Krücke heraus. Hanna folgte ihm mit seiner Reisetasche, und Daniel drückte den Knopf für die zweite Etage.

Sie verließen den Aufzug und standen vor der Wohnungstür. »Tja, dann, herzlichen Dank«, sagte Daniel und griff die Reisetasche, die Hanna immer noch in der Hand hielt. »Ich melde mich die nächsten Tage bei dir.«

Mit diesen Worten drehte er sich zur Tür und steckte einen Schlüssel ins Schloss.

Hanna war wie vor den Kopf gestoßen. Was sollte das denn jetzt? Das war ein Rausschmiss, schlimmer noch als im Krankenhaus.

»Äh«, stotterte sie. »Wie kommst du klar? Soll ich dir nicht was einkaufen?«

Zu ihrem Ärger spürte sie, dass sie knallrot wurde. Vor Ärger und Verlegenheit.

»Das ist lieb von dir«, sagte Daniel. Seine Augen waren kühl. »Ich hab nicht aufgeräumt und kann dich darum nicht mit reinnehmen. Ich komme zurecht. Nochmals danke. Tschüss.«

Mit diesen Worten schloss er die Tür auf, schob sie einen Spalt auf und zwängte sich durch die Tür.

Hanna blieb wie erstarrt stehen. *Ich soll nicht hineinsehen können!* Sie hörte, wie eine Krücke hinter der Tür zu Boden fiel. »Kann ich ...«, setzte sie an, stoppte aber sofort. Wenn er Hilfe brauchte, konnte er ja rufen. Er wollte sie ausdrücklich nicht in der Wohnung haben.

Sie straffte die Schultern, drehte sich um und ging zur Treppe, die sie leichtfüßig hinunterlief. *Der kann mich mal!*, dachte sie aufgebracht. *Blödmann! Arschloch! Arroganter Schnösel! Blötschkopp!*

Zu Hause musste sie auch noch die Befragung ihrer Mutter über sich ergehen lassen.

»Hast du deinen Bekannten vom Krankenhaus abgeholt?«, fragte Helene, kaum dass Hanna die Haustür geöffnet hatte. »Den Mann, der kurz vor Weihnachten den Autounfall hatte?«

Hanna hegte den Verdacht, dass ihre Mutter am Küchenfenster gestanden und auf sie gewartet hatte. Wann hatte sie ihr überhaupt von ihm erzählt? Ach ja, als sie vom zweiten Krankenbesuch zurückgekommen war. Und Helene mit ihren feinen Antennen hatte bemerkt, dass dieser Patient Hanna wichtig war.

»Äh, ja«, antwortete Hanna kurz angebunden. »Der hatte keinen gefunden, der ihn abholen könnte.«

»Ach, und da hat er dich angerufen?«, fragte Helene nach.

»Ist das jetzt ein Verhör?«, fauchte Hanna, ging an ihrer Mutter vorbei und eilte die Treppe hinauf.

»Entschuldige«, hörte sie ihre Mutter murmeln.

Kapitel 7

»Nora hat uns für morgen Nachmittag zum Familienrat eingeladen.«

Mit diesen Worten empfing Helene ihre Tochter nach deren Schicht am Freitagabend. Der Familienrat hatte Tradition in Hannas Familie. Er wurde zu besonderen Gelegenheiten einberufen, wenn es ein Problem gab, das alle betraf, oder aufregende Neuigkeiten. Der letzte Familienrat fand vor zweieinhalb Jahren statt, als Nora in Kanada vermisst wurde.

»Aha«, sagte Hanna und schleuderte ihre Boots unter die Garderobe. »Weißt du, worum es geht?«

»Ja klar«, antwortete Helene und grinste. »Komm erst mal rein. Und räum deine Schuhe auf!«

Hanna verdrehte die Augen. So wichtig waren die Schuhe doch nicht. Wollte ihre Mutter sie ärgern, indem sie die Spannung erhöhte? Theatralisch seufzend bückte Hanna sich und stellte die Boots ordentlich in den Schuhschrank. Dann hängte sie ihre schwarze Daunenjacke sorgfältig auf einen Kleiderbügel. Ihre Mutter war ins Wohnzimmer gegangen und hatte sich auf die ferrarirote Couch gesetzt.

Hanna setzte sich zu ihr. »Also, was gibt es?«

»Timo wird Vater!«

Hanna blieb der Mund offen stehen. Ihr Cousin Timo, der Sohn von Helenes Zwillingsschwester Nora?

»Aber Timo ... der ist doch grad erst einundzwanzig geworden?«, stotterte sie.

»Nun ja, er wird schon wissen, wie das geht«, antwortete Helene grinsend. »Tja, darum hat Nora den

Familienrat einberufen. Sie hat mir vorgestern von der Schwangerschaft erzählt. Gestern Nachmittag hat sie sich mit der werdenden Mutter getroffen. Die will das Baby wohl nicht, will aber auch nicht abtreiben.«

»Das wäre ja auch furchtbar!«, kommentierte Hanna. »Ich möchte wirklich nicht, dass mein kleiner Neffe oder Nichte abgetrieben wird.« Sie runzelte die Stirn. »Ich verurteile sicher keine Frau, die sich dazu entscheiden muss. Du weißt ja: ‚Mein Bauch gehört mir.‘ Der Slogan aus den siebziger Jahren. Der ist selbst mir präsent.« Hanna strich ihre Haare zurück, ein paar Strähnen hatten sich aus dem Pferdeschwanz gelöst. »Ich werde Tante!« Sie strahlte. Dann zog sie ihre Stirn kraus. »Und wie soll das mit dem Baby weitergehen? Will Timo es großziehen? Seine Ausbildung abbrechen?«

»Das besprechen wir morgen«, erklärte Helene. »Ich denke, dass Timo die Hilfe der ganzen Familie braucht.«

»Ich freu mich jedenfalls schon jetzt darauf!«, jubelte Hanna. »Ein Baby in unserer Familie! Das Kind wird in Zukunft der Mittelpunkt jeder Familienfeier sein.«

Helene lächelte ihre Tochter liebevoll an und nahm sie kurz in die Arme.

»Du hast völlig recht. Ein Baby ist großartig, und ich freue mich auch schon darauf. Kinder sind unsere Zukunft. Und wenn sie ungeplant kommen, muss man eben umplanen.«

Während der Fahrt am nächsten Tag zu Nora überlegte Hanna, wann sie Timo zum letzten Mal gesehen hatte. Sie war mit Mutter, Stiefvater Sandro und Bruder Elias unterwegs und balancierte auf ihrem Schoß einen Käsekuchen, den Helene gebacken hatte. Ach ja, natürlich, bei der Weihnachtsfeier. Da war ihm nichts anzumerken gewesen, er hatte keine neue Freundin vorgestellt oder von einer neuen Frau in seinem Leben erzählt. Obwohl Timo nur zwei Jahre älter war als sie, Hanna, hatten sie keine enge Beziehung, nicht so wie ihr Bruder Elias und ihre Cousine Sarah, Timos ältere Schwester. Elias und Sarah – sie waren ein Jahr auseinander – hatten schon immer eine enge Verbindung, eher wie Bruder und Schwester als wie Cousin und Cousine. Hanna fiel die Geschichte ein, die immer wieder erzählt wurde: wie Sarah mit fünf Jahren verkündet hatte, dass sie Elias heiraten würde, wenn sie groß wäre. Elias hatte danebengestanden und etwas verlegen gegrinst. Und die beiden hatten sich gegenseitig das Herz ausgeschüttet, wenn Liebeskummer sie plagte. Sie waren schon mehrmals zusammen in Urlaub gefahren, in getrennten Zimmern. Sie, Hanna, war seit mehreren Jahren nicht mehr mit ihren Eltern oder ihren Cousins in Urlaub gefahren. *Es wäre schön, wenn ich mit Timo über Daniel sprechen könnte*, dachte Hanna. *Oder mit Elias.* Sie sprach mit Aylin, ihrer Freundin, über Daniel, so wie sie fast alle Geheimnisse teilten. Gerne hätte sie mit einem Mann, entweder aus ihrer Familie oder unter den Freunden, über Daniel geredet, die männliche Perspektive gehört, um zu versuchen, Daniels Handlungen besser zu verstehen. Bisher hatte sich keine Gelegenheit ergeben, oder sie war davor zurückgeschreckt.

Als Hanna und ihre Familie einige Stunden später vom Familienrat zurückgekommen waren, rief sie umgehend ihre Freundin Aylin an.

»Ich habe ganz tolle Neuigkeiten«, platzte Hanna direkt heraus, als Aylin das Gespräch angenommen hatte. »Können wir uns treffen? Sofort?«

»Äh, ja klar«, antwortete ihre Freundin. »Hast du heute kein Fußballspiel?« Hanna spielte seit vielen Jahren Fußball, im selben Verein wie ihr Cousin Dominik.

»Nein, das ist zum Glück erst morgen«, sagte Hanna. Sie hatte eine 24-Stunden-Schicht hinter sich und daher das ganze Wochenende frei. »Ich fahre zu dir, okay?«

»Also, erzähl mal«, empfing Aylin sie. Sie hatte bei Hannas Eintreffen die Haustür geöffnet. Aylin wohnte ebenso wie Hanna noch zu Hause. Beide Mädchen gingen die Treppe hinauf zu Aylins Zimmer, ein schöner heller Raum mit einem kleinen Balkon vor der doppelflügeligen Tür. Ein großer Perserteppich bedeckte den Linoleumboden, an der rechten Seite stand ein schmales Bett, daneben ein heller Schreibtisch mit einem orange-farbenen Sitzball davor, gegenüber ein orange-rot gestreiftes bequem aussehendes Sofa. Die Balkontür war von Regalen eingerahmt, die mit Büchern, Dekoartikeln, Gläsern und Ordnern gefüllt waren.

Hanna setzte sich auf das Sofa. Aylin schenkte ihnen beiden eine Cola light ein und stellte sie auf den kleinen runden Tisch vor ihnen.

»Also, erzähl mal«, forderte sie ihre Freundin auf.

»Ich werde Tante«, berichtete Hanna.

»Du wirst Tante?«, kreischte Aylin. »Ein Baby? Das ist ja supersüß! – Wer ist denn die Glückliche?«

»Mein Cousin. Timo. Timo wird Vater!«, jauchzte Hanna.

»Timo?« Aylin schlug die Hand vor den Mund. Ein melancholischer Ausdruck erschien auf ihrem Gesicht. Hanna hätte sich die Zunge abbeißen können. Zu spät fiel ihr ein, dass Aylin sich eine Zeitlang für Timo interessiert hatte. Dummerweise war die Zuneigung einseitig gewesen, aber offenbar hatte Aylin Hannas Bruder nicht komplett aus ihrem Herzen gestrichen.

»Und wer ist die Mutter?«, fragte Aylin. Ihre Stimme klang dünn.

»Das ist kompliziert«, antwortete Hanna und versuchte, ihre Verlegenheit zu überspielen. »Das Baby ist das Ergebnis von einem One-Night-Stand. Die Mutter will das

Baby nicht, sie möchte es zur Adoption freigeben. – Nein, nein, das lassen wir nicht zu«, beschwichtigte sie rasch, als Aylin einen erschreckten Laut von sich gab.

»Deswegen haben wir uns ja getroffen, bei Timos Eltern«, erzählte Hanna weiter. »Alle waren da, selbst Michael, der Halbbruder von meiner Mutter, mit seinem Sohn Leon und Greta, seiner Lebensgefährtin. Und natürlich meine Oma mit ihrem Freund Reto. Tja, Timo hat uns erst mal von der Nacht erzählt, in der das Baby entstanden ist.« Beide Mädchen kicherten. »War nicht unbedingt das richtige Thema für meinen Cousin Dominik, der ist ja erst dreizehn, genauso wie Leon mit seinen vierzehn Jahren, die haben dämlich gegrinst. Jedenfalls war Timo in der Nacht wohl ziemlich betrunken, fand das Mädchen, sie heißt Michelle, einfach klasse, und ist mit ihr nach Hause gefahren. Er behauptet, sie hätten ein Kondom benutzt. Am anderen Morgen hat sie ihn ohne Kommentar rausgeschmissen und er hat sie nicht wiedergesehen, hatte noch nicht mal eine Telefonnummer von ihr und hat sich auch nicht merken können, wo sie wohnt. Sie wollte ihn nicht wiedersehen. Dafür hat sie ihn vor ein paar Tagen angerufen und erzählt, dass sie schwanger ist, sie ist in der 6. Woche oder so.«

»Und ist Timo sicher, dass er der Vater ist?«, fragte Aylin.

»Er sagt, ja«, antwortete Hanna. »Das haben wir natürlich auch gefragt. Er behauptet, er wäre sich sicher. Allerdings will er vermutlich einen Vaterschaftstest machen. Jedenfalls hat diese Michelle Timo von der Schwangerschaft erzählt und gesagt, dass sie das Baby keinesfalls behalten will. Warum wollte Timo uns nicht erzählen. Tja, und dann haben wir alle ein Brainstorming gemacht und überlegt, wie wir Timo helfen können, damit wir nicht wieder ein kleines Mädchen verlieren.«

Sie hielt einen Moment inne.

»Du denkst an Mia.« Aylins Worte waren eine Feststellung, keine Frage. Hanna nickte. Beide dachten an Hannas kleine Schwester. Mia war vor siebzehn Jahren still geboren worden, und alle trauerten bis zum heutigen Tag um das Baby.

»Woher weiß diese Michelle denn jetzt schon, dass es ein Mädchen wird?«, fragte Aylin nach kurzem Nachdenken.

»Da hast du aber schnell gerechnet«, Hanna grinste. »Meine Tante Nora hat das behauptet. Die hat sich vor ein paar Tagen mit Michelle verabredet, um sie kennenzulernen und mehr über ihre Beweggründe zu erfahren, warum sie ihr Baby nicht behalten will. Und du kannst dich vielleicht erinnern, sie erkennt das Geschlecht eines Babys, wenn sie die werdende Mutter sieht. Sozusagen ein Röntgenblick.«

»Aber sie hat euch auch nicht mehr über die Motive von dieser Michelle erzählt, warum sie das Kind weggeben will?«, fragte Aylin.

»Nein, nur dass Michelle gute Gründe hat.«

»Und wie geht es jetzt weiter?«, erkundigte Aylin sich.

»Wie gesagt, wir haben ein Brainstorming gemacht«, antwortete Hanna. »Sarah und ich können das Baby zeitweise hüten, Helene und Nora sowieso. Die Männer waren eher zurückhaltend, sich zum Babyhüten zu melden.« Beide grinsten. Hanna fuhr fort: »Alternativ kann Timo sich eine Tagesmutter suchen, wir hatten auch über eine Frau aus Syrien gesprochen, die das Baby zusammen mit ihren eigenen Kindern betreuen könnte. Eine weitere Alternative wäre ein Au-pair-Mädchen. Nora hat alle Ideen aufgeschrieben, und sie werden in den nächsten Wochen entscheiden, wie es weitergeht. Es sind ja noch etliche Monate Zeit, die Geburt wird für Mitte Juli erwartet.«

»Total spannend!« Aylins Augen strahlten. »Ich bin richtig neidisch auf dich, ich hätte auch gerne ein Baby in der nächsten Verwandtschaft.« Sie sah versonnen vor sich hin.

»Dass Timo sein Baby selber großziehen will, ist irgendwie typisch für ihn«, fügte sie hinzu. »Er sieht gut aus, jungenhaft, einfach total sympathisch, ein richtiger Sonnyboy, aber er kann auch ernst und gedankenvoll sein, und er ist auf jeden Fall immer hilfsbereit und fürsorglich. Das hat die werdende Mutter sicher richtig erkannt.«

Hanna grinste. Eine sehr liebevolle Schilderung ihres Cousins. *Schade, dass aus den beiden kein Paar wurde.*

»Seine Ausbildung kann er vermutlich relativ problemlos fortsetzen«, erzählte sie. »Er macht doch dieses duale Studium, Bachelor der Wirtschaftsinformatik. Bei einem Mädchen käme jetzt sofort die Frage hoch, ob sie das Studium trotz Baby beenden kann. Timo kann jedenfalls, das Baby kommt im Juli, während seiner Semesterferien. Nur sein Hockeyspiel muss er vermutlich einschränken.«

»Tja, es gibt halt immer noch Unterschiede zwischen werdenden Müttern und werdenden Vätern«, kommentierte Aylin.

»Timo hat sich zum Schluss bei uns dafür bedankt, dass wir ihm helfen, sein Baby aufzuziehen«, erzählte Hanna mit einem verträumten Lächeln.

»O nein!«, rief Aylin. »Wie goldig ist das denn? Ich krieg eine Gänsehaut!«

Kapitel 8

Am folgenden Tag wollte sie Daniel von der aufregenden Neuigkeit erzählen. Sie war lange bei Aylin geblieben, sie hatten gequatscht, sich die Zukunft mit dem Baby ausgemalt: »Dann gehen wir zusammen mit dem Kinderwagen im Park spazieren, und alle fragen sich, wer die Mutter ist«, hatte Aylin vorgeschlagen, und sie hatten sich vor Lachen ausgeschüttet.

Das Gespräch mit Daniel konnte bis zum nächsten Tag warten, nach ihrem Fußballspiel. Es war ein Auswärtsspiel, Hannas Mannschaft gewann knapp mit 0:1 und sie fuhren nachmittags bestens gelaunt nach Hause.

Hanna duschte sich den Staub vom Fußballplatz ab und dachte – wie so häufig – an Daniel. Das verunglückte Treffen dreieinhalb Wochen zuvor, als sie Daniel vom Krankenhaus abgeholt und er sie so unfreundlich weggeschickt hatte, war Vergangenheit. Daniel hatte Hanna am Tag nach der unfreundlichen Abweisung vor seiner Wohnung angerufen und versucht zu erklären, warum er sie nicht in seine Wohnung mitgenommen hatte.

»Das war so eine blöde Situation für mich«, hatte er erklärt. »Du bist so jung, so vital, hübsch und voller Energie. Und ich komme mir vor wie ein alter Krüppel. Ach was, ich bin ein alter Krüppel!« Er seufzte tief auf. »Das Bein tat mir weh und ich brauchte einfach meine Ruhe. Es tut mir furchtbar leid, ich war unausstehlich.«

Hanna war sofort besänftigt, Mitleid mit ihm wallte in ihr auf, und eine tiefe Zuneigung.

»Jedenfalls würde ich dich wirklich gerne wiedersehen. Gerne auch in meiner Wohnung.« Daniel lachte leise, und

Hanna lief ein wohliger Schauer über den Rücken. »Aber erst, wenn ich wieder beweglich bin«, fügte er hinzu und Hanna schluckte ihre Enttäuschung hinunter.

Seitdem hatten sie alle paar Tage miteinander telefoniert. Hanna erkundigte sich, wie es ihm ging und verkniff sich die Frage, ob er Hilfe brauche. Und jetzt wollte sie ihm von den aufregenden Neuigkeiten erzählen.

»Mein Cousin wird Vater!« Wie immer platzte Hanna sofort mit der Neuigkeit heraus. »Die Mutter will das Baby nicht, sie will es zur Adoption freigeben. Und jetzt will Timo die Kleine selber großziehen. Und wir helfen alle, also die ganze Familie.« Die Worte sprudelten nur so heraus, Hanna war über diese große kleine Neuigkeit immer noch aufgeregt. Hektisch ging sie im Zimmer auf und ab.

»Langsam, langsam«, mahnte Daniel. »Was sagtest du, wie alt dein Cousin ist?«

»Einundzwanzig. Und wir haben beratschlagt, wie wir ihn unterstützen können. Er holt möglicherweise eine Frau aus Syrien ins Haus, die das Kind tagsüber betreuen soll. Und wie gesagt, wir helfen alle mit. Wir können doch nicht meine kleine Nichte einfach an Fremde abgeben!«

Ihr schauderte noch immer bei dem Gedanken an die Pläne von Timos – äh was? Gefährtin? Gespielin? Wie nannte man die Teilnehmer eines One-Night-Stands?

»Dein Cousin will das Kind großziehen? Ohne die Mutter?«, fragte Daniel mit ungläubiger Stimme.

»Ja klar«, antwortete Hanna. »Wir packen alle mit an. Und er sucht natürlich noch eine Kinderfrau oder so etwas. Ich freue mich jedenfalls total auf das Baby.«

Schweigen am anderen Ende des Telefons. Hannas Blick fiel auf die Wand ihres Zimmers, die von einer großen Collage mit Fotos ihrer Familie und ihren Freunden dominiert wurde. Huschte ein schmaler Schatten darüber? Hanna kniff die Augen zusammen. Nein, da war nichts. Oder?

Dann Daniels Kommentar: »Dein Cousin versaut sich doch sein ganzes Leben!«

Hanna erstarrte. »Du bist so ein Blödmann!«, brüllte sie und legte auf. Sie warf das Handy auf ihr Bett und stampfte mit dem Fuß auf. *Offenbar hatte Daniel nichts für Kinder übrig. Oder für Familie? Beides? Wie kann man im Zusammenhang mit Kindern von ‚das Leben versauen‘ reden?* Hanna war zutiefst enttäuscht von seiner Reaktion.

Sie warf sich auf das Bett, nahm ihr Handy und rief Aylin an.

»Daniel fand das nicht so toll«, berichtete sie und zitierte seine Reaktion.

»Du weißt doch gar nicht, was er bisher erlebt hat«, tröstete Aylin sie. »Vielleicht tut er nur so abgebrüht, und hat sein eigenes Kind verloren, aus welchen Gründen auch immer. Oder er hat sich selber seine Zukunft verbaut, wegen einem Baby, und grübelt bis heute, was er hätte anders machen sollen. Frag ihn doch einfach. Gib ihm noch eine Chance!«

Nach einer Stunde vibrierte Hannas Handy. Eine Whatsapp-Nachricht. Zögernd erhob sie sich von ihrem Bett und nahm das Handy vom Nachttisch. Es war Daniel. Er hatte ihr einen Treffpunkt per Google Maps geschickt. »Morgen, 15 Uhr?«, schrieb er dazu. »Ich bringe was zu essen mit.«

Hanna zog die Stirn kraus. *Was sollte das? Er ging überhaupt nicht auf seine blöde Bemerkung ein. Stattdessen schlug er ein Picknick vor. Am Montag. Montag ist ja bekanntermaßen Picknick-Tag oder wie? Sie musste arbeiten, konnte sowieso nicht. Aber was wollte er mit diesem eigenartigen Treffen erreichen? Hätte er nicht erst mal erklären sollen, warum er so negativ auf das Baby reagiert hatte? Hatte die Beziehung mit Daniel wirklich eine Zukunft? Sie waren so unterschiedlich. Für sie war Familie wichtig, Kinder – was war eigentlich für Daniel wichtig? Vermutlich seine Kunst, auch wenn sie davon noch nichts gesehen hatte. Sie hatte ihn gegoogelt und zwei kurze Einträge über den Bildhauer Daniel gefunden. Er hatte letztes Jahr eine Statue für eine Bibliothek gespendet, und war vor zwei Jahren an einer Ausstellung beteiligt gewesen. Bei Facebook, Instagram, TikTok oder YouTube war er nicht vertreten. Er hatte eine Website, die Hanna eher dürftig fand.* Ein paar Fotos von einigen seiner Skulpturen, bei denen sie noch nicht mal die Größe erkennen konnte. Lebensgroß? Oder 20 Zentimeter hoch? Ein Foto von Daniel, er sah mürrisch aus. Selbst die Information über die Ausstellung oder die Spende fehlten. Vermutlich hatte er die Website länger nicht mehr aktualisiert.

Was war ihm sonst wichtig? Sie wusste es nicht. Sie wusste immer noch viel zu wenig über ihn. Sie hatte ihn einmal auf die Google-Treffer angesprochen, aber nur eine ausweichende Antwort erhalten. War es ihm peinlich, dass es nicht mehr über ihn auf Google zu entdecken gab?

Hanna tippte eine Antwort: »Morgen muss ich arbeiten. Donnerstag?«, schrieb sie und fragte sich, wie er sich die Verabredung vorstellte. Der Treffpunkt war am Rhein. Es war Ende Januar und ziemlich kalt.

Daniel überraschte sie. Als sie am folgenden Donnerstag mit ihrem Fahrrad am Rhein eintraf, wartete er bereits. Er hatte eine beschichtete Picknickdecke auf eine der Bänke, die den Gehweg säumten, gelegt, darüber eine Wolldecke. Zwei Krücken lehnten an der Bank, vor ihm stand eine Kühlbox. Mit einem charmanten Lächeln ging er ihr entgegen. »Hallo meine Schöne«, sagte er und schloss sie in die Arme. *Er müsste doch mein Herz klopfen hören,* dachte Hanna leicht aufgewühlt. Er ließ sie los, legte seine Hände auf ihre Schultern und sah sie an: intensiv, forschend, zärtlich und – ja – gierig. Hanna nahm einen gierigen Ausdruck in seinem Gesicht wahr, so als würde er sie begehren.

»Du bist so süß«, sagte er mit heiserer Stimme und küsste sie leicht auf die Stirn. Dann nahm er seine Hände von ihren Schultern und präsentierte den Inhalt der Kühlbox: Sandwiches – »selbst belegt«, kleingeschnittene Möhren und Gurkenscheiben, Frikadellen – »selbst gebraten« und kleine Puddingbecher, »selbst gekauft«. Neben der Kühlbox stand eine Thermosflasche: »Glühwein«, sagte er mit einem leichten Grinsen. »Passend zur Jahreszeit.«

»Und das ist meine Entschuldigung für die blöde Bemerkung von Sonntag.« Er drückte ihr ein kleines Päckchen in die Hand, in Seidenpapier gewickelt. »Das darfst du aber erst auspacken, wenn wir gegessen haben.«

»Ach, Daniel«, mehr brachte Hanna nicht hervor. Da hatte sie sich alle möglichen Schimpfwörter zurechtgelegt, die sie ihm an den Kopf werfen wollte. Stundenlang den Kopf zermartert, ob sie überhaupt noch mit ihm sprechen wollte. Ob sie diese Beziehung, die sich anbahnte, lieber beenden sollte. Ob sie das wirklich fertigbringen würde. Und jetzt trafen sie sich endlich, mehr als drei lange Wochen, nachdem sie ihn aus dem Krankenhaus abgeholt hatte. Und Daniel überraschte sie mit diesem einfallsreichen Picknick. Picknick im Winter. Mit Wolldecke, Kühlbox und Glühwein. Und auch noch ein Geschenk.

Sie setzte sich auf die Decke, nahm eines der Sandwiches, weißes Toastbrot, in Dreiecke geschnitten, und biss herzhaft hinein. Es war mit Schinken und Käse belegt, außerdem war Mayonnaise drauf. Nicht unbedingt das Sandwich, das sie sich bereiten würde, sie aß hauptsächlich dunkles Brot, wenig Wurst und keine Fertigsaucen. Aber es kam auf die Absicht an. Und sie hatte Hunger, sie hatte nicht zu Mittag gegessen, da Daniel sie zum Picknick eingeladen hatte. »Lecker!«, flunkerte sie. Daniel reichte ihr den Becher der Thermosflasche. »Probier mal«, forderte er sie auf. »Aber vorsichtig, ist heiß.«

Sie nahm einen Schluck von dem Glühwein. Vermutlich nicht selbstgemacht, aber er schmeckte. Und passte zu diesem kalten Tag. Daniel schnappte sich ebenfalls eines der Sandwiches und trank etwas vom Glühwein. Dann knabberte Hanna an den Möhren und Gurken. Offenbar hatte er sich gemerkt, dass sie gerne Gemüse aß. Sie lehnten sich beide auf ihrer Bank zurück und sahen zufrieden dem Rhein zu, der gemächlich Richtung Norden floss. Möwen drehten kreischend ihre Runden, ab und zu flog einer der Vögel nahe an ihren Köpfen vorbei und wollte am Picknick beteiligt werden. Daniel verscheuchte sie mit seiner Krücke. Schiffe zogen vorbei, viele mit Containern beladen. Auf einem der Schiffe stand ein Hund, eine struppige kleine Promenadenmischung und bellte sie an.

»Magst du eigentlich Hunde?«, fragte Hanna und sah Daniel an.

»Kommt drauf an«, antwortete Daniel. »Es muss schon ein richtiger Hund sein, nicht so eine umgebaute Katze.«

Hanna prustete los. »Guter Spruch«, kommentierte sie.

»Du hast einen, richtig?«, fragte Daniel.

»Ja«, antwortete Hanna. »Carlos, auch eine Promenadenmischung wie der Hund auf dem Lastkahn.« Sie deutete mit dem Kopf zum Rhein. »Er ist aber größer, deutlich größer als eine Katze. Ein Labrador hat bei ihm mitgemischt. Total gutmütig, faul und eher ängstlich.«

»Deinen Carlos würde ich gerne kennenlernen«, sagte Daniel und sah sie an. »Gehst du schon mal mit ihm Gassi?«

»Klar«, antwortete Hanna. »Wir lösen uns alle vier mit Gassigehen ab. Übermorgen bin ich wieder dran. Kannst ja mitkommen.«

»Äh, das ist mir mit meinem Bein noch zu viel«, sagte Daniel mit einem Seufzer. »Aber demnächst gerne.«

Er reichte ihr einen Pudding und Hanna probierte. »Lecker!«, bemerkte sie und lächelte Daniel an.

»Wie hast du eigentlich die Lebensmittel besorgt?«, fragte sie. »Schaffst du das schon mit deinem Bein?«

»Es gibt Lieferservice«, antwortete Daniel knapp. *Er lässt sich nur ungern helfen!,* schoss es Hanna durch den Kopf.

»Jetzt musst du aber das Päckchen auspacken«, kommandierte Daniel, als beide Becher leer waren, und reichte ihr das Geschenk, das er neben sich auf die Bank gelegt hatte.

Mit zitternden Händen wickelte Hanna das Päckchen aus. Eine kleine Schmuckschatulle aus Holz kam zum Vorschein. Aufgeregt öffnete sie den Deckel. Ihr stockte der Atem. »So schön!«, stieß sie hervor. Ein junges Mädchen sah sie an, aus weißem Stein gearbeitet, etwa 15 Zentimeter hoch. Die Figur hatte lange lockige Haare, trug ein lang wallendes Kleid und zahlreiche Armreifen am rechten Unterarm. Dicke Creolen zierten die Ohrläppchen, die unter den Haaren hervorlugten. Die Füße waren nackt und enthüllten ein schmales Fußkettchen. Das Gesicht – »Das bin ja ich!«, rief Hanna. Die Figur sah ihr tatsächlich etwas ähnlich.

Hanna wandte sich zu Daniel. »Danke!«, stammelte sie. »Die ist einfach wunderschön!«

Er nahm sie in die Arme und barg ihren Kopf an seiner Brust. »Sie ist nicht so schön wie du. Aber es freut mich, wenn sie dir gefällt.«

»Gefällt?« Hanna hob ihren Kopf und sah Daniel in die Augen. »Ich bin überwältigt!«

Daniel lächelte wieder und drückte sie leicht an sich. »Ich hoffe, du verzeihst mir meine herzlose Bemerkung von gestern.«

Hanna nickte nur, sie hatte Mühe, ihre Tränen zurückzuhalten. Tränen der Erleichterung und der Freude.

»Was für ein Material ist das?«, fragte sie, holte die Figur aus der Schachtel und strich mit dem Finger zart über das Kleid. Es fühlte sich fettig an und sie wischte sich rasch den Finger an ihrer Jeans ab.

»Speckstein«, antwortete Daniel. »Den gibt es in unzähligen Varianten und ist ein beliebter Bastelstein. Das wäre vielleicht auch einmal was für dich, als Abwechslung zum Töpfern.«

Die Bemerkung kränkte Hanna, obwohl sie sicher nicht böse gemeint war. »Du hast ja noch gar keine von meinen Töpfereien gesehen«, brummte sie und sah ihn mit zusammengezogenen Augenbrauen an.

»Du bist sooo süß, wenn du so finster guckst«, sagte Daniel, lächelte sie liebevoll an und strich zart über ihre Augenbrauen.

Hanna erschauerte von seiner Berührung und schmiegte sich an ihn. Sie konnte ihm einfach nicht böse sein, noch weniger, wenn er sie so wie jetzt mit seinem intensiven Blick betrachtete. Aber sie musste noch etwas wissen, selbst wenn sie damit den Zauber des Picknicks zerstörte.

»Was hältst du eigentlich von Kindern?«, fragte sie und sah ihm ins Gesicht. »Möchtest du irgendwann Kinder haben?«

Daniel verzog ärgerlich den Mund und schob Hanna sanft von sich. »Was soll diese Frage? Willst du Kinder? Jetzt? Von mir?«

Arrgh! Genau wie sie befürchtet hatte. »Es war einfach eine Frage«, verteidigte sie sich. »Natürlich will ich zurzeit noch keine Kinder. Aber sicher irgendwann einmal. Kinder sind unsere Zukunft. Kinder bedeuten Leben. Ich kann mir nicht vorstellen, kinderlos zu sein. Und die Frage liegt ja nahe, wo jetzt mein Cousin, der nur zwei Jahre älter ist als ich, Vater wird.«

»Lass uns nicht streiten«, sagte Daniel, stand auf und streckte seinen Rücken.

»Hast recht«, antwortete Hanna. »Mir wird kalt. Lass uns nach Hause fahren.«

Sie packten das Picknick zusammen. »Wie bist du eigentlich hier hingekommen?«, fragte sie. Ihr fiel jetzt erst auf, dass kein Fahrrad zu sehen war. Konnte er mit seinem Bein überhaupt schon Fahrrad fahren? »Mit dem Auto?« Suchend sah sie sich um.

»Ich habe gar kein Auto«, zitierte Daniel mit französischem Akzent die alte Nescafé-Werbung.

Typisch! Das passte zu Daniel. Oder hatte er seinen Führerschein verloren? Egal. Jetzt war keine Zeit für weitere Fragen, der Wind hatte aufgefrischt und sie fröstelte.

»Ein Uber hat mich hergebracht, und das wird mich gleich abholen«, ergänzte Daniel. »Eigentlich wollte ich Telly fragen, aber der hatte keine Zeit.«

Telly. War das der einzige Mensch in seinem Leben?

Hanna nahm ihren Rucksack, stellte sich auf die Zehenspitzen und hauchte Daniel einen Kuss auf die linke Wange. Dann schwang sie sich auf ihr Fahrrad und fuhr mit einem »Tschüss« davon.

Kapitel 9

Drei ganze lange Tage zu zweit! Daniel hatte es vorgeschlagen. Sie hatten sich seit dem Picknick am Rhein zum dritten Mal getroffen, jedes Mal in einer netten Pizzeria, die etwa in der Mitte zwischen ihren beiden Wohnungen lag, und in dem Daniel gut bekannt war. Er fuhr mit der Straßenbahn hin. Sein Bein war mittlerweile einigermaßen verheilt, so dass er mit einem Stock gehen konnte, wenn die Strecke nicht zu lang war.

Hanna war direkt von der Rettungswache zur Pizzeria gefahren. Sie schloss ihr Fahrrad vor dem Lokal, das an einer Straßenecke lag, ab und ging hinein. Eine große dunkle Theke beherrschte die linke Seite, davor einige Barhocker mit geflochtenen Sitzen. Das Lokal war klein, fünf oder sechs runde Tische fanden Platz mit jeweils vier Stühlen. Die Wände zu den Straßen hatten beide Fenster, die genügend Licht hineinließen. Leise italienische Musik erklang. Hanna hatte sich bei ihrem ersten Besuch nach einer Musikbox umgesehen, dann aber zu ihrem Bedauern festgestellt, dass sich hinter der Theke eine moderne Musikanlage befand. Schade, eine altertümliche Musikbox hätte gut zu diesem altmodischen Lokal gepasst.

Die Wirtin hinter der Theke, Veronica, begrüßte Hanna mit einem freundlichen »Hallo« und wies auf einen Tisch an der Seite, wo Daniel saß und ein Kölsch in der Hand hielt. »Für dich einen Orangensaft wie immer?«, fragte Veronica und Hanna nickte. Sie setzte sich zu Daniel und gab ihm einen Kuss auf die Wange. Weitergehende Zärtlichkeiten hatte es zu ihrem Bedauern bisher nicht gegeben.

»Ich kenne ein schönes Hotel in der Eifel«, sagte Daniel unvermittelt und musterte ihr Gesicht. »Ein Wellnesshotel. Ist das überhaupt etwas für dich?«

Hanna zuckte mit den Schultern. *Sie war noch nie in einem Wellnesshotel gewesen. Es wäre ihr kaum in den Sinn gekommen. War das nicht eher etwas für ältere und alte Leute?*

»Du hast doch nächste Woche drei Tage frei, von Dienstag bis Donnerstag, richtig?« Hanna nickte. »Jedenfalls können wir uns da verwöhnen lassen, mit Sauna, Schwimmbad, Massage. Wir können im Naturpark Eifel wandern, zumindest so lange ich durchhalte. Und danach lecker essen, das Hotelrestaurant bietet eine ausgezeichnete Küche, ich glaub, die haben sogar einen Stern. Und alle Zimmer haben eine riesige Badewanne im großen Badezimmer.«

»Okay ...« Hanna war nicht überzeugt. *Ein Ausflug in die Eifel? Malle, klar, gerne. Oder Venedig. Oder Paris, Oder eine andere schöne Städtereise, nach Hamburg, inklusive Besuch eines Musicals. Aber ein Wellnesshotel in der kalten Eifel? Da gab es vermutlich noch Schnee, es war Anfang März.* Ihr Magen knurrte vernehmlich, seit dem Mittagessen hatte sie nur einen Apfel gegessen, und mittlerweile war es beinah 20 Uhr.

»Du sprühst ja über vor Begeisterung.« Daniel zog ein enttäuschtes Gesicht und stupste sie leicht in die Seite. Das Knurren hatte er nicht gehört oder überhört.

»Können wir nicht erst etwas zu essen bestellen?«, fragte Hanna. »Ich komme um vor Hunger.«

»Ja klar«, lenkte Daniel rasch ein und griff nach der Speisekarte, die auf dem Tisch lag.

»Ich nehme einen Salade Niçoise«, beschloss Hanna, um den Bestellvorgang abzukürzen. Daniel winkte Veronica und bestellte den Salat und für sich ein Muschelgericht. Dann wandte er sich mit ernstem Gesicht an Hanna.

»Ich wollte unseren ersten gemeinsamen Kurztrip zu etwas Besonderem machen«, sagte er. »Und dafür ist dieses bezaubernde Hotel genau das Passende.«

»Eifel? Wellness? Das ist doch was für ältere Leute.« Hanna verzog den Mund und sah Daniel mit zusammengezogenen Augenbrauen an. »Das passt vielleicht zu dir. Aber was soll ICH da?«

Das hatte gesessen. Daniel zuckte förmlich zusammen und wandte sich ab. »Ich hab schon gebucht«, sagte er leise und sah sie nicht an. »Soll ich absagen? Oder willst du dich einfach überraschen lassen? Ich verspreche dir, du wirst es nicht bereuen.« Bei diesen Worten zwinkerte er ihr zu und ließ den Blick an ihrem Körper herunterwandern. Ein wohliger Schauer überlief Hanna. *Sie würden endlich Sex haben! Sie ertappte sich dabei, dass sie sich Sex mit ihm vorstellte, in seinem Bett, auf seinem Teppich – hatte er überhaupt einen Teppich? Sie wollte die Schwielen seiner rauen Hände auf ihrem Körper spüren, wollte heiseres Gestammel beim Liebesspiel von ihm hören. Sie konnte diese Gedanken nicht loswerden, träumte sogar von ihm und Sex mit ihm.* Seit Wochen wartete sie darauf, dass er sie mit zu sich nach Hause nahm. Wenn sie ihn mehr oder weniger unverblümt danach fragte, hatte er immer wieder eine andere Ausrede. Mal musste er dringend aufräumen, dann hatte er einen Wasserschaden, oder seine Nachbarn malträtierten mit einer Bohrmaschine das ganze Haus.

Sie wollte ihn nicht in ihrem Zimmer übernachten lassen. Das war bisher kein Problem gewesen. Mit ihrem ersten Freund, Julian, war sie mit siebzehn Jahren zusammengekommen. Sie kannte ihn von der Schule, er war eine Klasse höher als sie, ein Jahr älter. Nach ein paar Wochen hatte sie ihn bei sich übernachten lassen. Ihre Eltern waren einverstanden gewesen, auch wenn das gemeinsame Frühstück für das junge Paar eine eigenartige

Situation darstellte. Hanna hatte sich gefragt, ob ihr leiblicher Vater Thomas ebenfalls so gelassen gewesen wäre. Sandro war ihr Stiefvater – war er deshalb so entspannt? Hätte er anders reagiert, wenn sie seine leibliche Tochter wäre? Sie konnte es nicht sagen, und mit ihrer Mutter mochte sie nicht darüber sprechen.

Julian und sie hatten sich nach einigen Monaten getrennt, ohne dass es ihr schwergefallen war. Es fehlte das Feuer, die Leidenschaft. Das zarte Flämmchen, das am Anfang zwischen ihnen geflackert hatte, war in wenigen Wochen erloschen. Sie mochte ihn und sie schafften es, eine Freundschaft zu bewahren. Einige Monate später hatte sie in einem Club Stefan kennengelernt, ein Student, der sie in seine Studentenbude mitnahm. Da fühlte sie sich endlich erwachsen, ein Freund, der sein eigenes Appartement hatte, der nicht am Frühstückstisch mit ihrer Familie saß. Die Beziehung mit Stefan hielt ebenfalls einige Monate, dann hatte Stefan sein Studium beendet und zog in eine andere Stadt. Sie trennten sich in gegenseitigem Einvernehmen. Weder Julian noch Stefan hatten jemals Schmetterlinge in ihrem Bauch verursacht, die sie bei Daniel verspürte, wenn sie nur mit ihm telefonierte. Sie hatte beide Männer gemocht, Sex mit ihnen hatte ihr gefallen, aber ihr Herz war seltsam unbeteiligt geblieben.

Und jetzt Daniel. Er elektrisierte sie. Wenn er sie berührte oder sie ansah, spürte sie eine Gänsehaut den Nacken herunterlaufen. Hanna fragte sich häufig, wie wohl Sex mit ihm wäre. Sie wollte gerne mit ihm schlafen. Aber wie hätte sie ihren Eltern erklären können, dass sie nicht bei ihrem Freund mit seinen zweiundvierzig Jahren übernachten konnte? Außerdem weigerte Daniel sich beharrlich, ihre Familie kennenzulernen. Und sie hatte aus diesem Grund ihren Eltern bisher wenig über Daniel erzählt.

»Na schön«, sagte sie schließlich, errötete etwas und sah zu ihrem Verdruss, dass Daniel sie leicht belustigt musterte.

»Freut mich«, flüsterte Daniel mit heiserer Stimme und zog sie an sich.

»Und wie kommen wir dahin?«, fragte Hanna. »Mit der Bahn? Oder soll ich wieder versuchen, ein Auto zu leihen?« Sie hörte selber, wie mürrisch ihre Stimme klang. Daniel vom Krankenhaus mit dem Auto ihrer Mutter abzuholen, war okay, aber das Auto für drei Tage ausleihen? Da hätte sie wieder kritische Fragen beantworten müssen, erstaunte Blicke überstehen – nein, dazu hatte sie keine Lust.

»Ich hole dich Dienstagmittag mit dem Auto ab«, antwortete Daniel und lächelte verschmitzt. »Ich besitze einen gültigen Führerschein, und es gibt Firmen, die Autos verleihen.«

Sie hatte ihre Sachen in einen kleinen dunkelgrünen Trolley gepackt, den sie sich von ihrer Mutter geliehen hatte. Sie selber besaß nur Rucksäcke oder Reisetaschen, fand diese aber für ein Hotel unpassend. Fragen ihrer Mutter, wohin es ginge, fertigte sie kurz ab.

»Ich fahr mit einem Freund in die Eifel«, erklärte sie. »Zum Wandern.« Das Wellnesshotel erwähnte sie lieber nicht. Sie wollte keine erstaunten Nachfragen beantworten.

Und nun wartete sie auf Daniel. Zunehmend verärgert. Immer wieder ging sie zum Küchenfenster, das zur Straße zeigte. Ihre Mutter werkelte in der Küche herum, wischte über die Schranktüren, holte das Besteck aus der Schublade und polierte es, die bösen Blicke ihrer Tochter ignorierend. Hatte sie nichts zu tun? Helene machte häufig Homeoffice, aber normalerweise saß sie in ihrem Arbeitszimmer am Computer und arbeitete.

Hanna lag eine Bemerkung auf der Zunge, dass ihre Mutter wohl unbedingt Daniel sehen wollte, als ihr Handy klingelte. Daniel.

»Ich bin da«, sagte er. »Kommst du raus?«

»Äh, wohin denn?«, fragte Hanna. »Ich seh hier kein Auto, weder in der Auffahrt noch auf der Straße vor unserem Haus.«

»Ich bin in der Nebenstraße«, antwortete Daniel mit einem leichten Hüsteln. »Wenn du rauskommst, nach rechts.«

Hanna legte ohne einen Kommentar auf und steckte das Handy in ihre Hosentasche. Was sollte das? Warum parkte er in einer Nebenstraße? Aber immerhin war er nur zehn Minuten zu spät. Sie selber war meistens pünktlich. Den Blick ihrer Mutter vermied sie und ging in den Flur.

»Ich bin weg«, rief sie, schlüpfte in ihre Turnschuhe, riss die bunt karierte Jacke vom Garderobenhaken und ihren Hausschlüssel, nahm den Trolley, ging nach draußen und wandte sich auf der Straße nach rechts, zur Seitenstraße.

Daniel stand lässig neben dem Leihwagen gelehnt, einem dunkelgrünen Jaguar. Passend zum Auto trug er einen dunkelgrünen Pullover über sein schwarzes Hemd geschlungen, dazu eine grün-schwarz karierte Hose. Er ging ihr strahlend entgegen und nahm sie in die Arme. »Schön, dass du da bist«, flüsterte er in ihre Haare. Rasch nahm er ihr den Trolley ab. »Dunkelgrün. Harmoniert mit dem Jaguar«, kommentierte er und lud ihn in den Kofferraum. »Es geht los!« Einladend öffnete er die Beifahrertür.

»Ein Jaguar!« Für einen Moment hatte Hanna ihren Ärger vergessen. »Ich bin noch nie mit einem Jaguar gefahren.«

»Dann wurde es ja Zeit«, sagte Daniel mit einem stolzen Grinsen.

»Und du bist passend angezogen! Wenn ich das gewusst hätte ... Aber immerhin hab ich den richtigen Trolley mitgebracht.«

Hanna zog ihre Jacke aus, warf sie auf die Rücksitzbank und setzte sich. Sie kämpfte mit ihren Gefühlen. Mit dem Jaguar hatte er sie überrascht. Den Gedanken daran, wie Sarah, die Umweltschützerin, auf den PS-starken Wagen reagieren würde, schob sie rasch von sich. Sie freute sich, ihn strahlend am Steuer des Sportwagens zu sehen, sein stolzes Gesicht, seine Begeisterung, seine liebevolle Umarmung. Warum nur sah er so umwerfend aus? Der Gedanke an drei lange Tage mit ihm ließ ihr Herz pochen. Aber die Freude wurde durch die eigenartige Abholsituation getrübt. *Sollte sie ihn darauf ansprechen? Oder wäre dann der Start in ihren Kurztrip verdorben?*

Daniel nahm ihr die Entscheidung ab. »Du bist so ruhig«, kommentierte er, während er sich geschickt in den Verkehr einfädelte, und warf ihr einen Blick zu.

»Warum hast du mich nicht vor dem Haus abgeholt?«, fragte Hanna und bemühte sich um einen neutralen Tonfall. »Meine Mutter hätte dich gerne begrüßt.«

»Du bist doch erwachsen«, antwortete Daniel in mürrischem Ton. Hanna warf einen Blick auf ihn. Er hatte die Augenbrauen zusammengezogen, den Mund verkniffen und sah stur geradeaus. Sie seufzte. *Was für ein toller Beginn für eine romantische Reise!*

»Ist gut«, sagte sie einlenkend und legte ihre Hand auf seinen Arm. Daniel wandte den Kopf und warf ihr einen Luftkuss zu. Hanna entspannte sich und verdrängte ihren Unmut.

Beinah hätte sie es über dem Ärger vergessen. »Können wir noch beim Friedhof vorbeifahren?«, fragte sie. »Ich möchte kurz meinen Papa besuchen.«

Daniel sah sie erschrocken an. »Was ist passiert? Oder arbeitet er dort?«

Hanna erzählte von dem Unfall vor sieben Jahren, bei dem ihr Vater einem LKW die Vorfahrt genommen und tödliche Verletzungen erlitten hatte. »Wir wussten jahrelang nicht, wie es dazu kommen konnte«, erklärte sie. »Jedenfalls würde ich ihn gerne besuchen.« Sie fügte nicht hinzu, dass sie Daniel ihrem Vater vorstellen wollte, das hätte ihr Freund vermutlich nicht verstanden.

Der Friedhof war wenige Autominuten entfernt.

»Soll ich mitkommen?«, fragte Daniel, als sie geparkt hatten.

»Gerne«, antwortete Hanna.

Daniel stieg aus und holte einen Stock, der hinter dem Fahrersitz gelegen hatte, einen eleganten schwarzen Gehstock mit silbernem floral verziertem Knauf. »Den soll ich noch eine Zeit benutzen«, erklärte er mit schiefem Grinsen. Dann nahm er mit der Rechten ihre Hand und sie gingen los. Sobald sie das schmiedeeiserne Tor passiert hatten, überkam Hanna eine innere Ruhe, Gelassenheit, wie immer auf dem Friedhof. Sie gingen den breiten Weg entlang, vorbei an Gräbern, die mit Marmor eingefasst waren, an frischen Gräbern, bei denen ein Holzkreuz die Daten des kürzlich Verstorbenen anzeigten. Dann kam eine Reihe von kleinen Urnengräbern, die von einheitlichen Marmortafeln geschmückt waren. Hanna ging langsam, wie stets auf dem Friedhof, und sah sich im Vorbeigehen die Gräber an. Sie las die Grabinschriften und prüfte, wer so jung gestorben war wie ihr Vater, mit dreiundvierzig Jahren. Hanna war häufig und gerne auf dem Friedhof, genau wie ihre Mutter. Sie genoss die Ruhe, den Geruch nach feuchter Erde, nach Moder und Vergänglichkeit. Die alten Bäume und die Grabsteine erzählten Geschichten, Geschichten von Tränen und Trauer, von Schadenfreude, von Bedauern über verpasste Gelegenheiten und alten

Vorwürfen. Hanna sog die Atmosphäre in sich auf, atmete tief ein und fühlte, wie ihr Ärger über Daniels eigenartiges Verhalten beim Abholen verschwand.

Daniel stützte sich beim Gehen leicht auf seinen Stock, hielt Hannas Hand und sagte kein Wort. Am Grab ihres Vaters hielt Hanna stumm Zwiesprache mit ihm. *Das ist Daniel*, erklärte sie, *mein neuer Freund. Es ist schwierig mit ihm, aber er ist mir sehr wichtig. Ich glaube, du würdest ihn mögen und dich mit mir freuen, dass ich die große Liebe erlebe. Ja, das ist er, meine große Liebe. Auch wenn er mich oft ärgert oder enttäuscht. – Hast du Mama genauso geliebt? Die Schmetterlinge im Bauch flattern lassen? Herzklopfen bei ihrem Anblick bekommen?*

»Ist das ein Familiengrab?«, fragte Daniel und wies auf die Inschriften auf dem Grabstein aus schwarzem Marmor.

»Ja«, antwortete Hanna. »Außer meinem Vater – Thomas – liegen hier noch meine Uroma Irene, mein Opa, also der Mann von meiner Oma Karin, und meine kleine Schwester Mia.« Sie bemerkte den bestürzten Blick von Daniel und erläuterte: »Mia wurde still geboren. Zwei Jahre nach mir. Sie war munter bis zur Geburt, ich erinnere mich, dass ich die Hand auf Mamas Bauch legen und sie spüren durfte. Und dann hat sich die Nabelschnur um ihren Hals gewickelt, für einen Kaiserschnitt war es zu spät, und sie kam tot zur Welt. Das war furchtbar für uns, selbst ich hab das als kleines zweijähriges Mädchen mitgekriegt und erinnere mich bis heute an die Trauer, die das Haus durchweht hat. Wir trauern alle bis heute um sie.« Sie hing ihren Gedanken nach und ließ ihre Trauer in das Grab fließen.

»Wer hat denn die Figuren produziert?« Daniels Stimme riss sie aus ihren Gedanken. Er zeigte auf die zahlreichen Töpfereiwerke, die auf dem Grab ihres Vaters verteilt waren. »Die sind ja total unterschiedlich, einige sind Horrorgestalten!«

Hanna musterte die Tonfiguren, als sähe sie sie zum ersten Mal. Sie musste Daniel recht geben, da waren Horrorgestalten, teufelsähnliche Gestalten mit Klumpfuß und langem Schweif, Drachen mit schuppigen Schwänzen, unheimliche Tiere mit aufgerissenen Mäulern mit scharfen Zähnen, Klauen mit spitzen Nägeln. Aber daneben kleine Engel mit Flügeln, fein gearbeitete Vögel und Frösche.

»Ich hab nach Papas Beerdigung mit Töpfern angefangen«, erklärte Hanna. Sie ließ ihre Armreifen aufeinander fallen, das Klirren hallte laut auf dem Friedhof wider. »Diese Figuren haben sich fast wie von selber getöpfert. Das war für mich ein Stück Trauerbewältigung. Meine Mutter hat das irgendwann erkannt und mir ein paar Wochen nach Papas Tod eine kleine Töpferwerkstatt im Dachgeschoss eingerichtet.« Sie lächelte. »Heutzutage töpfere ich harmlosere Dinge, Engel, Vögel, Vasen, Schalen und so weiter.«

Daniel blieb stumm. *Er hätte einen Kommentar zu den Kunstwerken abgeben können,* dachte sie. *Aber vermutlich sind sie ihm zu amateurhaft.*

Er seufzte. »Du hast schon einiges mitgemacht«, murmelte er, nahm sie in den Arm und streichelte leicht ihren Rücken. Dann gingen sie zum Auto zurück und fuhren weiter, Richtung Eifel.

Kapitel 10

Es herrschte lebhafter Verkehr, offenbar waren noch mehr Leute unterwegs in Richtung Eifel. Daniel fuhr sicher und zügig. Hanna fragte sich leicht ertappt, warum sie eigentlich angenommen hatte, dass er nicht oder nur schlecht Autofahren könnte. Vermutlich weil Daniel kein Auto besaß und daher wenig Fahrpraxis hatte. Wie auch immer, mangelnde Fahrkünste konnte sie Daniel nicht vorwerfen.

Zwei Mal standen sie in einem Stau. Aber Hanna, die normalerweise auf Staus genervt reagierte, war einfach nur glücklich, glücklich, neben Daniel im Auto zu sitzen, ihn beobachten zu können, wie er konzentriert am Steuer saß. Ab und zu legte er seine rechte Hand auf ihre und drückte sie, zweimal legte er seine Hand auf ihr Bein und streichelte zart darüber. Damit verursachte er heftiges Herzklopfen bei ihr, die Schmetterlinge in ihrem Bauch flatterten, ein angenehmer Schauer überlief sie.

Fast bedauerte Hanna es, als sie angekommen waren, sie hatte jede Minute ihrer Fahrt genossen. Daniel fuhr schwungvoll die gepflasterte Einfahrt hoch. Das Hotel war relativ klein mit drei Etagen und niedrigen Fenstern zur Straßenseite. Es wurde bereits dunkel und Hanna konnte die Umgebung des Hotels nur erahnen. Bäume standen nahe am Hotel und rahmten es ein. Immerhin lag kein Schnee mehr.

»Die Zimmer haben alle einen Balkon auf der Rückseite«, erläuterte Daniel, der Hannas suchenden Blick richtig gedeutet hatte. »Wir checken erst ein, danach parke ich den Jaguar«, fügte er hinzu. Sie stiegen aus und holten ihr Gepäck aus dem Kofferraum. Daniel nahm ihr den jaguar-grünen Trolley ab und zog beide Koffer zum Hotel. Den Stock ließ er im Auto.

Die skeptischen Blicke des älteren Mannes in schwarzem Anzug und blütenweißem Hemd an der Hotelrezeption trübten Hannas Vorfreude etwas. Der Mann hielt Daniel den Anmeldebogen hin und zog die Augenbrauen hoch, als er die Daten las. Mit einem raschen Blick erkannte Hanna, dass Daniel sie als seine Ehefrau angegeben hatte. Dabei trugen sie noch nicht einmal Ringe. Sie wandte ihr Gesicht zur Seite, damit niemand die aufflammende Röte bemerkte.

Der Angestellte räusperte sich, reichte Daniel einen Schlüssel mit einem hübschen Holzanhänger. »Ich wünsche Ihnen einen angenehmen Aufenthalt«, sagte er und lächelte etwas schmierig. *Oder kam es ihr nur so vor?*

Langsam gingen sie die geschwungene Treppe hinauf in die erste Etage. »Ich brauche keinen Stock«, hatte Daniel erklärt und trug beide Koffer hinauf. Hanna bemühte sich, den Ärger über den kritischen Rezeptionisten hinunterzuschlucken. Daniel entriegelte mit seiner Karte die Tür ihres Zimmers, dann legte er den Arm vor Hanna und versperrte ihr den Zutritt.

»Warte hier einen Augenblick«, sagte er und trug rasch die Koffer hinein. Hanna blieb unschlüssig vor der Tür stehen. Bevor sie sich ärgern konnte, war Daniel schon zurück, küsste sie auf den Mund und hob sie hoch. Hanna hatte damit nicht gerechnet und schrie kurz auf. Daniel grinste nur, trug sie hinein, stieß mit dem Fuß die Tür hinter sich zu und legte Hanna auf dem weißbezogenen Bett ab. Er zog seine Winterjacke aus und warf sie auf den Boden, die Schuhe folgten. Auf Socken eilte er zu Hanna und zog ihr den Anorak aus, dann streifte er ihre Stiefel herunter und warf sie zu dem Anorak. Liebevoll lächelte er Hanna an, ließ sich neben ihr auf das Bett fallen und streichelte sie, angefangen beim Gesicht, über ihre Schultern.

Es klopfte an der Tür. »Zimmerservice«, rief eine tiefe männliche Stimme. Während Daniel in Socken zur Tür lief, sah Hanna sich in dem Zimmer um. Es war hell und freundlich eingerichtet, mit einem Kleiderschrank und zwei Nachttischchen aus Kiefernholz, der Fußboden war mit hellem Laminat bedeckt. Auf einem kleinen runden Tisch, neben dem zwei grüne Sessel standen, prangte ein wunderschöner Strauß mit langstieligen dunkelroten Rosen in einer bauchigen grünen Vase.

Daniel kam mit einer Flasche in einem Sektkühler zurück. Er holte zwei Sektgläser aus dem Regal über einem kleinen Kühlschrank, öffnete routiniert die Flasche und schenkte die Gläser voll. Die Flasche hielt er mit der linken Hand. *Richtig. Er war Linkshänder. Wie ihr Vater.*

»Champagner«, sagte er und reichte Hanna ein Glas. »Auf uns und unsere Liebe. Und unsere erste gemeinsame Nacht.«

Hanna strahlte. »Die Rosen sind wunderschön«, sagte sie und wies auf die Vase. Daniel lächelte stolz, dann hob er sein Glas, sie stießen an und tranken jeder einen Schluck. Daniel nahm ihr das Glas ab, stellte beide Champagnerschalen auf den Nachttisch und wandte sich wieder zu Hanna. Langsam, ganz langsam und zärtlich zog er sie aus. Zwischendurch entledigte er sich seiner eigenen Kleidung, bis sie beide nackt auf dem Bett lagen.

Der Abend war bereits weit vorangeschritten, als sie sich voneinander lösten. Ermattet und verschwitzt lagen sie auf dem Laken.

Hanna fühlte sich überwältigt, geradezu berauscht. Sie hatte schon öfter Sex gehabt, aber es war niemals annähernd so wie mit Daniel. Erregend, lustvoll, genießerisch, überaus erotisch – ihr gingen die Adjektive aus. Sie waren in ihrem Liebesspiel versunken und hatten alles um sich herum vergessen. Daniel war offensichtlich ein erfahrener Liebhaber, aber es war nicht allein seine Erfahrung, die alle ihre Sinne ansprach und sie erbeben ließ. Seine heiseren Worte, die er ihr zuflüsterte, seine Liebkosungen, sein Begehren, die Lust, die sich in seinem Gesicht widerspiegelte – all das hatte sie noch nie so erlebt. Er gab ihr das Gefühl, dass sie der wichtigste Mensch in seinem Leben war, dass sie seine Begierde bis ins Unermessliche steigern könnte.

»Es war wunderbar«, stieß sie hervor und streichelte Daniel die feuchten roten Locken aus der Stirn. Daniel lächelte sie liebevoll an. »Du bist wunderbar«, sagte er mit rauer Stimme. Er stand auf, schenkte von dem Champagner nach und reichte Hanna ihr Glas. »Auf uns«, sagte er und trank sein Glas leer.

»Sollen wir jetzt mal die Badewanne ausprobieren?«, fragte er. Auf ihr Nicken ging er in das Badezimmer und ließ Wasser einlaufen. Als Hanna ins Bad ging, war die Wanne halb voll mit duftendem Schaumbad, dicke Schaumkronen zeigten, dass Daniel ausgiebig Badezusatz hineingegeben hatte. Hanna schickte Daniel vor die Tür: »Du sollst mir nicht beim Pinkeln zusehen«, sagte sie. Mit einem amüsierten Lächeln verließ Daniel das Badezimmer und kam kurz darauf zurück.

Sie nahmen ein ausgiebiges gemeinsames Bad. *Schon wieder ein erstes Mal,* dachte Hanna. Sie hatte noch nie mit einem Mann gemeinsam gebadet. Als Kind hatte sie mit ihrem Bruder zusammen in der Wanne gesessen, aber das zählte nicht.

Sie seiften sich gegenseitig ausgiebig ein und liebten sich abermals. Das Wasser schwappte über den Badewannenrand, und Daniel wischte es sorgfältig auf, als sie ausgestiegen waren. Sie trockneten sich gegenseitig mit den dunkelroten weichen Handtüchern ab. Dann sanken sie ermattet ins Bett und schliefen beide ein.

»Wir haben ja noch gar nichts gegessen!« Daniel weckte mit seinem Schreckensruf Hanna. »Und dabei hab ich dir so von dem Restaurant vorgeschwärmt.«

Hanna räkelte sich genüsslich. »Das war mir jetzt lieber als Essen«, sagte sie mit einem verschmitzten Lächeln. »Aber Hunger hab ich auch.«

»Restaurant oder Kleinigkeit aufs Zimmer?«, fragte Daniel. Sie waren sich sofort einig – Restaurant hätte bedeutet, dass sie sich anziehen und die Finger voneinander hätten lassen müssen. Sich mindestens anderthalb Stunden nicht hätten streicheln können. Lieber bestellten sie Tagliatelle mit Lachs aufs Zimmer, dazu eine Flasche Weißwein.

Am nächsten Tag schliefen sie lange, liebten sich, dann frühstückten sie ausgiebig in dem kleinen Frühstücksraum mit schöner Aussicht in den dunklen Wald, der von gesund aussehenden Fichten dominiert wurde. *Nicht wie bei uns, wo fast alle Fichten sterben*, dachte Hanna traurig. Sie gingen zurück zu ihrem Zimmer.

»Jetzt eine kurze Wanderung?«, schlug Daniel vor. »Nicht zu lang, ich will ja mein Bein nicht überanstrengen.«

Hanna warf einen anerkennenden Blick auf seine Wanderschuhe. »Irgendwie hab ich gedacht, du hättest keine Wanderschuhe«, gestand sie.

»Warum denn nicht?« Daniel war überrascht.

»Ich dachte, Wanderschuhe und Künstler – das passt nicht zusammen. Deine Schuhe haben ja noch nicht mal Farb- oder Gipsflecken.«

Daniel lachte. »Tut mir leid, dass ich dich enttäusche.«

Sie zogen Schuhe und warme Jacken an, dazu Schals, Handschuhe und Mützen, und traten vor das Hotel. Das Wetter war angenehm, nicht zu kalt, der Himmel zeigte sich bedeckt, aber es blieb trocken.

»Die Vegetation ist hier in der Eifel mindestens zwei Wochen zurück«, stellte Hanna leicht enttäuscht fest, nachdem sie den kleinen Wald durchquert hatten. »Wenn ich bei uns mit Carlos im Wald bin, sehe ich Schneeglöckchen und schon die ersten Krokusse, einige Büsche haben hellgrüne Spitzen – hier ist noch keine Andeutung von Frühling.«

»Dann gehen wir jetzt zum Hotel zurück, fahren zu den Wölfen und gucken, ob es Ähnlichkeiten mit deinem Carlos gibt«, antwortete Daniel grinsend.

Das Wolfsgehege war gut besucht, sie hatten Schwierigkeiten, einen freien Parkplatz zu finden.

»Wölfe werden keinesfalls Menschen angreifen«, erklärte der sympathische Wolfsexperte, der inmitten eines Rudels Wölfe stand. »Zum Glück sind sie hinter einem Zaun«, flüsterte Hanna. Sie fühlte sich unwohl, trotz der beruhigenden Worte des Experten, und war froh, als sie wieder abfuhren. »Manchmal denke ich an die Wölfe, die es ja mittlerweile auch bei uns gibt, wenn ich mit Carlos unterwegs bin, und frage mich, was ich tun würde, wenn plötzlich ein Wolf auftaucht.«

»Carlos würde den doch bestimmt in die Flucht schlagen, oder?«, schlug Daniel vor und grinste wieder. Sie boxte ihn leicht gegen den Oberarm.

Für den Nachmittag hatte Daniel Massagen für sie gebucht. Sie ließen sich beide gleichzeitig verwöhnen, lagen nebeneinander auf den Massageliegen und stöhnten zwischendurch wohlig.

»Warst du schon einmal in Paris?«, fragte Daniel unvermittelt. Hanna schreckte hoch. Sie wäre bei der Massage beinah eingeschlafen. *Wäre schade gewesen, es tat so gut.*

»Was hast du gesagt?«, fragte sie. »Ich bin fast eingeschlafen.«

»Ob du schon einmal in Paris warst«, wiederholte Daniel.

»Nein«, antwortete Hanna. »Muss aber toll sein, trotz der vielen Touristen.«

»Dann verbringen wir unseren nächsten gemeinsamen Kurzurlaub in Paris«, beschloss Daniel.

Hanna brummte zustimmend und entspannte sich wieder. Nach der Massage drehten sie ein paar Runden in dem kleinen Schwimmbad.

Abends besuchten sie das Gourmetrestaurant, das Daniel angepriesen hatte. Sie betraten das Lokal und Hanna ließ ihre Blicke schweifen. Das Restaurant strömte Gediegenheit aus, mit weiß gedeckten Tischen, weiß gestärkten Servietten, Kerzenleuchter und gedämpfter Musik. Die meisten Tische waren besetzt, die männlichen Gäste trugen Anzug und Krawatte, einige der Frauen Abendkleider, andere schimmernde raffinierte Blazer und schulterfreie Kleider.

Hanna fühlte sich falsch angezogen, sozusagen ‚underdressed‘, in ihrer schmalen schwarzen Hose, zu der sie eine bunte Tunika trug und einen schönen goldfarbenen Pashmina-Schal, den Nora ihr aus Indien mitgebracht hatte. *Hier passe ich überhaupt nicht rein!,* ging es ihr durch den Kopf. Lange hatte sie beim Packen vor ihrem Kleiderschrank gestanden und überlegt, was sie für den Abend in dem schicken Restaurant, das Daniel angekündigt hatte, mitnehmen könne. Dummerweise hatte sie fast nur Jeans, von denen die meisten Löcher aufwiesen, bunte T-Shirts und weite Pullis oder Sweatshirts. Ihre großen goldenen Creolen und die vielen bunten Armreifen passten ebenfalls nicht in diese Umgebung.

»Ich bin völlig falsch gekleidet«, flüsterte sie, während sie auf den Kellner warteten.

»Blödsinn!«, entgegnete Daniel. »Du bist hier das schönste Mädchen und siehst bezaubernd aus.«

Ein Kellner in schwarzem Anzug mit Weste und einer perfekt gebundenen Fliege begrüßte sie freundlich, geleitete sie an ihren Tisch und reichte ihnen die Speisekarten. Ihr Platz bot einen schönen Blick auf den dunklen angrenzenden Wald, und Hanna entspannte sich langsam.

»Das ist wirklich ein tolles Restaurant«, flüsterte sie. »Ich fühle mich fast wie bei ‚Pretty Woman‘«, fügte sie mit einem leisen Lachen hinzu.

Daniel grinste. »Du siehst mindestens genauso umwerfend aus wie Julia Roberts«, sagte er und drückte ihre Hand. Er winkte dem Kellner und bestellte für sie Champagner. Dann studierten sie die Menüauswahl. Daniel schlug vor, dass sie verschiedene Gerichte wählen sollten, um mehr probieren zu können. Hanna stimmte begeistert zu, und sie bestellten gebackenes Wurzelgemüse mit Ziegenfrischkäse und Avocado gefüllt mit Flusskrebsen und grünem Spargel. Als Hauptgericht wählten sie Zanderfilet in Pommery-Senfsauce und Winter-Kabeljau mit Graupenrisotto und Spinat.

Während sie auf ihr Essen warteten, unterhielten sie sich über alles Mögliche, von ihren liebsten Reisezielen bis hin zu ihren Jobs. Hanna fühlte sich wohl in Daniels Nähe und ihre Unsicherheit war bald verflogen. Das Essen war ein wahres Fest für die Sinne und Hanna kostete von jedem Gericht. Sie genehmigten sich einen Nachtisch, eine köstliche Crème brûlée und einen Espresso. Hanna lehnte sich entspannt zurück, zufrieden und glücklich, und genoss die romantische Atmosphäre des Restaurants.

Es war das erste Mal, dass sie mit einem Mann in einem teuren Restaurant speiste. Ihre früheren Freunde hatten sie in das Lokal mit dem großen »M« eingeladen oder mal in ein einfaches Bistro. Mit ihrer Familie war sie zu besonderen Anlässen in einem gehobenen Lokal essen gewesen, aber mit Daniel zusammen fühlte es sich anders an. Erwachsen. Exklusiv.

Als Daniel die Rechnung verlangt hatte und sie aufstanden, spürte Hanna ein warmes Gefühl des Glücks in sich aufsteigen. Das Wochenende mit Daniel war bisher einfach perfekt gewesen und sie freute sich auf den weiteren Abend. Auf Sex mit ihm. Sie hatte lange genug darauf gewartet.

Am nächsten Morgen wachten sie eng umschlungen auf und genossen ein ausgiebiges Frühstück im Bett. Danach packten sie ihre wenigen Sachen zusammen, Daniel beglich die Rechnung und sie fuhren nach Hause.

»Ein wunderschöner Kurztrip«, sagte Hanna während der Rückfahrt. Sie fühlte sich so glücklich wie schon lange nicht mehr und wusste, dass sie mit Daniel einen außergewöhnlichen Menschen gefunden hatte, einen Menschen, der ihr viel bedeutete und der ihr das Gefühl gab, etwas Besonderes zu sein.

Aber ein kleines Teufelchen meldete sich. *Warum nur konnten sie nicht häufiger zusammen sein? Warum konnten sie nicht einfach ein paar Tage in Daniels Wohnung verbringen? Sie brauchte keine Begegnung mit Wölfen, keine Massage und auch kein opulentes Abendessen. Hanna wollte einfach mehr Zeit mit Daniel verbringen. Ihn besser kennenlernen.* Aber sie wusste, dass ihr Liebster auf Fragen über dieses Thema allergisch reagierte, ohne dass sie eine Idee hatte warum. Und sie wollte keinesfalls den Zauber der Erinnerung an diese Reise zerstören. Dieser Trip war der Anfang von etwas Wunderschönem. Sie hatten sich gefunden, und nichts konnte ihre Liebe aufhalten.

Kapitel 11

Drei Tage später gingen sie gemeinsam mit Carlos Gassi. Sie hatten sich am Waldrand in der Nähe von Hannas Haus verabredet. Hanna erreichte den Treffpunkt nach zehn Minuten Fußweg, Daniel kam kurz nach ihr, per Fahrrad.

»Warum fährst du nicht mit dem Fahrrad?«, fragte er, als er abgestiegen war und sein Rad an ein Verkehrsschild angeschlossen hatte.

»Das schafft Carlos nicht«, antwortete Hanna. »Ich müsste so langsam fahren, dass ich fast umfalle.«

Daniel lachte, beugte sich zu Carlos herunter und ließ den Hund an seiner Hand schnüffeln. Carlos reagierte begeistert und setzte an, Daniels Gesicht abzulecken. Der schubste Carlos' Kopf sanft zur Seite.

»Das ist selten«, staunte Hanna. »Normalerweise ist Carlos zurückhaltend bei Fremden, besonders bei Männern. Er ist wohl in der Vergangenheit schlecht behandelt worden. Die ersten Monate hat er immer total ängstlich reagiert, wenn jemand eine Zeitung oder einen Regenschirm in der Hand hatte. Da ist er in eine Ecke gekrochen und hat sich klein gemacht.«

»Armer Kerl«, sagte Daniel mit finsterem Gesicht. Er streichelte Carlos ausgiebig. »So ein toller Hund. Promenadenmischungen sind ja oft die begabtesten, die erhalten meist von den beteiligten Rassen die besten Eigenschaften.«

Sie marschierten los und Hanna wurde fast eifersüchtig, weil Daniel sich die meiste Zeit mit Carlos beschäftigte. Er warf Stöckchen, lockte Carlos in einen Bach, gab ihm zwischendurch Leckerli – hatte er die extra mitgebracht? – und streichelte den Hund immer wieder. Carlos wiederum zeigte sich völlig ausgelassen, sprang um Daniel umher und wich kaum von dessen Seite.

»So einen Hund hätte ich auch gerne«, sagte Daniel, als sie am Ausgangspunkt angelangt waren. »Allerdings hätte ich keine Zeit, jeden Tag mit ihm Gassi zu gehen. Und er wäre ja zu viel allein.«

Wenn wir uns öfter sehen würden, könntest du auch mit Carlos spielen, dachte Hanna frustriert, sprach es aber nicht aus.

Endlich war es so weit. Daniel lud Hanna in seine Wohnung ein.

»Kommst du am Freitagabend zu mir?«, fragte er am Tag nach ihrem gemeinsamen Gassigehen. Sie hatten seit dem Eifel-Wochenende jeden Abend zusammen telefoniert. Kurze Telefonate, Hanna sagte immer, dass sie keine Telefoniererin sei. Sie erzählten sich von ihrem Tag, das heißt, meistens erzählte Hanna und Daniel hörte interessiert zu. Manchmal tauschten sie sich über allgemeine Neuigkeiten aus, über Politik und das Weltgeschehen. Daniel erkundigte sich nie über Hannas Familie oder ihre Freunde, und Hanna schnitt das Thema nicht an.

»Ach, darf ich jetzt deine Wohnung sehen?«, fragte Hanna überrascht und ärgerte sich sofort über sich selber. *Warum nur platzte sie immer sogleich mit ihrer Reaktion heraus?* Schweigen am anderen Ende der Telefonleitung. *Nein, sie würde sich jetzt nicht entschuldigen.* Es war wirklich überfällig. Und er hatte noch nie eine schlüssige Erklärung abgegeben, warum er sie nicht zu sich einlud.

»Willst du zu mir kommen oder nicht?«, fragte Daniel nach einiger Zeit mit mürrischer Stimme.

»Ja klar«, antwortete Hanna betont fröhlich.

Hanna hatte mit dem Fahrrad fünfzehn Minuten gebraucht. Die Adresse kannte sie ja, als sie Anfang Januar Daniel vom Krankenhaus nach Hause gefahren hatte. Vor der Haustür stellte sie erfreut fest, dass es einen Fahrradständer gab, den sie beim letzten Mal nicht bemerkt hatte, und schloss ihr Rad daran. Wie sie wusste, wohnte Daniel auf der zweiten Etage. Hanna klingelte und der Türsummer tönte sofort. Sie ging gemächlich die Treppen hinauf und bewunderte das gepflegte Treppenhaus mit Blumentöpfen und hübschen kleinen Skulpturen auf jedem Treppenabsatz. Waren die von Daniel? Sie sah eine Statue, etwa 40 cm hoch, die eine Frau in einem langen wallenden Kleid zeigte. Daneben stand ein Junge von etwa zehn Jahren, in kurzer Hose, mit einem Ball in der Hand. Eine Etage höher erwarteten sie Phantasiegebilde, die sie nicht genau benennen konnte, ineinander verschlungene Schlangen? Oben räusperte sich jemand hörbar und sie beschloss, dass sie die Skulpturen ein andermal genauer betrachten würde.

Daniel erwartete sie in der offenen Tür. Hannas Herz klopfte höher. *Warum nur sah er so unverschämt gut aus?* Er trug eine Jeans und ein eng anliegendes weißes T-Shirt, das seinen muskulösen Oberkörper betonte. Lässig lehnte er mit bloßen Füßen am Türrahmen und lächelte sie an. *Oh, dieses Lächeln!* Geheimnisvoll, zurückhaltend, einnehmend, prüfend – von allem etwas. Sein Lächeln allein reichte, um sich Hals über Kopf in ihn zu verlieben.

»Willkommen in meinem Reich«, sagte er mit heiserer Stimme, schloss sie in die Arme und küsste sie zärtlich. Dann nahm er ihre Hand und zog sie hinter sich her in seine Wohnung, die Tür stieß er mit dem Fuß zu.

»Wow!« Sie standen in einem großen Atelier. Raumhohe Fenster erlaubten den Blick auf einen Balkon, der sich über die ganze hintere Wand erstreckte, dahinter sah sie einen Garten mit einem kleinen Rasen, umrandet von zahlreichen Büschen. Zur Linken des Zimmers standen raumhohe Regale aus hellem Holz, auf denen zahllose kleine Skulpturen – war das das richtige Wort? – standen: Büsten, Figuren, Vasen, Teller, Phantasiefiguren, Fabelwesen, Zentauren, Schalen und vieles mehr. Hanna sah Werkzeuge, ordentlich an der Wand aufgehängt, einige lagen auf einem Regalbrett. Hanna konnte nicht alle Werkzeuge benennen. Etliche Bücher standen in den Regalen, einige von ihnen sahen zerlesen aus, andere ziemlich neu.

Vor den Regalen sah sie weitere Skulpturen in unterschiedlichen Größen und unterschiedlichen Stadien der Fertigstellung: ein etwa hundgroßer Drache mit offenem Maul, ein Junge, vielleicht einen Meter groß, dessen Kopf noch nicht bearbeitet war, verschiedene kleinere Tiere, Vögel und eine junge Frau, lebensgroß, roh zugehauen. Im untersten Regal sah sie Phantasiefiguren, menschliche Körper zu einem Ring geformt. Allen Skulpturen wohnte Leben inne, auch den Unfertigen. Sie atmeten Dynamik und Lebendigkeit aus.

»Du bist ja ein Künstler!«, stieß Hanna hervor. Daniel grinste stolz. *Und das wollte er mir vorenthalten!*, ging es Hanna durch den Sinn. *Warum nur?*

Sie ging zu den Skulpturen. »Darf ich sie anfassen?«, fragte sie.

Daniel nickte. »Aber bitte vorsichtig.«

Sie ging langsam an den Kunstwerken vorbei und streichelte sacht mit der Hand über den Drachen. Fast erwartete sie, er würde mit dem großen Maul zuschnappen. Dann wandte sie sich den ‚Ringfiguren‘ zu, es waren sechs oder sieben, nebeneinanderliegend. Alle maßen etwa 30 cm, es waren keine Abbilder der Natur, sondern menschliche Figuren zu einem Ring geformt, die grob dargestellten Hände um die unförmigen Füße geschlungen. »Die sind total sinnlich«, stellte sie staunend fest und fuhr sacht mit der Hand über den glattpolierten Stein.

»Was machst du mit diesen Kunstwerken?«, fragte sie. »Verkaufst du sie? Stellst du sie aus?«

»Ja und ja«, antwortete Daniel. »Manchmal.« Er verzog seinen Mund zu einem schiefen Lächeln. »Leben kann ich davon nicht. Daher mein Job im Marketing.«

Hanna sah sich weiter um. Ein Tisch erstreckte sich an der rechten Wand, darauf standen weitere kleine Skulpturen, Gefäße mit Pinseln und anderen Geräten. Daneben hingen mehrere Kittel in verschiedenen Farben, alle wiesen Farb- und Gipsflecken auf.

»Du willst bestimmt auch den Rest der Wohnung sehen, richtig?«, fragte Daniel und zwinkerte Hanna zu. Er nahm wieder ihre Hand und zog sie zu einer Tür, die zu ihrer Rechten etwas versteckt lag. Diese führte in einen sechseckigen Flur, von dem eine Tür in ein kleines Wohnzimmer führte. Eine weitere Tür öffnete sich zu einer modernen schmalen Küche, in schwarz-weiß gehalten, in der es verlockend duftete. »Kochst du für uns?«, fragte sie.

»Spaghetti mit Krabben, das magst du doch«, antwortete Daniel und bekam das stolze, fast schon überhebliche Grinsen gar nicht mehr aus dem Gesicht.

Und dann: »Tada!«, sagte Daniel und wies in sein Schlafzimmer. Drei Wände waren kobaltblau gestrichen, zwei große Fenster führten zur Straße. Ein Doppelbett dominierte den Raum, mit blau-gemusterter Bettwäsche. Eine weitere Tür führte in ein Badezimmer, das ebenfalls in Blau gehalten war, mit dunkelblauen Fliesen, die auf Kopfhöhe ein Fliesenband in verschiedenen Blautönen hatte.

»Eine Badewanne für zwei Personen!«, sagte Hanna begeistert. Daneben fanden sich eine Dusche, Toilette,

Bidet und ein Doppelwaschbecken. »Sehr luxuriös!«, stellte sie fest.

»Erst baden oder erst essen?«, fragte Daniel. »Allerdings verkochen die Spaghetti bald.«

Daniel war ein passabler Koch. Zu den Spaghetti hatte er Tigergarnelen mit Knoblauch mariniert und in Olivenöl gebraten, außerdem einen Tomatensalat mit Mozzarella und Basilikum vorbereitet. Dazu tranken sie einen gut gekühlten italienischen Weißwein. Als Nachtisch gab es Panna cotta. »Selbst zubereitet«, sagte er, als er die Gläschen aus dem voluminösen Kühlschrank holte. Er dekorierte sie mit etwas Himbeersauce und einem Minzblatt, das er von einem Tontopf pflückte, der auf dem Fensterbrett stand.

Nach dem Essen räumten sie gemeinsam den Tisch ab, dann zog Daniel Hanna ins Schlafzimmer. Sie zogen sich gegenseitig langsam aus und liebten sich ausgiebig. Anschließend legten sie sich in die Badewanne. Daniel hatte eine Flasche Champagner geholt, die er neben die Wanne in einen Kühler stellte.

»Und wie kannst du dir diese Wohnung leisten?«, fragte Hanna. Seine Bleibe maß sicher über hundert Quadratmeter und das Haus lag in einer teuren Wohngegend. Sie glaubte nicht, dass er im Marketing so viel verdiente. Und er hatte zugegeben, dass er nur selten eins seiner Kunstwerke verkaufen konnte.

»Ich hab geerbt«, antwortete Daniel und zog ein verlegenes Gesicht. »Eine Tante, die gerne Malerin geworden wäre. Dazu hat aber ihr Talent nicht gereicht. Stattdessen hat sie in einer großen Firma als leitende Einkäuferin gearbeitet, Geld gescheffelt und außer für ihre Malutensilien nur wenig ausgegeben. Kinder hatte sie keine, daher wollte sie vermutlich mich als Künstler unterstützen.«

Hanna wurde neidisch, eine ihrer Eigenschaften, die sie hasste. Es ging ihr in der Familie gut, sie hatten alles, was sie brauchten, inklusive einem hübschen Haus mit einem kleinen Garten, zwei Autos, Urlaubsreisen. Aber da ihr Vater früh gestorben war, waren die Finanzen der Familie nicht so üppig wie bei Helenes Zwillingsschwester Nora und deren Familie. Hanna würde gerne eine eigene Wohnung haben oder sie zumindest für die Zukunft planen können, aber die hätte sie überwiegend alleine finanzieren müssen. Ihr Bruder Elias lebte mit seinen dreiundzwanzig Jahren auch immer noch zu Hause, allerdings hatte Hanna den Verdacht, dass er die Bequemlichkeit von ‚Hotel Mama‘ der Unabhängigkeit vorzog.

Ein melancholischer Ausdruck trat in Daniels Gesicht. »Sie und ich sind die einzigen Künstler in der Familie. Meine Eltern haben mich ausgelacht, wenn ich erzählt habe, dass ich Bildhauer oder Maler werden will. ‚Du kannst unsere Zimmerwände anmalen‘, haben sie gesagt, wenn ich von meinen Berufsplänen sprach. Studier irgendetwas oder mach eine vernünftige Lehre, am besten bei der Bank, das waren ihre Empfehlungen.«

»In meiner Familie gibt es ebenfalls keine Künstler«, sagte Hanna. »Darum hat sich meine Mutter mit meiner Töpferei so schwergetan. Auch wenn du sagst, dass Töpfern nicht wirklich eine Kunst ist.«

»Unsinn«, Daniel nahm sie in die Arme. »Du töpferst sehr hübsche Sachen. Du hast ein Gespür für Formen und Farben, da könntest du sicher mehr draus machen.«

Hanna strahlte.

»Und warum hast du so lange gewartet, bis ich deine Wohnung sehen durfte?« Hanna musste diese Frage loswerden.

»Das ist kompliziert«, antwortete Daniel nach längerem Schweigen. »Ich hab die Wohnung vor einem Jahr mit einer anderen Frau zusammen ausgesucht und eingerichtet. Die hat mich verlassen, weil sie einen Jüngeren gefunden hat. Ich weiß gar nicht, wie lange sie mich mit dem betrogen hat. Und daher – ich weiß, es klingt blöd, aber ich hab den Eindruck, ich würde sie betrügen, wenn ich mit einer anderen Frau hier im Bett liege.«

Wirklich eine blöde Erklärung! Daniel sah ihr offenbar das Unverständnis an. »Es gibt noch einen weiteren Grund«, fügte er rasch hinzu. »Diese Wohnung hier – die ist sicher anders als das, was du von deinen bisherigen Freunden kennst. Du hast doch von der Wohngemeinschaft erzählt, von Aylin – das ist eine ganz andere Welt. Ich hatte befürchtet, dass du dich hier nicht wohl fühlst. Dass damit wieder einmal der Altersunterschied zwischen uns betont wird. Dass du lieber in einer Studentenbude wärst als hier bei mir.«

Hanna zog die Stirn kraus. Daniel hatte recht. Er hatte genau ihre Empfindungen beschrieben, deren sie sich vorher nicht klar war. So toll und luxuriös die Wohnung war – es war nicht ihre Welt.

Kapitel 12

»Meine Mutter will dich endlich kennenlernen.« Hanna und Daniel lagen nach einem ausgiebigen Liebesspiel ermattet in seinem Bett. Sie lag eng an ihn gekuschelt, ein Bein über seinen Leib geschlungen. Sie war glücklich, überwältigend glücklich. Das war einer dieser Momente, der bei ihr die Idee triggerte, dass sie jetzt sterben könne. So glücklich konnte sie nie wieder sein. Hanna hatte noch nie mit einem Mann solch tiefe Empfindungen gehabt. Nur eine wichtige Sache fehlte zu ihrem Glück: Sie wollte ihren Schatz ihrer Familie vorstellen.

Sie spürte, wie Daniel sich bei ihren Worten versteifte. »Wozu?«, fragte er mit rauer Stimme.

»Wir sind eine Familie, und da nehmen wir Anteil am Leben der anderen. Dazu gehört, die Freunde kennenzulernen. Lea, die Freundin von meinem Bruder, geht zum Beispiel bei uns ein und aus und ist auch häufig bei meiner Tante zu Gast. Natürlich musst du kein Mitglied der Familie werden, so wie Lea es beinah ist. Aber du sollst meine Leute kennenlernen und meine Familie dich.«

Schweigen.

»Ich vergesse immer wieder, wie jung du bist«, sagte Daniel langsam.

»Was hat mein Alter damit zu tun?«, brauste Hanna auf und setzte sich hin. »Meine Oma hat uns auch ihren Freund Reto vorgestellt.« Sie erwähnte nicht, dass ihre Mutter und deren Töchter den Schweizer bereits jahrelang als Freund der Familie kannte, als die beiden ihre Beziehung bekannt machten.

»Ist ja gut«, beschwichtigte Daniel. »Wenn du unbedingt willst, dann treffe ich sie mal. Aber kurz, nicht zu einem eurer berühmten Grillabende oder so. Und keinesfalls eine Geburtstagsfeier mit der ganzen Großfamilie. Ein Treffen mit deinen Eltern, maximal noch dein Bruder. Einverstanden?«

Er sah sie flehentlich an, *wie ein armer Sünder*, dachte sie und musste lachen.

»Was machen deine Eltern noch mal beruflich?«, fragte Daniel.

»Meine Mutter arbeitet bei der Stadtverwaltung, und ihr Mann ist Lehrer«, antwortete Hanna und fragte sich, warum er das wissen wollte.

Zwei Tage später war es so weit. Hanna saß mit ihren Eltern auf der Terrasse, das Wetter war für diesen Spätnachmittag Mitte April freundlich, geradezu frühlingshaft. Ihr Stiefvater Sandro hatte eine Flasche italienischen Weißwein entkorkt, eine Platte mit Bruschetta, die er zubereitet hatte, auf den Tisch gestellt, dazu eine Schale mit Oliven und eine Käseplatte. Sie warteten. Elias arbeitete noch in seinem Zimmer. »Wir müssen ja nicht alle sofort deinen neuen Freund überfallen«, hatte er grinsend gesagt. »Ruft mich, wenn er da ist.«

Hanna sah auf die Uhr. Sie selber war im Allgemeinen pünktlich, hatte aber mehrfach festgestellt, dass Daniel fast immer mindestens fünfzehn Minuten zu spät dran war. Mittlerweile war es aber dreißig Minuten über der Zeit. Hanna ärgerte sich. Jetzt kam er endlich zu ihren Eltern und startete gleich mit einem schlechten Eindruck.

Endlich ertönte die Klingel. Sie rannte zur Haustür – Daniel. Hatte er sich extra schick angezogen? Er trug ein fliederfarbenes Hemd zu einer schwarzen Jeans, darüber eine schwarze Lederweste. Offenbar hatte er seinen Bart frisch gestutzt, was sein gepflegtes Äußeres betonte.

Mama wird ihn lieben!, dachte Hanna und fühlte Stolz auf ihren attraktiven Freund aufwallen. In der rechten Hand hielt Daniel einen hübschen kleinen Blumenstrauß, in der anderen eine dekorative Papiertüte, die vermutlich eine Flasche Wein enthielt. Sein Fahrrad mit dem Korb an der Lenkstange hatte er in der Auffahrt zur Garage abgestellt.

»Guten Abend«, sagte er mit seiner samtenen Stimme, lächelte sie liebevoll an und küsste sie zart auf den Mund. Auf seine Verspätung ging er nicht ein. Hanna verwünschte sich, dass sie ihm einfach nicht böse sein konnte.

»Hast du das getöpfert?«, fragte er und deutete auf das Türschild. Hanna errötete etwas. Hoffentlich sagte er jetzt etwas Nettes dazu! Das ovale bunte Schild zeigte die Namen der Familienmitglieder, unter ‚Gruner' standen Helene, Elias und Hanna, daneben Sandro Magisano. Darunter war ein Hund aufgemalt und der Schriftzug ‚Carlos'.

»Hübsch«, sagte Daniel lächelnd. »Schön bunt.«

Hm, den zweiten Satz hätte er sich sparen können, der wertete das ‚hübsch' herab. Aber immerhin so etwas wie ein Lob.

»Komm herein«, sagte Hanna knapp und ging voraus, durch das Wohnzimmer zur Terrasse. Daniel folgte ihr langsam. Sie wandte den Kopf und bemerkte, dass er sich umsah und die Einrichtung musterte. Hanna und ihre Familie bewohnten ein schmales Reihenhaus. Helene sagte immer, dass ihr Wohnzimmer ein Schlauch sei, mit einem Fenster vorne zur Straße und der doppelflügeligen Terrassentür zum Garten. Aber es war hell und freundlich eingerichtet, mit der ferrariroten Couch, die Sandro mitgebracht hatte, davor zwei Sessel, dem Esstisch aus Kiefernholz und dazu passenden Stühlen und an der Wand die Regale im Vintage-Stil.

Beide Flügel der Terrassentür standen weit offen. Hanna trat auf die Terrasse, Daniel war kurz hinter ihr. Ihre

Eltern erhoben sich und blickten erwartungsvoll zu Daniel. *Aber was war los?* Daniel war kurz vor der Terrassentür stehengeblieben, hatte den Blumenstrauß fallenlassen und starrte Helene, Hannas Mutter, mit offenem Mund an. Sein Gesicht wurde flammend rot.

Hannas Eltern wechselten einen befremdeten Blick. Helene räusperte sich, ging auf Daniel zu und streckte die Hand aus. »Guten Abend, Daniel«, sagte sie. »Schön Sie kennenzulernen.«

Daniel trat einen Schritt zurück, stellte die Papiertüte mit der Flasche auf den Boden, hob den Blumenstrauß auf und reichte ihn Helene.

»Der ist für Sie«, krächzte er mit heiserer Stimme. »Entschuldigung, ich muss – äh – ich muss noch was erledigen.« Dann drehte er sich um und ging eilends zur Haustür zurück.

Hanna und ihre Eltern hörten die Tür ins Schloss fallen. Fassungslos sahen sie sich an. Helene öffnete den Mund, als wollte sie etwas sagen, schloss ihn aber sofort wieder.

Hanna erwachte aus ihrer Erstarrung, rannte zur Tür und einige Schritte die Auffahrt hinunter. Nichts zu sehen von Daniel, er musste wie der Teufel losgefahren sein.

»Was war das denn?«, fragte Sandro, als Hanna zur Terrasse zurückgekehrt war. »Sehen wir so furchterregend aus?«

Hanna zuckte mit den Schultern, ihr fiel keine Erklärung oder Entschuldigung ein.

Sandro hatte die Papiertüte von Daniel auf den Terrassentisch gestellt. »Ecco, ein richtig guter teurer Wein«, kommentierte er. Er war Italiener und streute gerne italienische Wörter ein. Das erhöhte seinen Charme, der vor vielen Jahren Helene sofort für ihn eingenommen hatte.

»Das ist doch jetzt nicht wichtig!«, fauchte Helene ihn an. »Hanna, hast du eine Idee, was mit deinem Freund los ist?«

»Keine Ahnung«, sagte Hanna kleinlaut. »Ich ruf nachher mal an. Tut mir leid, lag bestimmt nicht an euch.«

»Willst du nicht die Bruschetta probieren?«, fragte Sandro und wies auf die Platte mit den appetitlich aussehenden Snacks. »Oder die Oliven? Käse? Setz dich doch zu uns.«

Hanna schüttelte den Kopf. »Mir ist der Appetit vergangen.« Allein bei dem Gedanken an essen musste sie fast würgen. Dazu *das* mitleidige Gesicht ihrer Mutter, das war mehr, als sie ertragen konnte. *Wie konnte Daniel sie nur in eine solche Situation bringen?*

Sie ging schweren Schrittes nach oben in ihr Zimmer, drehte die Lautstärke ihre Musikanlage hoch und warf sich aufs Bett. *Warum nur war mit Daniel alles so kompliziert? Da hatte sie ihn endlich so weit, ihre Eltern kennenzulernen, und er zeigte eine so seltsame Reaktion. Warum hatte er so bestürzt, fast entsetzt, auf ihre Eltern reagiert? Besser gesagt auf Helene, fiel es ihr ein. Er hatte Helene angestarrt, als sähe er einen Geist. Sandro hatte er überhaupt nicht beachtet.*

Um 21 Uhr klingelte endlich ihr Handy. Hanna hatte etliche Male versucht, Daniel anzurufen, ihm mehrfach auf die Mobilbox gesprochen, Textnachrichten verschickt.

»Es tut mir so leid.« Daniels Stimme war ein Flüstern, seine Worte waren kaum zu verstehen. »Kannst du zu mir kommen? Ich möchte es dir erklären, und das geht nicht am Telefon.«

»Bin schon unterwegs.«

Hanna rannte die Treppe hinunter, griff sich ihre ärmellose Weste von der Garderobe, holte ihr Fahrrad aus der Garage und raste zu Daniel.

Als sie an der Haustür stand, hörte sie sofort den Summer, bevor sie klingeln konnte. Daniel hatte sie offenbar kommen gesehen. Langsam und schwerfällig ging sie die Treppe hinauf.

»Es tut mir so leid.« Daniel stand oben am Treppenabsatz, wiederholte seine Worte und schloss Hanna in die Arme. »Ich liebe dich«, flüsterte er und schob sie in seine Wohnung. Hanna befreite sich aus seiner Umarmung und stieß ihn von sich.

»Was war los?«, fragte sie mit ruhiger Stimme. Daniel sollte nicht merken, wie sehr sie innerlich bebte.

»Das ist schwer zu erklären«, antwortete Daniel. Er sah sie überrascht an, scheinbar hatte er nicht mit ihrem Zorn gerechnet.

»Dann versuch es doch einfach«, giftete Hanna.

»Setz dich bitte.« Daniel wies auf die Couch, aber Hanna wählte den Sessel und setzte sich auf die Kante. Daniel ließ sich auf dem Sofa nieder, nah bei ihr, und sie rückte mit ihrem Sessel etwas weg.

»Also!«, forderte sie ihn auf und lehnte sich mit verschränkten Armen in ihrem Sessel zurück.

»Deine Mutter«, begann Daniel und stockte.

»Ja, was ist mit ihr?« Allmählich ging Hanna die Geduld aus.

»Sie erinnert mich an jemanden.« Daniel war rot geworden. »Und das war eine schwierige Situation.« Er seufzte tief auf.

»Weiter!«, fauchte Hanna.

»Wir hatten ein Verhältnis«, sagte er. »Monatelang. Bis sie auf einmal Schluss gemacht hat. Eine unserer Kolleginnen hatte es wohl ihrem Mann gesteckt. Die war selber scharf auf mich.« Er zog den Kopf etwas ein. »Und die Frau sah genauso aus wie deine Mutter. So eine Ähnlichkeit! Das hat mich total umgehauen. Ich wusste überhaupt nicht, was ich sagen sollte. Ich wusste nur, dass ich weg musste.«

»Aber du warst doch beim Marketing, oder?«, fragte Hanna verständnislos. »Die Stadtverwaltung hat keine

Marketingabteilung, und meine Mutter ist Bauingenieurin. Das muss eine andere Frau gewesen sein.«

»Das war auch nicht bei der Stadt«, entgegnete Daniel. »Aber wie gesagt, deine Mutter sieht dieser Frau total ähnlich. Ich dachte zuerst, sie wäre es. Andere Frisur, okay, ist allerdings auch schon ein paar Jahre her. Ehrlich gesagt war mir diese Frau ziemlich wichtig. Und dann steht sie auf einmal vor mir. Aber deine Mutter heißt doch Helene, das stand auf dem Türschild. Diese Frau – sie hieß anders.«

Hanna starrte Daniel an. Die Gedanken rasten in ihrem Kopf. »Ich glaub es nicht!«, stieß sie hervor, holte ihr Handy und wischte fieberhaft durch die Bildergalerie.

»Hier.« Sie präsentierte ihm ein Foto. »Ist das deine Verflossene?«

Daniel erblasste. »Deine Mutter hat eine Zwillingsschwester?«

»Ja«, antwortete Hanna. »Nora. Sagt der Name dir etwas?«

Daniel nickte. »Nora. Das Puppenhaus. Obwohl sie überhaupt nichts Puppenhaftes an sich hatte. Stahlhart war sie.«

Hanna ließ sich in ihren Sessel zurückfallen. Die Gedanken wirbelten in ihrem Kopf durcheinander. Sie hatte nicht gewusst, dass ihre Tante Nora ein Verhältnis mit einem Kollegen gehabt hatte. Sie hatte immer gedacht, ihre Tante und ihr Onkel würden eine harmonische Ehe führen.

»Wann war das denn?«, fragte sie, um das belastete Schweigen zu unterbrechen.

»Äh, ist schon was her, vor so drei oder vier Jahren.«

Dann hat Nora ja einen bleibenden Eindruck bei ihm hinterlassen, dachte Hanna.

»Darum bist du mir auch so bekannt vorgekommen«, fügte Daniel hinzu. »Du siehst tatsächlich deiner Mutter oder deiner Tante ziemlich ähnlich.«

Das saß.

»Aber meine Tante ist neunundvierzig Jahre alt, das heißt, sie ist sieben Jahre älter als du.«

»Ja, ich weiß«, antwortete Daniel gleichgültig. »Was spielen denn sieben Jahre für eine Rolle? Ich bin dreiundzwanzig Jahre älter als du.«

»Aber – Nora – weißt du überhaupt, dass meine Tante bei einer Wanderung in einem kanadischen Nationalpark verschollen war? Vor zweieinhalb Jahren? Davon musst du doch gehört haben? Und die Zeitungen haben nicht nur über Nora, sondern auch über ihre Zwillingsschwester berichtet, die nach Kanada geflogen ist.«

Daniel sah sie überrascht an. »Verschollen? Nee, keine Ahnung. Hat sie wieder rausgefunden?« Er schien erleichtert, dass ihr Gespräch auf ungefährlicheres Terrain zusteuerte.

»Hat sie«, antwortete Hanna. »Meine Mutter hat sie gefunden. Sie ist mit meinem Bruder und Noras Tochter hingeflogen und hat sie gefunden. Die Parkranger hatten keine Spur.«

Das war eine aufregende Zeit gewesen. Nora und ihr Mann Niklas waren im Juni wandern in einem kanadischen Nationalpark gewesen. Gleich am zweiten Tag war Niklas bei stürmischem Wetter abgestürzt, und Nora hatte Hilfe holen wollen. Dabei hatte sie sich verlaufen und weder zurück zu Niklas noch zum Parkeingang gefunden. Tagelang war sie im Park im Regen herumgeirrt, hatte eine Begegnung mit Bären und einen Absturz in eine Schlucht überstanden, bis Helene sie wundersamerweise völlig entkräftet gefunden hatte.

»Das stand doch damals in allen Zeitungen«, fiel es Hanna ein. »Die Journalisten haben Noras Sohn Timo die Türen eingerannt. Es gab Fotos, sogar im Fernsehen wurde darüber berichtet. Und sie haben ausführlich darüber geschrieben, dass meine Mutter nach Kanada geflogen ist und ihre Zwillingsschwester gefunden hat. Liest du keine Zeitung?«

»Doch, ja, jetzt wo du es sagst, erinnere ich mich. Aber ehrlich gesagt interessieren diese Räuberpistolen mich nicht. – Äh, entschuldige!« Hanna war bei seinen Worten empört hochgefahren.

»Jetzt erzähl doch mal die ganze Geschichte. In deiner Familie ist ja ganz schön was los.«

Hanna war etwas besänftigt und erzählte, was sich vor zweieinhalb Jahren zugetragen hatte. Sie war immer noch enttäuscht, dass sie damals nicht nach Kanada hatte mitfliegen dürfen, nur ihr Bruder.

»Das ist ja der helle Wahnsinn! Wie konnte deine Mutter ihre Schwester finden, aber die Park Ranger nicht?« Daniels Stimme klang ungläubig.

»Davon erzähl ich dir ein andermal«, antwortete Hanna.

»Und damals hat Nora auch herausgefunden, warum mein Vater vor sieben Jahren mit dem Auto verunglückt ist«, berichtete sie. Hanna erzählte noch einmal von dem Unfall, bei dem ihr Vater einem LKW die Vorfahrt genommen hatte und tödliche Verletzungen erlitten hatte. Sie hatten sich alle nicht erklären können, wie es zu dem Unfall gekommen war, ihr Vater war ein sehr besonnener Autofahrer gewesen. Alkohol oder Drogen waren nicht im Spiel gewesen. Ihre Tante Nora hatte bei ihrer Wanderung ein ähnliches Erlebnis, strömender Regen, rasende Kopfschmerzen – über die Hannas Vater geklagt hatte – und eine unbekannte Umgebung. Das hatte sehr wahrscheinlich zu dem Unfall geführt. Es war für alle eine große Erleichterung gewesen, dass sie nach vielen Jahren endlich eine plausible Erklärung für den Unfall hatten.

»Das mit deinem Vater tut mir so leid«, sagte Daniel, setzte sich zu Hanna in den Sessel und zog sie auf seinen Schoß. Zärtlich streichelte er über ihre Haare und ihren Rücken. Hanna hielt die Augen geschlossen und versuchte, sich seinen Zärtlichkeiten hinzugeben. Ganz wollte ihr das nicht gelingen, eine Stimme meldete sich immer wieder in ihr und fragte, wie sie jemals Daniel in ihre Großfamilie integrieren sollte. Ob sie jemals Daniel zu einem ihrer Treffen, an Geburtstagen oder Feiertagen oder einfach ohne Grund, mitnehmen könne. Vermutlich nicht. Das konnte sie Nora und deren Mann Niklas nicht antun. Ob Niklas überhaupt jemals Daniel gesehen hatte? Vielleicht ginge es, dass sie Nora einweihte ... Aber nein, es ging nicht. Es war einfach eine total blöde unangenehme Situation.

»Meine Tante hat sogar ein Buch über ihre Erlebnisse geschrieben«, erzählte sie. »Ich hatte ja gesagt, dass es in meiner Familie keine Künstler gibt. Aber immerhin Schriftsteller. Meine Oma Karin hat nämlich eifrig mitgeschrieben und die ganzen Erlebnisse, die wir zu Hause hatten, wie wir um Nora gebangt haben, das hat sie alles eingefügt. Es ist ein ziemlich gutes Buch geworden, finde ich. Und ich hab das Cover gestaltet.«

Sie nahm ihr Handy und scrollte rasch durch die Galerie. »Hier ist das Cover.«

»Beeindruckend«, kommentierte Daniel, der das Bild eingehend betrachtete. »Düster, geheimnisvoll, ziemlich gelungen.«

War das wirklich seine Meinung? Oder wollte er ihr schmeicheln, damit sie nicht mehr böse war? Fast bereute Hanna, dass sie von dem Buch erzählt hatte.

Da war noch eine Sache, die sie wissen musste.

»Siehst du sie denn noch?«, fragte sie. »Im Job? Dann hätte dir doch auffallen müssen, dass meine Mutter anders aussieht.«

»Nein,« antwortete Daniel und sah versonnen aus dem Fenster. »Ich hab das nicht mehr ausgehalten, sie dauernd im Büro zu sehen. Ich hab mir einen anderen Job gesucht und gekündigt. Gute Marketingleute werden gesucht. Ja, und meinen alten Kollegen hab ich erzählt, ich hätte geheiratet und ein Kind gekriegt. Das ist bestimmt zu Nora gedrungen.« Hanna störte das triumphierende Gesicht, das er bei seinen letzten Worten machte. *So, als wäre er stolz auf seine erfundene Geschichte. Auf seine Lüge. Wollte er Nora verletzen? Hasste er sie?*

Sie blieb noch etwa eine halbe Stunde bei Daniel. Er wollte sie sanft zu Sex verführen, aber Hanna lehnte ab. Ihr stand nicht der Sinn nach Zärtlichkeiten. Es stieß sie ab, dass Daniel mit ihrer Tante ins Bett gegangen war. Mit Nora! Neunundvierzig Jahre war die alt. In Daniels Alter! Wie sollte sie je wieder mit ihm schlafen, wenn sie sich die ganze Zeit fragte, ob er dasselbe mit Nora gemacht hatte? Wie sollte sie seine Zärtlichkeiten genießen, die Nora genossen hatte? Nora war bestimmt viel erfahrener als sie, die kleine Nichte Hanna. Hatte Daniel der Sex mit Nora besser gefallen als mit ihr, die erst mit zwei Jungs im Bett war? Der jegliche Raffinesse fehlte? Vermisste er Nora? Er hatte ja gesagt, dass sie ihm sehr wichtig war. Wie war er bloß mit ihr klargekommen, Nora, der kühlen Managerin? Obwohl er einen Hang zum Macho hatte? Und sie hatten sich wohl gut verstanden, die Trennung erfolgte erst nach dem Hinweis der Kollegin.

War Nora auch in seiner Wohnung gewesen? Vermutlich nicht, Daniel hatte doch erzählt, dass er die Wohnung vor einem Jahr oder so gekauft hatte. Dann war Nora wenigstens nicht mit Daniel in seiner Wohnung. Ob er ein neues Bett hatte? Oder hatte Nora mit ihm in diesem Bett geschlafen, in dem sie, Hanna, mit ihm Sex hatte? Er hatte Sex mit ihrer Tante! Das war fast so schlimm, als hätte er mit ihrer Mutter geschlafen!

Daniel versuchte, sie abzulenken, fragte sie nach ihrem Tag, nach Carlos, nach ihrem Job. Hanna gab nur einsilbige Antworten. Schließlich stand sie auf. Sie musste weg, weg aus dieser Wohnung, weg von Daniel.

Als Hanna zu Hause ankam, ihr Fahrrad abgeschlossen hatte und zur Haustür ging, fiel ihr Blick auf das Türschild. Das Türschild, das sie getöpfert hatte, und das Daniel mit seiner blöden Bemerkung ‚schön bunt‘ entwertet hatte. Am liebsten hätte sie es heruntergerissen und in die Mülltonne geworfen. *Aber warum?*, fragte eine kleine Stimme in ihr. *Bisher hat es dir gefallen. Hat dieser Typ eine solche Macht über dich?*

Nein! Beinah hätte sie es geschrien. Das Türschild ist immer noch hübsch. Sie öffnete die Haustür und seufzte. Der leichte Schritt ihrer Mutter war zu hören. Vermutlich hatte sie gewartet.

»Was ist los, meine Süße?«, fragte sie und strich Hanna leicht über die Haare. »Kann ich dir helfen?«

Hanna schüttelte unwirsch die Hand ihrer Mutter ab. »Ich bin müde und gehe ins Bett«, sagte sie und ging Richtung Treppe.

»Ist denn alles in Ordnung zwischen dir und deinem Freund?«, fragte Helene.

»Ja, ja«, gab Hanna zurück und rannte die Treppe hinauf.

Kapitel 13

Am folgenden Tag stand Hanna spät auf, erledigte rasch ihre Morgentoilette und rannte die Treppe hinunter. »Ich hab verschlafen, muss sofort los«, rief sie in die Küche, wo ihre Mutter wartete. Sie war nicht in der Stimmung, sich mit Helene zu unterhalten.

Auf der Fahrt zur Rettungswache hielt sie kurz bei einer Bäckerei an und kaufte ein Rosinenweckchen zum Frühstück.

Mark fiel sofort auf, dass sie Probleme hatte. »Was ist los?«, fragte er, kaum dass sie in sein Büro trat, um zu fragen, welche Einsätze geplant waren.

»Was soll los sein?«, giftete sie. »Alles bestens.«

»Hey, was soll das?« Marks Stimme hörte sich verärgert an. »Wenn du Probleme mit deinem Freund hast, lass sie bitte nicht an mir aus.« Er sah Hanna mit finsterem Gesicht an.

»Hast ja recht. Entschuldige.«

Hanna war kleinlaut. Für den Rest des Tages riss sie sich zusammen. Mehrfach vibrierte ihr Handy, Textnachrichten von Daniel. Sie stellte den Chat mit Daniel auf stumm und ignorierte alle Nachrichten, genauso wie seine Anrufe, die etwa alle dreißig Minuten bei ihr ankamen und die Hanna sofort wegdrückte. Marks genervten Gesichtsausdruck ignorierte sie und war betont freundlich und gut gelaunt.

Sie zerbrach sich den ganzen Tag den Kopf darüber, wie sie ihrer Mutter begegnen sollte. Helene würde sich bestimmt nicht mit einem »alles okay« abspeisen lassen.

Sie konnte zu Recht eine Erklärung erwarten nach dem unmöglichen Benehmen von Daniel. Aber welche?

Und tatsächlich – Helene wartete auf Hanna im Wohnzimmer, legte ihr Sudokuheft und den Bleistift auf den Tisch und stand auf, als Hanna zur Tür hereinkam.

»Komm bitte mit«, sagte sie in einem Ton, der keinen Widerspruch duldete, und ging in die Küche. Hanna zog rasch die Turnschuhe aus und schleuderte sie in die Ecke des Flurs, dann folgte sie ihrer Mutter in die Küche. Helene schob einen Nudelauflauf in die Mikrowelle, stellte einen Teller und Besteck auf den kleinen Tisch und setzte sich zu ihrer Tochter.

»Was war denn gestern los?«, fragte Helene mit weicher Stimme und sah ihre Tochter forschend an. »Haben wir etwas falsch gemacht? Ich hab mich wirklich gefreut, deinen neuen Freund endlich kennenzulernen. Und dann diese eigenartige Reaktion, so als hätte ich ihn erschreckt. Oder Sandro?«

»Nee, das hatte gar nix mit euch zu tun.« Hanna hatte sich eine Geschichte zurechtgelegt. »Du hast ihn an eine Cousine erinnert, die ihn in der Kindheit ziemlich gepiesackt hat. Das hatte er verdrängt, und als er dich gesehen hat, kam alles wieder hoch. Es tut ihm sehr leid und er möchte sich entschuldigen.«

Das klang ziemlich dünn, aber eine bessere Ausrede war ihr nicht eingefallen, obwohl sie sich den ganzen Tag das Hirn zermartert hatte. Sie hasste sich dafür, dass sie ihre Mutter anlügen musste, aber die Wahrheit wollte sie nicht erzählen. Wusste Helene überhaupt über den Seitensprung ihrer Schwester Bescheid?

»An eine Cousine hab ich ihn erinnert?«, fragte Helene mit misstrauischem Gesichtsausdruck. Die Mikrowelle klingelte, Helene holte den Nudelauflauf heraus und stellte ihn vor Hanna. »Aha. Jetzt iss doch, Sandro hat den

Auflauf gemacht. Dein Freund – was sagtest du noch mal, wo er arbeitet? Marketing, oder?«

Wann hatte sie das denn ihrer Mutter erzählt? Hanna verwünschte Helenes gutes Gedächtnis und ihre Fähigkeit, ihren Mitmenschen Geheimnisse zu entlocken.

»Eigentlich hab ich gar keinen Hunger«, sagte Hanna unbehaglich und stand auf.

»Du hast bestimmt noch einen Moment Zeit und solltest etwas essen nach deinem anstrengenden Job.« Helene hielt ihre Tochter sanft am Arm fest.

»Was ist denn noch?« Mit genervtem Gesichtsausdruck setzte Hanna sich wieder hin und schaufelte etwas von dem Auflauf auf ihren Teller.

»Dein Freund«, begann Helene. »Er sieht ja wirklich umwerfend aus. Und er macht einen sympathischen Eindruck. Wenn er nicht gerade an seine Cousine erinnert wird.« Sie stockte.

»Kommt da jetzt ein ‚aber‘?«, fragte Hanna und verdrehte die Augen.

»Ja. Wie alt ist er?« Helene redete nie um ein Problem herum, sondern fragte direkt.

»Er ist zweiundvierzig. Und ich liebe ihn so, wie er ist. Trotz seines Alters. Außerdem bin ich volljährig.« Hanna merkte, dass sie sich anhörte wie ein kleines Kind. Aber Daniels Alter war ein wunder Punkt. *Sie passten nicht zusammen, das wollte ihre Mutter sagen.*

»Ehrlich gesagt erinnert Daniel mich auch an jemanden«, sagte Helene mit leiser Stimme. »Er ist Linkshänder, richtig?«

Hanna nickte und nahm einen weiteren Bissen von dem Auflauf. Sandro konnte gut kochen.

»Wie dein Vater. Daniel sieht tatsächlich deinem Vater etwas ähnlich. Thomas hatte blonde Haare, nicht so tolle rote wie dein Daniel. Aber das Gesicht, die Figur, sein Charme, alles erinnert mich an Thomas. Es könnte doch sein, dass du dich deswegen in Daniel verliebt hast. Weil er dich an deinen Vater erinnert. Weil dein Vater dir die ganzen sieben Jahre fehlt.« Helene fuhr mit den Händen über ihr Gesicht.

Hanna saß wie erstarrt da.

»Selbst wenn er mich an Papa erinnert, er ist in jeder Hinsicht anders«, antwortete sie nach einiger Zeit. »Und er weckt keine väterlichen Gefühle in mir, ganz bestimmt nicht.«

Oder seit wann geht ein Vater mit seiner Tochter ins Bett?, hätte sie am liebsten hinzugefügt.

»Ist ja gut«, sagte Helene begütigend und tätschelte Hannas Arm. »Ich wollte es nur sagen. Ich finde es wichtig, dass du dir darüber Gedanken machst.«

»Okay«, sagte Hanna mit gezwungenem Lächeln. »Ich hab Papas Tod schon lange verarbeitet. Außerdem haben wir Sandro, der als Stiefvater einen tollen Job macht. Und richtig lecker kochen kann.«

Ein Strahlen flog über das Gesicht ihrer Mutter.

»Ja, das finde ich auch. Freut mich, dass du das sagst.« Sie runzelte die Stirn. Hanna überlegte, ob sie aufstehen könnte, oder kam da noch mehr?

»Ich hab übrigens geträumt«, sagte Helene nach einer kurzen Pause. »Von deiner Uroma Irene.«

»Von Uromi Irene?«, fragte Hanna überrascht. »Die ist doch schon zehn Jahre tot. Ich kann mich kaum an sie erinnern. – Was hat sie denn gesagt? Wollte sie dich vor deinem bösen Schwiegersohn warnen?« Sie hatte so viel Sarkasmus wie möglich in ihre Stimme gelegt.

»Sie hat nicht mit mir gesprochen«, sagte Helene leise. »Du erinnerst dich bestimmt, dass Nora und ich sehr an ihr gehangen haben. Ich hab sie kaum erkannt, zunächst hab ich nur einen schwarzen Schatten gesehen, der sich bewegt hat, klein und zierlich, so wie sie war. Und dann hat sie angehalten, vor mir, und ich konnte ihr Gesicht sehen.

Sie hat den Mund aufgemacht, als wollte sie etwas sagen, und dann hat sie sich aufgelöst, wurde durchsichtig, bis ich sie nicht mehr sehen konnte.«

Ein schwarzer Schatten? So einer wie der, den Hanna bereits mehrfach bemerkt hatte, immer auf dem Weg zu Daniel. Was sollte das bedeuten? Ein unbehagliches Gefühl überkam Hanna, sie spürte eine Gänsehaut vom Nacken ihren Rücken hinunterlaufen. Sie straffte die Schultern und räusperte sich, um den Kloß herunterzuschlucken, der sich in ihrem Hals gebildet hatte.

»Schwarzer Schatten? Aha. Du mit deinen speziellen Fähigkeiten.« Hanna betonte das Wort ‚speziell‘ in möglichst abfälligem Ton. »Ich passe auf, dass ich in keinen schwarzen Schatten hineinlaufe«, sagte sie leichthin.

Sie stand auf. »Ich muss jetzt wirklich los«, sagte sie in entschlossenem Ton und räumte das Geschirr in die Spülmaschine. Tatsächlich hatte sie nichts vor, außer vielleicht die ganzen Nachrichten von Daniel zu lesen.

»Ich hab dich lieb«, flüsterte Helene, während Hanna den Raum verließ.

Verärgert stapfte Hanna zu ihrem Zimmer. *Sie war erwachsen! Sie brauchte niemanden, der Bedenken gegenüber ihrem Freund äußerte. Er würde sie an ihren Vater erinnern. So ein Blödsinn! Daniel war ein Mann, ihr Freund. Gut, er war einiges älter als sie, aber das war bisher kein Problem. Helene war immer so überbehütend! Keine Helikoptermutter, so schlimm war es nicht. Aber sie machte sich häufig Sorgen, am meisten um Hanna. Helene hatte früher Ängste wegen Elias, das hatte sie ihrer Tochter einmal erzählt. Elias hatte in der Schule Probleme, bis endlich seine Legasthenie diagnostiziert wurde. Aber bei Hanna hatte Helene häufig Angst, ihr könne etwas zustoßen. Wenn Hanna mal später als angekündigt nach Hause kam, konnte sie sicher sein, dass Helene sie anrief.*

Und im Wohnzimmer auf sie wartete. Gut, in gewisser Hinsicht konnte Hanna ihre Mutter verstehen, nach dem Tod von Helenes Mann und dem Tod der kleinen Mia. Helenes Sorgen um Hanna wurden noch ausgeprägter nach der schwierigen Situation vor über zwei Jahren, als Helenes Schwester im kanadischen Nationalpark verloren ging und sie tagelang nichts von ihr gehört hatten. Aber Hanna wollte sich keinesfalls von ihrer Mutter in ihre Liebesbeziehungen hineinreden lassen.

Ein neuer Gedanke machte sich in Hanna breit: *Ob ihre Mutter ebenfalls einen Liebhaber hatte? Damals, zu Thomas' Zeiten? Oder in den letzten Jahren? Hatte sie Sandro wirklich erst nach dem Tod ihres ersten Ehemannes kennengelernt? Ihre fast perfekte Mama – war sie ebenfalls untreu? War Helene eigentlich glücklich? Oder vermisste sie etwas in ihrem Leben, etwas Aufregendes? Einen Liebhaber?* Fragen, die Hanna ihrer Mutter nicht stellen konnte.

Zwei Tage später musste Hanna erneut ihrer Mutter Rede und Antwort stehen. Beim Abendessen sagte Helene, dass sie später mit ihrer Tochter sprechen wolle. »Über ein anderes Thema als vorgestern«, fügte sie hinzu. *Immerhin!*

Hanna räumte den Tisch ab und ging mit ihrer Mutter hinauf ins Arbeitszimmer. Beide setzten sich auf die Schreibtischstühle.

»Was gibt es?«, fragte Hanna in möglichst abweisendem Ton.

»Ich wollte dich fragen, wie es für dich beruflich weitergeht«, sagte Helene. »Natürlich nur, wenn du darüber sprechen möchtest.«

»Äh, ja klar«, stotterte Hanna und verspürte Erleichterung. »Ich habe mich für Physiotherapie entschieden, mit dem Ziel Bachelor, eventuell hänge ich noch den Master dran. Das ist ein interessanter Beruf mit guten Zukunftsaussichten, und ich kann damit Menschen helfen. Ich will in Köln bleiben, damit ich Zeit mit meiner Nichte verbringen kann. Letzte Woche hab ich mir die Unterlagen zuschicken lassen und werde mich bis Ende Mai anmelden. Das Studium ist ziemlich teuer, aber wenn ich in eine andere Stadt ziehen würde, Frankfurt oder München, würde es noch teurer. Ich hab schon mit Mark gesprochen, ich kann vermutlich während des Studiums und auf jeden Fall in den Semesterferien weiter als Sanitäterin arbeiten. Und ich spare natürlich jetzt schon.«

»Ich bin beeindruckt!« Helene applaudierte ihrer Tochter. »Du hast ja alles schon durchgeplant.«

Hanna lächelte stolz.

»Natürlich beteiligen wir uns an den Semestergebühren«, fügte Helene hinzu und hob abwehrend die Hände, als ihre Tochter zum Widerspruch ansetzte. »Ich freue mich, dass du dich für ein Studium entschieden hast, und ehrlich gesagt freue ich mich auch, dass du bei uns wohnen bleibst.«

Hanna bemühte sich, ein triumphierendes Lächeln zu unterdrücken. Da hatte ihre Mutter nicht mit gerechnet, dass sie alles um ihr Studium alleine regeln würde, ohne mit *Mama* zu sprechen. Im nächsten Moment meldete sich ihr schlechtes Gewissen. *Seit wann dachte sie so gehässig über ihre Mutter? War das alles der Einfluss von Daniel?*

Kapitel 14

Die Nachrichten von Daniel wurden immer drängender. »Melde dich bitte!« »Ich liebe dich.« »Ohne dich kann ich nicht weiterleben.« »Ich kann nicht mehr schlafen, arbeiten, essen.« »Bitte bitte, ruf mich an!« – Hanna las sie alle, reagierte aber nicht und erwiderte auch keine Anrufe.

Nach zwei Tagen änderte Daniel seine Taktik und schickte Fotos. Fotos von ihrem ersten Picknick am Rhein, von ihrem Wellnesshotel, von der Wanderung. Er besaß ein gutes Auge und hatte einige professionell aussehende Aufnahmen von ihr gemacht. *Zum Glück hab ich die Aktfotos abgelehnt,* gratulierte sie sich selber. Daniel hatte sie danach gefragt, aber nicht weiter gedrängt. Hätte sie ihm widerstehen können? Nach zwei weiteren Tagen schickte Daniel Fotos von Paris: Eiffelturm, die Seine, Arc de Triomphe, Champs-Élysées, Les Tuilleries. Ein Strauß langstieliger roter Rosen wurde bei der Rettungsstation abgegeben.

»Also Hanna, jetzt reicht es aber wirklich!« *Warum reagierte Mark so allergisch?* »Warum schickt er die Blumen nicht zu dir nach Hause? Willst du darüber reden?«

»Nein. Und ich weiß es nicht«, gab Hanna schnippisch zurück und schickte eine Textnachricht an Daniel: ‚KEINE Blumen mehr'. Sie suchte eine leere Mineralwasserflasche, füllte sie mit Wasser und steckte die Rosen hinein. Die Flasche passte nicht zu den teuren Blumen, aber sie wollte sie nicht verdursten lassen. Und noch weniger nach Hause mitnehmen.

In ihrem Inneren sah es anders aus. Sie litt. Hanna litt ganz fürchterlich unter der Trennung von Daniel. Es verursachte ihr körperliche Schmerzen. Der Gedanke, dass sie ihn nicht wiedersehen konnte, oder wollte, legte sich als schwerer Druck auf ihr Herz. *So, als wäre eine seiner Skulpturen auf ihre Brust gefallen.* Die alten Verlustängste traten wieder auf, die damals durch den Verlust ihrer kleinen Schwester und Jahre danach durch den Tod ihres Vaters entstanden waren. Ihre Mutter hatte nach Thomas' Unfall den Besuch einer Trauergruppe für ihre beiden Kinder organisiert, und die Gespräche mit Gleichaltrigen, die Ähnliches erlebt hatten, hatten Hanna und Elias geholfen, den Tod ihres Vaters zu verarbeiten. Es blieb aber eine Wunde zurück, die sich nie komplett schloss. Auch wenn Hanna ihren Stiefvater Sandro sehr gern hatte und bestens mit ihm auskam, trauerte sie bis zum heutigen Tag um ihren Papa. Und um ihre kleine Schwester, die sie nie kennenlernen durfte. Diese alten Schmerzen, die Verlustängste, die Furcht, wer ihr als Nächsten genommen würde – die brachen mit aller Macht durch.

Helene spürte vermutlich die trübsinnigen Gedanken ihrer Tochter und versuchte mehrmals, sie zu einem Gespräch zu ermutigen. Aber Hanna blockte ab. »Alles okay«, sagte sie, wenn ihre Mutter sie ansprach, und ging mit einem Vorwand in ihr Zimmer.

Daniel war einfallsreich. Eine Woche war nach der verhängnisvollen Begegnung zwischen Daniel und Helene vergangen. Hanna hatte ihre Schicht beendet, schwang sich auf ihr Fahrrad und fuhr an der Rettungswache vorbei zur Straße. Beinah hätte sie es überfahren: Ein kleines Geländefahrzeug querte ihren Weg. Hanna konnte gerade noch bremsen und sprang vom Rad.

»Was ist das denn für ein Blödsinn?«, schimpfte sie laut. Lukas, ein Rettungssanitäter, der vor zwei Monaten angefangen und sie vor die Tür begleitet hatte, merkte auf. Ein kleines knallrotes Geländefahrzeug drehte ein paar Runden auf dem breiten Weg vor der Rettungswache. Auf dem Dach konnte man eine Kamera erkennen und – einen Miniatur-Eiffelturm.

»Will das Autochen dich nach Paris entführen?«, fragte Lukas und sah Hanna an.

Hanna musste lachen und Lukas stimmte ein. Es sah einfach ulkig aus, das feuerrote ferngesteuerte Auto mit dem Plastik-Eiffelturm auf dem Dach. Der Eiffelturm wackelte bedrohlich, hielt sich aber tapfer. Das Fahrzeug drehte eine weitere Runde und fuhr dann direkt auf Hanna zu. Einen knappen Meter vor ihr stoppte es und fuhr ein paar Mal vor und zurück. Hanna hielt den Atem an, ihr Herz klopfte bis zum Hals. Wo war Daniel? Er musste in der Nähe sein.

Sie schüttelte sich, stellte ihr Fahrrad hin und ging den Weg an den Besucherparkplätzen entlang. Kurz hatte sie überlegt, das kleine Auto mitzunehmen, aber sie war nicht sicher, wo sie es anfassen sollte. Ein kurzer Blick zurück zeigte ihr, dass das Geländefahrzeug ihr folgte. Sie sah sich um.

Rechts von ihr, zwei Meter entfernt, hockte er. Daniel, hinter einem der Besucherautos verborgen. Er sah sie an, stand auf und lächelte vorsichtig. Hanna konnte sich nicht zurückhalten, sie rannte zu ihm und fiel ihm um den Hals.

»Ach, Hanna«, seufzte Daniel und küsste sie stürmisch. »Willst du mit mir fahren? Nach Paris?«

»Ja!«, antwortete Hanna und klammerte sich an ihn.

Zehn Tage später ging es los, mit dem Thalys, der vor kurzem in Eurostar umgetauft worden war, ab Köln direkt nach Paris. Es war Donnerstagnachmittag, sie planten, am Sonntagabend zurückzufahren. Hanna hatte Urlaub genommen. Helene wollte ihre Tochter zum Bahnhof bringen, aber Hanna lehnte ab und fuhr lieber mit der Straßenbahn. »Das Gepäck für drei Tage passt in meinen Rucksack«, hatte sie erklärt und weitere Diskussionen über dieses Thema abgewürgt.

Daniel wartete am Gleis, die Hand auf dem Griff eines kleinen Koffers. Mit strahlendem Lächeln ging er auf sie zu und umarmte sie innig. Hanna löste sich rasch und sah sich in der großen Bahnsteighalle um. Sie nahm die Stimmung in sich auf, die Stimmung von Reisen, Fernweh, Abschiednehmen, Freude, Ferien. Hanna beobachtete die anderen Wartenden: eine Familie mit einem Baby, das vor sich hin brabbelte, zwei Frauen in Business-Outfit, die sich angeregt unterhielten, ein altes Ehepaar, das Händchen haltend auf einer Bank saß. Daneben standen drei junge Männer, die lachten und sich gegenseitig schubsten, und eine Frau unter einer schwarzen Burka verborgen neben einem älteren arabisch aussehenden Mann.

Kurz darauf fuhr die stromlinienförmige Lokomotive mit der charakteristischen gelb-blauen Lackierung in den Kölner Hauptbahnhof ein. Daniel und Hanna nahmen ihr Gepäck und gingen zur Tür.

Hanna schrak zurück – da war er wieder! Der schwarze Schatten! Er schien auf der zweiten Stufe zu stehen und verwehrte den Zutritt zum Zug. Der Schatten war kleiner als sie, der Umriss verwischt, so dass sie nicht hätte sagen können, ob es ein Mann oder eine Frau war. Hanna hielt inne.

»Was ist los?«, fragte Daniel hinter ihr. »Soll ich dir raufhelfen? Oder den Rucksack tragen?«

Hanna schüttelte den Kopf und kniff die Augen zu. Sie hielt die Luft an und öffnete die Augen wieder. Nichts und niemand blockierte die Zugtreppe. »Alles okay«, rief sie und stieg hinauf.

Daniel hatte zwei Plätze in einem Großraumwagen für sie gebucht. Sie saßen nebeneinander und Hanna blätterte in dem Reiseführer, den sie sich gekauft hatte. Sie hatte einige Seiten mit bunten Kunststoffpfeilen markiert und strich mit den Fingern an der Seite des Buches entlang.

»Am besten machen wir einen Plan, was wir wann besichtigen«, schlug sie vor. »Wir haben ja nur dreieinhalb Tage, und es gibt so viel anzugucken!«

Daniel lächelte sie milde an. »Du möchtest immer alles planen«, stellte er fest. »Ich schlage vor, wir lassen es einfach auf uns zukommen. Wir sind spontan und tun das, wozu wir Lust haben. Das macht man in Paris so.«

Hanna schluckte. *Stimmte das? War sie so wenig spontan?* »Tja, Spontanität will wohl überlegt sein«, konterte sie und freute sich über Daniels Lächeln. »Wir laufen einfach drauf los.« Daniel küsste sie. »Warst du schon mal in Paris?«

»Ja«, antwortete er. »Drei oder vier Mal. Ich kenne mich ein bisschen aus und weiß, was dir gefallen wird.«

Hanna lehnte sich entspannt zurück und sah aus dem Fenster, wie die Landschaft an ihr vorbeiflog. Sie genoss die Fahrt, mit Daniel an ihrer Seite, der ihr ab und zu etwas Zärtliches ins Ohr flüsterte, ihre Hand drückte und ihr versicherte, wie sehr er sie liebte.

Nach zwei Stunden suchten sie das Eurostar-Café auf und nahmen einen Imbiss zu sich. Achtzig Minuten später fuhren sie in den Gare du Nord ein.

»Wir sind nicht die Einzigen, die ein Wochenende in Paris verbringen wollen«, stellte Hanna frustriert fest. Der Bahnsteig wimmelte von Menschen, ebenso wie die große Bahnhofsvorhalle. Hanna und Daniel blieben einen Moment stehen und warfen einen Blick auf die zahlreichen Gleise, auf denen eine stromlinienförmige Lokomotive neben der nächsten stand. »Ich wusste gar nicht, dass das ein Kopfbahnhof ist«, sagte Hanna.

»Dieser Bahnhof ist angeblich der verkehrsreichste Bahnhof Europas«, antwortete Daniel.

Sie verließen die Halle und traten durch die Türen in der riesigen Glasfassade hinaus. Beide blieben stehen.

»Wunderbar!«, seufzte Hanna und sah sich langsam um. »Sonnenschein und Wärme!«

Zuhause hatten Regen und ungemütliche Temperaturen von etwa 10 Grad sie verabschiedet, hier erwarteten sie frühlingshafte Temperaturen.

»Tolle Fassade«, bemerkte Hanna mit Blick zurück auf die alte Fassade des Bahnhofs mit der großen Glasfront und den Frauenstatuen.

Daniel winkte einem Taxi, das sie zu ihrem Hotel im 15. Arrondissement brachte. »Da ist ja der Eiffelturm!«, jubelte Hanna unterwegs. Sie konnte sich gar nicht sattsehen an den stuckverzierten Häusern mit den Sprossenfenstern, die sie passierten, und die immer wieder den Blick auf den Eiffelturm freigaben.

Sie hielten vor einem hübschen kleinen Hotel mit bodentiefen Fenstern im Erdgeschoss, die den Blick auf einen Speiseraum mit hübschen runden Tischen und roten Sesseln erlaubten. Die drei Etagen darüber wiesen eine alte Fassade auf, mit Stuck und kleinen Balkonen, schmiedeeiserne Gitter rankten sich davor. Daniel bezahlte den Taxifahrer, sie nahmen ihr Gepäck und betraten das Hotel. Daniel checkte sie beide ein, wobei er wieder Hanna als seine Ehefrau ausgab, wie sie leicht belustigt bemerkte. Diesmal gab es keine kritischen Blicke an der Rezeption. *Paris, die Stadt der Liebe,* dachte Hanna verträumt. *Da fragt niemand, ob das Paar verheiratet ist oder altersmäßig zusammenpasst.*

Sie stiegen die holzgetäfelte Treppe in den ersten Stock hinauf zu ihrem Zimmer. Es war einfach eingerichtet, mit einem Doppelbett, zwei Nachttischen und einem schmalen Schrank, eine Tür führte in ein kleines enges Badezimmer. Hanna ließ ihren Rucksack auf den Boden fallen und ging zum Fenster. »Wir haben Blick auf den Eiffelturm!«, juchzte sie und drehte sich strahlend zu Daniel um.

»Das Hotel hat nur drei Sterne«, erklärte Daniel, der ihr zum Fenster folgte und den Arm um sie legte. »Aber dafür ist man in wenigen Minuten an der Seine oder am Eiffelturm, und der Eingang zur Metro ist auf der anderen Straßenseite. Das Frühstück hier ist auch okay, französisch halt.«

»Und das Bett?« Hanna ließ sich auf das Doppelbett fallen. »Ziemlich weich«, stellte sie bedauernd fest. Ein kleines Teufelchen fragte sie, ob Daniel wohl mit seiner früheren Freundin ebenfalls in diesem Hotel war. *Oder sogar mit ihrer Tante? Nein, weg mit diesen Gedanken. Sie würde jetzt einfach das Wochenende in Paris genießen!*

Die folgende Nacht bewies, dass die Matratze tatsächlich ziemlich weich war. Sie hatten ein typisch französisches Abendessen in einem kleinen Lokal in der Nähe des Hotels eingenommen und waren bald zurückgekehrt. Endlich wieder Sex! Sie hatten sich seit dem unglücklichen Treffen mit Helene nicht mehr gesehen, und Hanna war nicht mehr in Daniels Wohnung gewesen. Ihr Körper – und Geist? – hatte sich an den regelmäßigen Sex gewöhnt, und sie hatte in den letzten Wochen nicht nur Daniel, sondern auch die körperliche Liebe vermisst.

»Die Matratze ist wirklich viel zu weich«, beklagte Hanna sich am nächsten Morgen.

»Ja, du bist dauernd auf mich draufgerutscht«, stimmte Daniel ein. »Ich hab dich dann rübergerollt, und nach wenigen Minuten warst du wieder zurück.«

Nach dieser etwas unbequemen Nacht genossen sie das einfache französische Frühstück mit Kaffee und Croissants. Danach starteten sie mit ihrer Tour durch Paris. Als Erstes ging es auf den Eiffelturm hinauf, anschließend besichtigten sie den Arc de Triomphe und Notre Dame, wo sie den Wiederaufbau, der zügig voranschritt, bewunderten. Der Jardin des Tuileries stand als Nächstes auf Hannas Liste, die sie trotz Daniels Einwänden Punkt für Punkt abarbeiteten.

Am nächsten Tag fuhren sie mit der Metro zum Künstlerviertel Montmartre.

»Faszinierend!«, entfuhr es Hanna. »Das Viertel hat einen unglaublichen Charme!« Sie bewunderte die gepflasterten Sträßchen, den Blick auf die wunderschöne Basilika, das bunte Treiben. »So viele Cafés, kleine Geschäfte und Galerien.« Sie strahlte, und Daniel lächelte stolz.

»Jedes Café hat seine eigene Geschichte, und oft gehört ein berühmter Künstler oder eine Schriftstellerin dazu«, erklärte er. »Dieses Viertel hat nichts von dem Dorf verloren, das den Künstlern im 19. und 20. Jahrhundert so gefiel. Es ist immer noch ein wahrer Schmelztiegel, für Kunst und eine Inspirationsquelle für Filme. Wenn wir weitergehen, wirst du überrascht sein, wie viele Gärten und Weinstöcke es gibt; die stellen ihren eigenen Wein her, aus den lokalen Reben gekeltert.« Er sah träumerisch auf das bunte Treiben vor ihnen. »Hier haben Picasso, Modigliani, Toulouse-Lautrec, Renoir, Van Gogh und viele andere sich niedergelassen, sich in den Cafés getroffen, und in einem der zahlreichen Ateliers gearbeitet. Wenn du magst, können wir ins Musée de Montmartre gehen, wo man durch ehemalige Künstlerateliers und einen Garten spazieren kann.«

»Gute Idee«, stimmte Hanna begeistert zu. »Beim Wort Museum bin ich zuerst zurückgeschreckt, ist so schönes Wetter, aber wenn es sogar einen Garten gibt? Also lass uns einen Blick in die Ateliers und den Garten werfen.«

Sie schlenderten zur Rue Cortot, wo das Museum sich befand. Drinnen erklärte Daniel Hanna weitschweifig die Gemälde, Plakate, Fotografien und Objekte, bis es Hanna langweilig wurde.

»Lass uns noch den Garten bewundern, und dann besuchen wir eines der Cafés, einverstanden?«, schlug sie vor.

Daniel grinste sie wissend an und nickte. »Dann gehen wir jetzt die sogenannten ‚Renoir-Gärten‘ bewundern«, meinte er. »Die heißen so, weil sie 2012 nach Vorlagen von Renoirs Gemälden hergerichtet wurden, Gemälden, die Renoir während seines Aufenthalts in der Rue Cortot produziert hat.«

Der Garten war pittoresk, mit Obstbäumen und Sträuchern, Flieder blühte und verströmte einen betörenden Duft, Rosen und Hortensien zeigten die ersten Knospen.

»Von hier aus kann man die Weingärten vom Montmartre sehen«, erklärte Daniel. »Die gab es schon im Mittelalter und wurden 1933 neu gepflanzt.«

Hanna atmete auf, als sie das Museum verließen. Es hatte ihr gefallen, aber Daniels Erläuterungen waren für ihren Geschmack zu weitschweifig, und sie wollte lieber wieder hinaus in die Frühlingsluft und die Gassen des Viertels erkunden.

Sie setzten sich auf eine schmale Terrasse eines der zahlreichen Cafés, tranken einen Café Crème und beobachteten das bunte Treiben.

»Jetzt gehen wir zur ‚Place du Tertre‘ und lassen ein Porträt von dir anfertigen«, schlug Daniel vor. Sie schlenderten zu dem berühmten Platz, wo Dutzende von Zeichnern und Karikaturisten Porträts der Touristen anfertigten. »Dieser malerische Platz wird oft als Herzstück von Montmartre bezeichnet und ist ein wahres Paradies für Kunstliebhaber und Romantiker.«

Hanna konnte sich nicht sattsehen. »Ich fühle mich in eine andere Zeit versetzt«, sagte sie. Auf dem weitläufigen Gelände wurde Kunst sichtbar und fühlbar. Zahlreiche Künstler mit ihren Staffeleien füllten den Platz, sie zeigten

Porträts und Landschaften und boten an, die Touristen zu porträtieren.

»Das ist der glatte Wahnsinn hier«, stellte Hanna fest. »So eine lebhafte, inspirierende Atmosphäre. Wenn ich das sehe, kann ich dich und deine Leidenschaft für die Bildhauerei viel besser verstehen.«

Daniel strahlte, drückte sie an sich und gab ihr einen liebevollen Kuss auf die Haare.

»Wir müssen etwas essen gehen«, sagte Daniel nach einiger Zeit und fasste sich mit schmerzverzerrtem Gesicht an sein Bein. »Ich brauche eine Pause.«

»Ja, natürlich.« Hanna war erschrocken. »Tut mir leid, dass du dich überanstrengt hast. Warum hast du nicht vorher was gesagt? Ehrlich gesagt hab ich dein Bein völlig vergessen, ich war noch nie hier und es gefällt mir super.«

Sie standen direkt vor einem der zahlreichen kleinen Restaurants, fanden einen schönen Platz im Inneren am Fenster, und bestellten ein leichtes Mittagessen. Daniel seufzte wohlig und streckte seine Beine aus.

»Jetzt gehen wir zur Basilika Sacré-Cœur«, beschloss er, als er die Rechnung beglichen hatte.

»Die sieht man hier ja überall hervorlugen«, sagte Hanna lächelnd und wies auf die berühmte Kirche.

»Zu Fuß oder mit der Seilbahn?«, fragte Daniel.

»Seilbahn«, entschied Hanna mit Blick auf Daniels Bein.

Sie gingen die wenigen Schritte zum Start der Seilbahn und reihten sich in die Schlange für die Kasse ein.

»Das ist ja eher ein Aufzug«, stellte Hanna nach einem Blick auf die Kabinenbahn fest. Die Schlange ging zügig voran und sie ließen sich in anderthalb Minuten nach oben befördern.

»Wow!« Hanna war von dem Ausblick vom Vorplatz überwältigt. »Ganz Paris liegt uns zu Füßen!«

Zurück gingen sie gemächlich zu Fuß über die breiten Treppen und die Rasenflächen.

»Willst du noch den Friedhof sehen?«, fragte Daniel. »Du magst doch Friedhöfe, und der ‚Cimetière de Montmartre‘ ist wirklich faszinierend. Er liegt etwas versteckt in den ruhigen Gassen von Montmartre. Dieser Friedhof ist weniger bekannt als der Friedhof ‚Père Lachaise‘, aber mir gefällt er besser.«

»Du kennst dich hier ja richtig gut aus«, stellte Hanna fest, als sie nach wenigen Minuten den Eingang passierten. Hanna atmete tief durch. »So schöne alte Bäume«, stellte sie fest. »Man fühlt sich in eine andere Zeit versetzt. Und diese tollen Grabmale. Wunderschön.«

»Hier gibt es Gräber von vielen berühmten Persönlichkeiten«, erzählte Daniel. »Künstler, Schriftsteller und Musiker. Möchtest du das Grab von jemand Bestimmten sehen?«

»Nein«, antwortete Hanna. »Das ist mir nicht wichtig. Lass uns einfach herumschlendern und die Grabsteine bewundern. Da sind ja regelrechte Kunstwerke dabei. Und diese ruhige und nachdenkliche Atmosphäre tut mir richtig gut, die bietet einen tollen Kontrast zum lebhaften Treiben von Montmartre.«

Die Champs-Élysées durfte natürlich nicht fehlen, auch wenn das Paar tunlichst vermied, die Auslagen der Geschäfte allzu lang zu bewundern oder sich in einem der Cafés niederzulassen.

»Willst du nach Versailles oder Disneyland?«, hatte Daniel beim Frühstück ihres letzten Tages in Paris gefragt. Hanna hatte nur den Kopf geschüttelt. »Was willst du heute noch sehen?«, fragte Daniel.

»Am liebsten würde ich herumbummeln«, antwortete Hanna. »Weißt du, eine Stadt muss man erlaufen. Nicht, dass ich schon viele Städte gesehen habe, aber den Charakter einer Stadt und ihrer Bewohner nimmt man am besten auf, wenn man durch die Straßen oder eben am Fluss entlang läuft.«

Nach dem Frühstück packten sie rasch alles zusammen und brachten ihr Gepäck zum Concierge. Sie konnten ihre Koffer bis zum Nachmittag, wenn sie nach Hause fuhren, im Hotel lassen.

Wie Hanna vorgeschlagen hatte, unternahmen sie einen ausgiebigen Bummel an der Seine entlang. Das Wetter verwöhnte sie wieder mit Sonne und Wärme. Hanna war beeindruckt von dem Panorama, das sich entlang des Flusses bot, mit imposanten Gebäuden und schönen Gärten.

»Rein zufällig gibt es hier Skulpturen.« Sie waren an einem Freiluft-Skulptur-Museum angelangt. Die Skulpturen waren frei zugänglich. Einige gefielen Hanna, andere sagten ihr weniger zu. Zu Hannas Erleichterung wollte Daniel genau wie sie keine der Skulpturen genauer ansehen, sie bummelten zwischen den Kunstwerken, fühlten ihre Struktur, und diskutierten kurz, was ihnen gefiel und was nicht. Zwischendurch setzten sie sich auf eine der zahlreichen Bänke, streckten die Beine aus und genossen den Blick auf die Seine.

Später aßen sie in einem kleinen Restaurant, und dann wurde es Zeit, am Hotel das Gepäck abzuholen und zum Bahnhof zu fahren.

»Paris, die Stadt der Liebe«, resümierte Hanna im Zug. »Und die Stadt der Künste.« Sie lächelte Daniel an.

»Paris hat mir noch nie so gut gefallen wie mit dir zusammen«, sagte Daniel und drückte Hanna an sich.

Kapitel 15

»Na, wie war es in Paris?«

Aylin sah Hanna liebevoll an. Sie hatten sich zwei Tage nach Hannas Rückkehr in Aylins Zimmer getroffen.

»Traumhaft!« Hanna erzählte ihrer Freundin von ihrer Reise, von dem Hotel, und ausgiebig vom Montmartre.

»Irgendwie kann ich jetzt Daniel und seine Leidenschaft fürs Bildhauen besser verstehen«, erklärte sie. »Wenn man da die ganzen Künstler gesehen hat, die unterschiedlichen Bilder, das bunte Treiben – das hat was.«

»Hast du denn ein Bild von dir malen lassen?«, fragte Aylin.

»Nein, irgendwie nicht.« Hanna ärgerte sich. »Das hab ich versäumt. Aber jede Menge Fotos hab ich gemacht.«

Sie nahm ihr Handy und scrollte durch die Fotos.

»Und der Schatten hat mich wieder heimgesucht«, seufzte sie.

»Was für ein Schatten?« Aylin war alarmiert.

»Hab ich dir das noch nicht erzählt?« Hanna sah ihre Freundin ungläubig an. »Ein Schatten hat mir schon ein paar Mal den Weg versperrt, wenn ich zu Daniel fahren wollte. Beim ersten Mal wär ich fast vom Rad gefallen. Und diesmal hat er sich in die Tür von der Eisenbahn gestellt. Beinah hätte ich ihn durchqueren müssen, aber dann hat er sich doch verflüchtigt. Er hat mir aber nix getan.«

Aylin hatte runde Augen vor Staunen. »Ach, und Daniel? Hat der den Schatten auch gesehen?«

»Nein«, antwortete Hanna nachdenklich. »Ganz im Gegenteil. Ich hab den Eindruck, der Schatten will mich vor Daniel warnen.«

»Wieso warnen?«, fragte Aylin.

»Der Schatten taucht immer auf, wenn ich entweder auf dem Weg zu Daniel bin oder mit ihm zusammen irgendwo hinfahre. So als wollte er mich vom Zusammensein mit Daniel abhalten.«

»Eigenartig«, kommentierte Aylin und legte ihre hohe Stirn in Falten. »Und was hat der Schatten für eine Form?«, fragte sie. »Groß, klein? Schwarz?«

»So groß wie ein Mensch«, antwortete Hanna. »Sieht irgendwie aus wie eine alte Frau, ohne dass ich sagen könnte, warum der so aussieht. Und er ist schwarz, wie ein Schatten eben.«

»Und fühlst du dich bedroht von dem Schatten?«, forschte Aylin weiter.

»Das Thema interessiert dich ja brennend«, kommentierte Hanna. »Ob er mich bedroht? Weiß ich nicht. Möglicherweise. Bin nicht sicher.«

Bevor Aylin eine weitere Frage stellen konnte, unterbrach sie ihre Freundin: »Können wir jetzt bitte das Thema wechseln? Es wird allmählich schattig.«

»Okay, okay«, antwortete Aylin enttäuscht, und sie wandten sich anderen Themen zu. Aylin hatte sich in einen ihrer Kommilitonen, André, verliebt und schwärmte ihrer Freundin von seinem Aussehen und seinem charmanten und humorvollen Wesen vor.

Drei Tage später rief Aylin Hanna an.

»Du wolltest doch mehr über diesen Schatten erfahren.« Sie hielt sich nicht mit einer Einleitung auf.

»Wollte ich das?«, fragte Hanna.

»Ich denke schon«, antwortete Aylin. »Eine Tante von mir, Azize, ist eine weise Frau, wie auch ihr Name sagt. Ich hab ihr von deinem Schatten erzählt und sie gefragt, ob sie eine Idee hat, und sie würde sich gern mit dir unterhalten.«

»Hm, worüber will sie sich mit mir unterhalten?« Hanna war nicht überzeugt, dass sie an einem Gespräch mit einer ‚weisen Tante‘ interessiert war.

»Vielleicht kann sie dir Tipps geben, was der Schatten dir sagen will«, antwortete Aylin. »Es schadet sicher nicht, wenn du mit ihr sprichst.«

»Na gut.« Hanna stimmte zu, mehr aus Neugier, wie das Gespräch ablaufen würde, als aus Überzeugung, dass es etwas bringen würde.

»Ich mach was mit Tante Azize aus«, sagte Aylin rasch. Das Thema schien ihr tatsächlich überaus wichtig zu sein.

Zwei Tage später holte Aylin Hanna abends nach der Schicht von zu Hause ab und sie radelten gemeinsam zu Aylins Tante.

»Tante Azize betreibt ein Delikatessengeschäft für türkische Spezialitäten«, erklärte sie, als sie vor dem Ladenlokal hielten, das in deutsch und türkisch seine Waren anpries. Neben dem Lokal war eine schmale Tür zu sehen, zu der drei Stufen hinaufführten. Aylin drückte ihren Finger auf eine Klingel und die Tür öffnete sich. Hanna folgte ihrer Freundin in ein enges gepflegtes Treppenhaus hinauf zur 1. Etage.

Eine Frau erwartete sie in der Tür zur linken Hand. Sie war etwa so groß wie Aylin und sehr schlank, fast dürr zu nennen. Hanna hatte erwartet, dass ‚die Weise‘ orientalische Kleidung tragen würde, aber Azize trug eine weite beige-farbene Leinenhose und darüber eine locker fallende dunkelblaue Bluse. Ihre pechschwarzen Haare, die von vielen grauen Strähnen durchzogen waren, fielen halblang auf die schmalen Schultern. Hanna schätzte die Frau auf Mitte fünfzig.

Die tiefbraunen Augen von Aylins Tante fielen Hanna sofort auf: Sie blickten freundlich und einladend, gleichzeitig schienen sie Hanna sorgfältig zu mustern.

»Hanna, schön, dich zu treffen«, sagte sie mit angenehmer, etwas rauchiger Stimme. »Nenn mich doch bitte Azize.« Sie lächelte, vermutlich bemerkte sie Hannas erleichtertes Gesicht, die sich gefragt hatte, wie Aylins Tante mit Nachnamen hieß.

»Kommt herein, ihr zwei Schönen«, fügte sie hinzu, öffnete ihre Tür einladend weit und ging voraus. Die beiden Mädchen folgten ihr durch einen schmalen Flur, dessen Wände dunkelgrün gestrichen waren, und der an der Seite eine Garderobe mit einem kleinen Schuhschrank aufwies, in ein Wohnzimmer. Hanna fühlte sich in den Orient versetzt: Das Zimmer war mit Teppichen ausgelegt, die teilweise übereinander lagen, weitere Teppiche hingen an den Wänden links und rechts. Geradeaus war eine Fensterfront, eine Tür ging auf einen breiten Balkon mit einem schönen schmiedeeisernen Gitter. Vor der Fensterfront stand eine rote Couch, auf der zahlreiche bunte Kissen lagen, die mit gold- und purpurfarbenen Troddeln geschmückt waren, davor zwei passende Sessel und ein kleiner Tisch, in dessen Holzplatte schöne Intarsien eingelegt waren. Auf dem Tisch stand eine reich verzierte goldfarbene Teekanne auf einem Stövchen, davor drei farbige Teegläser ohne Henkel.

»Setzt euch.« Azize wies auf die Couch und die Mädchen nahmen Platz.

Azize nahm die Teekanne und füllte drei Gläser, dann reichte sie jeweils eines Aylin und Hanna. Sie setzte sich auf einen Sessel und nahm einen Schluck von dem dritten Teeglas.

»Das tut gut«, sagte sie lächelnd, und Hanna nickte eifrig. Der Tee war süß und aromatisch.

»Also.« Azize verschränkte ihre Finger, lehnte sich im Sessel zurück und sah Hanna auffordernd an.

»Aylin hat mir anvertraut, dass du Schatten siehst. Willst du mir davon erzählen?« Sie sprach perfektes Deutsch mit einem leichten Akzent. Hanna spürte ein schlechtes Gewissen, sie hatte erwartet, dass eine ,weiße' Araberin nur gebrochen Deutsch sprach oder zumindest einen starken Akzent hatte.

Aylin mischte sich ein. »Hanna, ist es in Ordnung, wenn ich hierbleibe? Oder willst du lieber mit meiner Tante allein sein?«

Hanna schüttelte den Kopf. »Nein, völlig in Ordnung. Und du kennst ja die ganze Geschichte.«

Sie nahm einen weiteren Schluck von dem süßen Tee, dann erzählte sie. Wie der Schatten mehrfach auf ihrem Weg zum Krankenhaus aufgetaucht war, sich ihr geradezu in den Weg gestellt hatte. Und dann im Hauptbahnhof aufgetaucht war, wo er sich in die Tür vom Zug gestellt hatte. Sie erzählte auch, dass ihre Mutter von der Großmutter Irene geträumt hätte, die sich ihr zunächst als Schatten gezeigt hatte.

»Das ist ja interessant«, murmelte Azize. »Was fühlst du, wenn du den Schatten siehst?«

»Schwierig zu sagen«, antwortete Hanna und zog die Stirn kraus. »Eigentlich fühle ich mich nicht unbedingt bedroht, obwohl ich mich beim ersten Mal ziemlich erschreckt habe. Der Schatten will mich scheinbar davor warnen, Daniel zu treffen. Das ärgert mich. Daniel ist mein neuer Freund, wir haben uns im Dezember kennengelernt.«

»Erzähl mir doch bitte mehr über Daniel«, forderte Azize sie auf.

Hanna errötete, dann erzählte sie von ihrem ersten Zusammentreffen, den Besuchen im Krankenhaus, von dem Wochenende in der Eifel und in Paris.

»Er ist mir total wichtig«, schloss sie. »Und ich will mich nicht von irgendwelchen ominösen Schatten von ihm fernhalten lassen.«

Azize lächelte. »Das kann ich verstehen. Du hast sehr viel erzählt, was ihr zusammen unternommen habt. Aber es gibt doch sicher Probleme in eurer Beziehung, oder? Willst du mir davon erzählen?«

Hanna spürte, dass ihr wieder das Blut in die Wangen schoss. Sie trank einen weiteren Schluck von dem Tee, dann räusperte sie sich und berichtete von dem Konflikt zwischen Daniel und ihrer Familie. Sie erzählte schonungslos von dem Zwiespalt, in dem sie permanent steckte. Azize sah auf Hannas Hände, und Hanna stellte fest, dass sie ihre Finger knetete. Das Erzählen über ihre Konflikte tat ihr gut, auch wenn es alles aufwühlte. Sie durchlebte ihre Ängste und ihren Ärger erneut, ihre Unsicherheit im Umgang mit Daniel und ihrer Mutter.

»Das ist sicher schwer für dich«, kommentierte Azize, als Hanna geendet hatte. »Bist du schon mal auf die Idee gekommen, dass der Schatten dich vor diesem Konflikt warnen wollte, dich beschützen wollte vor dem Konflikt zwischen deinem Freund und deiner Familie?«

»Ja, sicher«, antwortete Hanna mit leiser Stimme. Sie ließ den Kopf hängen. »Aber ich will Daniel nicht aufgeben.«

»Darf ich was fragen?«, mischte Aylin sich ein. Hanna hatte fast vergessen, dass ihre Freundin im Raum war. Sie nickte. »Klar, schieß los.«

»Fühlst du dich eigentlich bedroht von dem Schatten? Dass er dir was antun könnte, physisch oder psychisch?«

Hanna überlegte. »Nicht wirklich«, antwortete sie langsam. »Auch wenn ich mich erschrecke, oder der Schatten sich in den Weg stellt.«

Azize sah Hanna lange an. »Zeig mir doch mal deine Hände«, forderte sie das Mädchen auf und rutschte in ihrem Sessel nahe an Hanna heran.

Hanna verdrehte innerlich die Augen, reichte aber folgsam ihre Hände, mit den Handflächen nach oben.

Azize betrachtete die Hände, murmelte: »Keine großen Unterschiede.« Dann ließ sie Hannas linke Hand sinken und studierte die Innenfläche der rechten Hand. »Lass die Hand locker, hohl, so als wolltest du Wasser daraus schöpfen«, bat sie. Hanna tat wie geheißen.

»Das hier ist deine Lebenslinie«, Azize zeigte auf die Linie, die vom Daumen zum Handgelenk lief. »Keine Unterbrechungen, kaum Abzweigungen. Also ein gesundes Leben, wenige Veränderungen.« Zart strich sie mit dem Finger über eine weitere Linie. »Hier unterhalb der Finger ist die Kopflinie. Gespannt wie ein Bogen, das zeigt Idealismus und Neugier.« Sie warf einen kurzen Blick auf Hanna, die sich bemühte, ein neutrales Gesicht zu zeigen.

»Und hier ist die Herzlinie, oberhalb der Kopflinie. Bei dir startet sie unter dem Zeigefinger, das bedeutet enge Beziehungen zu Familie und Freunden. Ich sehe keine Unterbrechung, also stehen keine emotionalen Probleme bevor.« Sie lächelte. Hanna lächelte nicht zurück. »Und jetzt die Liebeslinie. Die ist hier, die kurze Falte unter dem kleinen Finger. Du hast ausgeprägte Linien, drei Stück, das bedeutet, dass du wahre Liebe erlebst. Nicht unbedingt jetzt, aber in deinem Leben. Ganz anders als bei sprunghaften Personen mit wechselnden Partnern, die haben eine kürzere Linie.« Azize hob Hannas Hand etwas an und drehte sie leicht ins Licht. »Und hier hast du eine sehr ausgeprägte Sonnenlinie, die startet zwischen dem kleinen Finger und dem Ringfinger und läuft Richtung Handgelenk. Das heißt, du stehst auf der Sonnenseite des Lebens und bist eine beliebte interessante Persönlichkeit.«

Sie ließ Hannas Hand sinken. »Deine Hände verraten viel über dich«, sagte sie. »Du bist eine warmherzige emotionale Person mit einer engen Familienbindung. Du bevorzugst lebenslange Treue und magst keine großen Veränderungen. Ich sehe allerdings nichts, was auf diesen Schatten hindeutet.«

»Tja«, brummte Hanna frustriert. »Dann ...« Sie machte Anstalten, aufzustehen.

»Warte noch einen Moment«, Azize hielt sie mit einer Handbewegung zurück. »Erzähl mir noch etwas über deine Familie, genauer gesagt über die Frauen, deine Mutter, deine Großmutter – hat eine von denen spezielle Fähigkeiten?«

Hanna rollte genervt die Augen. »Ja« sagte sie gedehnt. »Meine Mutter hat eine Zwillingsschwester, die beiden spüren starke Emotionen der anderen. Und sie fühlen Steine, die Wärme ausstrahlen, die sonst keiner registriert.«

»Vielleicht hast du auch solche Fähigkeiten, willst es aber nicht wahrhaben.« Das war keine Frage, sondern Azize traf eine Feststellung.

»Mag sein«, gab Hanna mürrisch zurück. »Das hilft mir aber mit dem Schatten nicht weiter.«

»Ich denke, du weißt, wer der Schatten ist und was er dir sagen will«, erklärte Azize. »Mehr kann ich dir dazu nicht sagen.«

Sie erhob sich von ihrem Sessel. Hanna war über das abrupte Ende verdutzt. Sie stand ebenfalls auf und ging zur Tür.

»Dann danke«, sagte sie. »Was bekommen Sie dafür?«

»Willst du mich beleidigen?«, entrüstete Azize sich und folgte Hanna, Aylin ging hinter ihr.

Sie gaben sich die Hände, dann liefen Hanna und Aylin rasch die Treppe hinunter und traten vor das Haus. Hanna atmete tief ein und legte den Kopf in den Nacken.

»Schau mal, die Sonne scheint«, sagte sie und drehte sich einmal um sich selbst. Sie runzelte die Stirn. »Das hat ja überhaupt nix gebracht. War nett gemeint von dir, aber deine Tante hat mir nichts Neues erzählt, außer dass ich so eine beliebte Person bin. War mir bisher gar nicht aufgefallen.«

Frustriert ging sie nach Hause.

Kapitel 16

Hanna fiel immer wieder auf, dass Daniel offenbar keine Freunde hatte. Er erzählte ab und zu von Arbeitskollegen, aber im Allgemeinen nur in Bezug auf die Arbeit. Dass Mirko eine besonders gute Idee für das Marketing eines neuen Produkts gehabt hatte. Dass Livia immer zu spät kam, oder Maria ihn mit irgendwelchen Angewohnheiten nervte.

Andererseits hatte sie ihre eigenen Freunde bisher auch erst einmal Daniel vorgestellt. Sie war kurz nach ihrer Paris-Reise mit ihm in ihre Stammkneipe gegangen, wo sie sich mit Aylin und der üblichen Clique verabredet hatte.

Der Abend hatte in einem Fiasko geendet.

Die Freunde hatten Daniel ungläubig gemustert, immer wieder vergleichende Blicke zwischen ihr und Daniel geworfen. Sie störten sich offenbar an seinem Alter. »Hat sie ihn als Vaterersatz?«, hörte sie Leo flüstern. Der Kneipenbesuch, der verkorkst begonnen hatte, wurde im Laufe des Abends kein bisschen besser. Ihre Freunde waren irritiert, Daniel verhielt sich zugeknöpft und gab die »falschen« Antworten, wenn ihn jemand ansprach. Es herrschte eine verkrampfte Stimmung, mehrfach breitete sich ein drückendes Schweigen aus, das auch die Musik vom Band nicht übertünchen konnte.

Nach etwas über einer Stunde täuschte Hanna Kopfschmerzen vor und verließ mit einem erleichterten Daniel die Kneipe.

Vermutlich war es auf Daniels Seite ähnlich. Aber sie hatte es immerhin versucht und hatte ihn mit ihrer Clique bekannt gemacht. Hatte Daniel überhaupt Freunde?

Der einzige Kollege, mit dem er außerhalb der Arbeitszeit Kontakt hatte, war offenbar dieser Telly, den Daniel im Krankenhaus erwähnt hatte und der ihm Sachen aus seiner Wohnung besorgt hatte.

Hanna hatte Daniel schon öfter gefragt, ob er Telly nicht mal einladen wollte, sie wolle ihn gerne kennenlernen. »Außerdem wär das doch eine Gelegenheit, dich bei ihm zu bedanken, dass er dir die Sachen ins Krankenhaus gebracht hat«, schlug sie vor.

»Das hab ich schon lang erledigt«, knurrte Daniel. »Ich bleib nicht gern jemandem etwas schuldig.«

Der Zufall kam ihr zu Hilfe. Sie hatte sich mit Daniel in einem französischen Restaurant getroffen. Daniel hatte es vorgeschlagen, sie waren zum ersten Mal dort. Hanna hatte sich mittlerweile daran gewöhnt, dass sie häufig in ein Restaurant einkehrten. Bis zu ihrem Beisammensein mit Daniel war sie höchstens mal am Wochenende mit ihren Eltern auswärts essen gewesen, mit den Freunden besuchte sie bestenfalls ein Lokal von einer der Schnellimbiss-Ketten.

Hanna fand das Restaurant reizvoll, rustikal eingerichtet, mit runden Holztischen und etwas ungemütlichen Holzstühlen.

»Erinnert an unser wunderschönes Wochenende in Paris«, hauchte Hanna.

Leise französische Musik erklang, und der Kellner hatte einen deutlichen französischen Akzent. »Ob der wirklich Franzose ist oder nur den Akzent eingeübt hat?«, fragte Hanna ihren Freund mit einem leisen Kichern. Daniel lächelte sie milde an, gab aber keine Antwort.

Als Daniel bezahlt hatte – wie häufig gab es eine Diskussion, weil Hanna sich nicht wieder einladen lassen wollte – half Daniel ihr in die burgunderrote Lederjacke und sie gingen zum Ausgang.

»Was machst du denn hier?« Daniel klang höchst erstaunt. Ein Mann war in das Lokal getreten und hielt ihnen die Tür offen. Er sah umwerfend aus! Groß, muskulös, auffallend blaue Augen in einem leicht gebräunten Gesicht, ein sinnlicher Mund, zerzauste blonde Haare. Der Mann reagierte nicht auf Daniels Worte, sondern sah Hanna forschend an. Hanna hatte den Eindruck, in seinen meerblauen Augen zu versinken.

»Hallo schöne Unbekannte«, sagte er mit etwas heiserer Stimme. *Klang seine Stimme immer so?* »He Daniel, willst du mir dieses bezaubernde Mädchen nicht vorstellen?« Er hatte kurz den Kopf zu Daniel gewandt.

»Jetzt hör mal auf, hier Süßholz zu raspeln!« Daniels Stimme war leise und klang gefährlich. »Das ist Hanna, wir haben uns vor einigen Wochen kennengelernt. Hanna, das ist Telly. Du hast ja schon von ihm gehört.«

Ach, das war also der Kollege, der ihm die Sachen ins Krankenhaus gebracht hatte? Hanna hatte ihn sich ganz anders vorgestellt. Sie hatte gedacht, er wäre in Daniels Alter. Tatsächlich war er wesentlich jünger, sie schätzte ihn auf Mitte oder Ende zwanzig. Unwillkürlich drängte sich ihr der Gedanke auf, dass Telly besser zu ihr passen würde. Zu ihren Freunden, zu ihrer Lebensweise. Vermutlich sogar zu ihrer Familie.

»Kein Wunder, dass Daniel mich noch nicht mit dir bekannt gemacht hat«, sagte Telly – *wie hieß er eigentlich?* – und ignorierte Daniels Hand, die auf seiner Schulter lag und ihn beiseiteschieben wollte.

»Jetzt reicht es«, knurrte Daniel, gab seinem Kollegen einen leichten Schubs und zog Hanna an der Hand durch die Tür nach draußen. »Bis bald«, fügte er an Telly gewandt hinzu, dann fiel die Tür des Lokals ins Schloss.

»Was soll das?«, fragte Hanna zornig und drehte sich auf der Straße zu Daniel um. »Das erste Mal, dass ich jemanden von deiner Seite kennenlerne, und du bist total unfreundlich. Ich hätte mich gerne mit ihm unterhalten. Wie heißt er eigentlich?«

»Hast du nicht gemerkt, wie er dich angemacht hat?« Daniel sah sie wütend an, die Augenbrauen finster zusammengezogen. »Der ist ein Casanova, hinter jedem Rock her. Und wenn er eine im Bett hat, entsorgt er sie am nächsten Tag.«

Das war harter Tobak! Hanna fand Telly auf einmal nicht mehr so attraktiv. Aber sie hätte sich trotzdem gerne mit ihm unterhalten. Und das Teufelchen in ihrem Kopf, das ihr einflüstern wollte, Telly würde besser zu ihr passen als Daniel, ließ sich nicht stumm schalten.

Sie gingen weiter, Daniel zog Hanna an der Hand hinter sich her. Hanna drehte sich noch einmal zu dem Restaurant um. Und da sah sie ihn, er stand neben der Eingangstür am Fenster und beobachtete sie. Er zwinkerte ihr zu und dann – was war das? Ein schwarzer Schatten huschte vor dem Fenster vorbei. Ganz kurz nur, dann schien er sich aufgelöst zu haben. Waren das die Umrisse einer alten Frau? Hanna rieb sich die Augen und sah angestrengt zum Lokal. Nichts mehr zu sehen. Ob sie diesen Telly noch mal treffen würde? Sie zuckte die Achseln und folgte Daniel.

Kapitel 17

»Du fährst ohne mich in den Urlaub? Mit einer Freundin?«
Daniel war entsetzt. Wütend. Überrascht. »Und ich?«

Hanna war nicht überrascht. Sie hatte es vor sich hergeschoben, Daniel von ihrem Urlaub mit ihrer Freundin Aylin zu erzählen. Sie hatte seine Reaktion vorhergesehen. War das feige von ihr? Vermutlich. Aber sie und Daniel hatten so wenig Zeit miteinander, und es gab immer wieder Streit.

»Wir haben den Urlaub letztes Jahr bereits gebucht«, erklärte sie. An Daniels Gesicht konnte sie erkennen, dass sie ihn damit noch wütender machte. »Ja, ich weiß«, beschwichtigte sie und legte zart die Hand auf seinen Mund, bevor er protestieren konnte. »Ich hätte es dir früher erzählen können. Wir machen eine Hüttenwanderung in den Alpen. So richtig mit Rucksack und Übernachtungen in einfachen Hütten. Das haben wir letztes Jahr schon mal gemacht, und es war super. Außer Aylin kommen noch drei andere Freunde mit, alle in meinem Alter.« *Ups, das saß!* Mit dieser Bemerkung hatte sie weitere Diskussionen im Keim erstickt.

»Und was sind das für Freunde?«, fragte Daniel nach einer kurzen Pause in misstrauischem Ton und sah ihr in die Augen. »Alles Mädchen?«

»Das sind Kommilitonen von Aylin«, antwortete Hanna und hielt seinem Blick stand. »Sie studiert Fahrzeugtechnik an der Fachhochschule. Drei Jungs kommen mit. Wir fahren zusammen in einem Auto, einer der Boys hat einen großen Van von seinem Vater. Ein bis zwei Tage Hinfahrt, drei Tage wandern, dann wieder zurück. Eventuell legen wir noch einen Tag in München ein.« Sie sah Daniel herausfordernd an. »Nächste Woche geht es los. Und ich freue mich schon drauf.«

Den Rest des Abends blieb Daniel schweigsam. Hannas Reise kommentierte er nicht weiter. Hanna freute sich innerlich. Das hatte er davon, dass er keine Pläne machen wollte. Sie hatte ihn mehrfach gefragt, ob sie nicht ein paar Tage wegfahren könnten. Mehr Tage als nur ein Wochenende. Sie hatte die Toskana vorgeschlagen und die Côte d'Azur, oder auch Südtirol. Daniel hatte immer ausweichend reagiert. »Ich muss sehen, ob ich weg kann«, hatte er gesagt, ohne auszuführen, von wo er wegkönnen musste. Vom Büro? Seinen Skulpturen? Oder gab es andere Verpflichtungen, von denen er ihr nichts erzählte?

Am folgenden Freitag unternahmen sie eine ausgiebige Fahrradtour am Rhein entlang. Das Wetter zeigte sich dem Mai entsprechend von seiner schönsten Seite, es war sonnig und warm, die Radwege entsprechend bevölkert, die Wiesen am Rhein ebenso. An vielen Stellen waren Picknickdecken ausgebreitet, Grills verbreiteten einen verlockenden Duft nach Holzkohle und Würstchen. Sie fanden ein ruhiges Eckchen und Hanna breitete ihre beschichtete Decke aus. Sie verzehrten genüsslich das üppige Picknick, das Daniel vorbereitet hatte, streckten sich danach auf der Decke aus und sahen dem Rhein zu, wie er gemächlich Richtung Norden floss. Weißgestrichene Ausflugsschiffe kamen vorbei, mit zahlreichen Passagieren auf dem Oberdeck, die ihnen zuwinkten. Schwer beladene Containerschiffe schoben sich mühsam Richtung Süden, und immer wieder Ruderboote, die flott rheinabwärts zogen oder langsam rheinaufwärts fuhren.

Nach einiger Zeit radelten sie zu Daniels Wohnung zurück und legten sich in seine große Badewanne.

Keiner von ihnen hatte Hannas Wandertour, die drei Tage später beginnen würde, erwähnt. Vermutlich wollte Daniel genauso wenig wie Hanna die Harmonie stören.

»Das war ein toller Urlaub!« Hanna umarmte ihre Mutter, die offenbar ihr Ankommen beobachtet hatte. Raimund, Aylins Kommilitone, hatte Hanna vor ihrer Haustür abgesetzt und lud ihr Gepäck aus dem großen Van. Hanna bemerkte, dass Helene rasch die Insassen des Vans musterte – wollte sie wissen, ob Daniel dabei war?

Hanna hatte während der sechs Tage nichts von Daniel gehört. Sie hatte überlegt, ihm eine Nachricht zu schicken oder ihn kurz anzurufen. Aber da sie befürchtete, dass sie sich über ihn ärgern würde, hatte sie Funkstille bewahrt. Und wie erwartet hatte er sich ebenfalls nicht gemeldet.

Beim Abendessen war ihre Familie versammelt und lauschte Hannas Erlebnissen während ihrer Wandertour in den Alpen. »Wir sind ja früher auch viel gewandert«, erzählte Helene. »Mit unseren Eltern, euren Großeltern. Es hat uns tatsächlich gut gefallen, was ja eher ungewöhnlich ist für Kinder. Und du erinnerst dich vermutlich, dass wir Reto beim Wandern kennengelernt haben. Tja, unser Reto.«

Helene sah versonnen vor sich hin. Helenes Eltern waren dem Schweizer bei einer ihrer Touren begegnet, als sie sich verirrt hatten. Helene war damals noch ein Kind gewesen. Reto hatte sie auf den richtigen Weg zurückgebracht und war seitdem ein enger Freund der Familie. Helene und ihre Zwillingsschwester waren für ihn Ersatztöchter, er hatte keine Kinder und war Witwer. Jahre später, als Helenes Vater bereits lange tot war, hatten Reto und Helenes Mutter eine Beziehung begonnen, die bis zum heutigen Tag anhielt.

Hanna grinste verstohlen, als sie daran dachte. Reto war »ein typischer Schweizer«, wie ihre Mutter oft sagte.

»Brummig, stur, charmant«. Er liebte Karin und störte sich nur manchmal an dem Trubel, der in ihrer großen Familie herrschte. *Tja, wen man so alles beim Wandern kennenlernte! Kein Wunder, dass Daniel sich über ihre männlichen Wanderkollegen aufgeregt hatte.*

Daniel – warum war er nicht bei ihnen? Lea, die Freundin ihres Bruders Elias, hatte sich dazugesellt und freute sich mit der Familie über Hannas Wandererlebnisse und ihre kleinen Missgeschicke. Als sie einmal beinah in einem Bach ausgerutscht wäre. Über ihren Sonnenbrand, weil sie sich nicht genügend eingecremt hatte – »der Hut reicht doch«. *Familienleben – das schien für Daniel ein Graus zu sein. Und für sie war es so wichtig.* Sie fragte sich wieder einmal, ob ihre Beziehung eine Zukunft hatte. Ihre Mutter hatte genau nachgefragt, wer bei der Reise dabei war und sich damit sogar einen Tadel von Elias eingehandelt. Offenbar wollte sie wissen, ob Daniel mit von der Partie war. Hanna merkte die unterschwellige Kritik, das Unverständnis, warum Daniel nicht mitgefahren war, warum er nicht beim Abendessen zugegen war und ihren Erlebnissen lauschte. Zorn stieg in ihr hoch, Zorn auf Daniel, und Zorn auf ihre Mutter. Sie wusste, dass sie ihrer Mutter unrecht tat, Helene machte keine Bemerkung darüber, warum Daniel nicht dabei war. Aber Hanna hörte förmlich die Gedanken ihrer Mutter, spürte die Missbilligung. Wieder einmal poppte die Frage in ihr hoch, ob die Beziehung zu Daniel eine Zukunft hatte.

Als sie endlich im Bett lag, konnte sie nicht einschlafen. Zu dem Frust über die verkorkste Beziehung mit Daniel kam noch der Mond, der hell in ihr Zimmer schien. Dazu ein kräftiger Wind, der die Vorhänge und den Traumfänger an ihrem Fenster bewegte und unruhige Schatten an die Zimmerwand warf. Die Schatten – was bedeuteten sie? Seufzend richtete Hanna sich auf und griff nach ihrem

Handy. Sie beschloss, die Bedeutung des Schattens zu erkunden. Aylins Tante hatte ihr keinen brauchbaren Hinweis gegeben, vielleicht hatte das Netz mehr Informationen.

Sie googelte und fand einige Anhaltspunkte: Schatten als Repräsentationen des Selbst: Eine der weit verbreiteten Interpretationen von Schatten ist ihre Verbindung mit dem Unterbewusstsein und den verborgenen Aspekten unserer Persönlichkeit.

Dann las sie über die ‚Freiseele‘, die nur lose am Körper haftet und auch andernorts existieren kann. Ihre Aktivitäten entfaltet die Freiseele meist im Traum oder in Visionen, wo gelegentlich auch an ihrer Stelle die Ego-Seele oder Vitalseele ihre Erlebnisse mitteilen können. Die gedankliche Weiterentwicklung dieser Freiseele führt zur dualistischen Vorstellung eines Doppelgängers, welcher der Person als nahezu selbständiges Wesen gegenübertritt. Der Doppelgänger macht sich auch im Wachzustand bemerkbar, wirkt als hilfreicher Schutzgeist, indem er vor Gefahren warnt oder tritt in seiner dämonischen Gestalt als Vorbote des Todes auf. *Hm, das passte nicht wirklich zu ‚ihrem‘ Schatten.*

Weiter las sie von einigen sibirischen Völkern, bei denen das Modell einer dreigeteilten Seele existiert, die sich aus einer Körperseele, einer Hauchseele und einer Schattenseele zusammensetzt. Die Hauchseele wohnt im Körper des Menschen und verlässt ihn nach seinem Tod. Die Schattenseele führt ein selbständiges Leben, sie ist die Personifizierung des menschlichen Geistes und hält sich tagsüber üblicherweise im Menschen auf. Im Schlaf, in der Ekstase und bei einer schweren Krankheit verlässt sie ihren Besitzer und wird zu einem zweiten Ich.

Hanna surfte weiter im Internet, las von verschiedenen Interpretationen in vielen Ländern, aber nichts passte zu

dem Schatten, den sie auf dem Weg zu Daniel gesehen
hatte.

Eine Idee blitzte in ihren Gedanken auf: Ob sie den
Schatten heraufbeschwören könnte? Könnte sie die
‚Freiseele' oder ‚Schattenseele' in ihr Zimmer rufen?
Vielleicht würde sie dann erfahren, was der Schatten ihr
sagen wollte.

Sie setzte sich auf ihren Schreibtischstuhl, den Rücken
zur Wand, sammelte sich und drückte ihren Rücken gerade
durch. Leise summte sie vor sich hin, eine ihr unbekannte
Melodie, die von selbst in ihren Kopf kam. Dann versuchte
sie, ihren Geist zu leeren, an gar nichts zu denken, ihre
Gedanken frei schwingen zu lassen. Die Melodie hatte sich
in ihr festgesetzt – *jetzt nicht drüber nachdenken!* – mit
kleinen Ergänzungen summte sie weiter. Dann brachte sie
ihre Gedanken auf den Schatten und fokussierte sich auf
seine Anwesenheit. Angespannt saß sie auf ihrem Stuhl
und starrte auf die Wand gegenüber.

Nichts.

Ihr linkes Bein war eingeschlafen, sie bewegte es
vorsichtig und stöhnte leise, als es zu kribbeln begann.

Das war ein Fehlschlag. Was hatte sie falsch gemacht?
Ob Tante Azize wüsste, wie sie den Schatten zu sich rufen
könnte? Vermutlich auch nicht.

Sie streckte sich ausgiebig und massierte ihr linkes
Bein. Dann ging sie zur Toilette und legte sich wieder in ihr
Bett. Trotz ihrer Frustration schlief sie bald ein.

In der folgenden Nacht träumte sie von Daniel. Daniel war
tot, und sie besuchte ihn auf dem Friedhof, der dem
‚Cimetière de Montmartre' in Paris sehr ähnelte. Ein alter
verwitterter Grabstein stand an seinem Grab, und das Grab
war mit einigen ihrer eigenen Töpferwerke geschmückt.
Eine kleine Figur, die eine Hexe darstellte, war umgekippt.
Als Hanna sich bückte und die Statue aufstellen wollte,

schoss eine Hand – die linke – aus dem Grab und umklammerte ihr rechtes Handgelenk. Hanna erschrak zutiefst und erwachte. Ihr Herz raste. *Was sollte dieser blöde Traum bedeuten? Wünschte sie sich Daniel tot? Weil sie dann keine Konflikte mehr zwischen ihm und ihrer Familie hatte?* Sie konnte für Stunden nicht mehr einschlafen.

Kapitel 18

Daniel enthüllte seine vielen Geheimnisse nur zögernd. Manchmal kam der Zufall Hanna zu Hilfe und arrangierte eine Begegnung, die ihr weitere Details über Daniels Leben verriet.

Sie aßen in ihrem Lieblingsrestaurant, ein indisches Lokal in der Nähe seiner Wohnung. Das Lokal wurde von einem indischen Ehepaar und deren hübschen Töchtern betrieben und bot neben authentischem indischem Essen eine stilvolle Atmosphäre und eine freundliche Bedienung. Die Töchter hatten beide lange schwarze Haare, die der einen bis zu den Beinen reichten, und sie trugen stets einen Salwar Kamiz, die typische indische Bekleidung bestehend aus einer Tunika mit Seitenschlitzen, einer Hose, der Salwar, und einem Schal. Die Mutter trug einen Sari, der Vater westliche Kleidung.

Hanna und Daniel hatten die Getränke bestellt und studierten die Speisekarte, als Hanna die Gesichtszüge ihres Liebsten entgleisen sah. Er saß mit dem Gesicht zur Eingangstür und sah aus, als hätte er einen Geist gesehen: runde entsetzte Augen, hochgezogene Stirn und geöffneter Mund. Ein leises »O nein«, entrang sich ihm.

»Was ist los?«, fragte Hanna und drehte sich um.

Eine junge Frau war in das Lokal getreten, Anfang zwanzig, mittelgroß, sehr schlanke knabenhafte Figur. Sie trug eine enganliegende Jeans und einen schwarzen Kaschmirpullover, darüber eine schwarze Lederjacke. Das Auffälligste an ihr waren die langen roten Haare, deren Locken einen wundervollen Kontrast zu der dunklen Kleidung bildeten.

Die Frau hatte Daniel erblickt, ihre Reaktion war ähnlich: Überraschung spiegelte sich in ihrem Gesicht, gepaart mit etwas anderem. Freude? Oder irrte Hanna sich? Die Fremde straffte ihre Schultern und ging mit energischem Schritt auf Daniel zu. Ihre halbhohen Stiefel klackten über den Parkettboden.

»Hallo Vater«, sagte sie mit einem süffisanten Lächeln. Sie wandte sich an Hanna. »Ich bin Nicole«, stellte sie sich vor, das Lächeln eine Nuance wärmer. Sie musterte Hanna mit ihren schönen grünen Augen.

Hanna konnte im letzten Moment den Impuls unterdrücken, ihr die Hand zu reichen. Sie waren praktisch gleich alt, da passte das nicht. »Hanna«, sagte sie und ärgerte sich über ihre dünne Stimme.

Daniel hatte seine Sprache wiedergefunden. »Äh«, brummte er und räusperte sich. »Setz dich doch zu uns.« Er wies auf den Stuhl neben Hanna, sie saßen an einem Vierertisch. »Schön, dich zu sehen«, brachte er mühsam hervor.

»Ach ja?«, fragte Nicole mit spöttisch verzogenem Mund. Sie zog ihre Lederjacke aus und hängte sie über die Lehne. Dann ließ sie sich auf den Stuhl neben Hanna plumpsen und rückte mit dem Stuhl etwas weg von ihr.

»Äh, was möchtest du trinken?«, fragte Daniel. *Er kann nicht mehr ohne Räuspern sprechen,* dachte Hanna und betrachtete sein gerötetes Gesicht und die hektischen Flecken am Hals.

»Eine Cola light«, antwortete Nicole und Daniel winkte der Kellnerin, die eilfertig herbeieilte. Sie hatte eine weitere Speisekarte mitgebracht und reichte diese Nicole. Daniel bestellte die Cola für seine Tochter und griff nach der Karte. »Mal sehen, was es heute Schönes gibt«, murmelte er.

Hanna ärgerte sich. *War es jetzt das Wichtigste, die Speisekarte zu studieren?* Sie wandte sich zu Nicole.

»Schön, dich kennenzulernen«, sagte sie. Nicole hob überrascht die Augenbrauen. »Ich bin Rettungssanitäterin und hab deinen Vater kurz vor Weihnachten betreut, als er von einem Auto angefahren wurde.«

Nicole sah sie entsetzt an und wandte sich an ihren Vater. »Warum hast du mir nichts davon erzählt?«, fauchte sie. *Wieso wusste sie nichts von dem Unfall?*

»Ach, so schlimm war es gar nicht«, wiegelte ihr Vater ab. »Und ich bin ja bestens versorgt worden.« Er lächelte Hanna an. »Sie hat mich im Krankenhaus besucht, und na ja, seitdem sind wir zusammen.«

»Aha«, war Nicoles Reaktion.

»Ich bin übrigens ZFA bei einem Zahnarzt«, erzählte sie an Hanna gewandt. Die war nicht wenig überrascht über diesen Themenwechsel. Sie sah, wie Daniel ärgerlich die Augenbrauen zusammenzog. War das ein wunder Punkt zwischen den beiden?

Hanna fiel wieder ein, was in Daniels Wohnung gefehlt hatte: Fotos. Keine Fotos von seiner Familie, von ihm, von Kollegen oder Freunden. Und von seiner Tochter hatte er ihr nie erzählt. »Familie spielt für mich nicht so eine große Rolle wie für dich«, sie hatte seine Aussage im Ohr. »Ich bin schon lange geschieden. Hab keinen Kontakt mit meiner Ex. Und Kinder – ach ja.« Das war alles gewesen. Hätte sie nachbohren sollen? Aber wie so oft hatte sie die Harmonie nicht stören wollen, war glücklich über ihr erstes Treffen in seiner Wohnung. Tja. Zumindest hatte er sie nicht angelogen und behauptet, er hätte keine Kinder.

»Er ist ein toller Typ«, fuhr Nicole fort. *Von wem sprach sie? Ach ja, vom Zahnarzt.* Hanna war völlig in Gedanken gewesen. »Nur wenig älter als mein Vater. Dein äh – was ist er eigentlich? Dein Freund? Dein Geliebter?« Nicole ließ den Blick provozierend über Hanna gleiten, ihr Gesicht, ihre Brüste, die Hände, die sie um ihre Beine gekrallt hatte. Hanna löste die Fäuste und legte sie auf den Tisch.

»Wann hast du denn deinen Vater zum letzten Mal gesehen?« Hanna konnte ebenfalls provokant werden.

Nicole zog anerkennend die Augenbrauen hoch. »Da muss ich überlegen«, sagte sie und krauste die Stirn. »Irgendwann letztes Jahr. Im Sommer glaube ich, richtig?« Sie sah ihren Vater an, der nickte.

»Ja, und im Herbst wollten wir ein paar Tage zusammen wegfahren, um unser Vater-Tochter-Verhältnis zu verbessern. So hattest du es doch genannt?«

»Das muss doch jetzt nicht sein«, sagte Daniel mit kläglicher Stimme und legte seine Hand auf Nicoles Arm. Sie zog ihn weg, als hätte sie sich verbrannt.

»Er hatte vorgeschlagen, eine Hüttenwanderung in den Alpen zu machen. – Was ist?«

Hanna war bei dem Wort ‚Hüttenwanderung‘ zurückgezuckt. Darum hatte er so allergisch auf ihre Tour reagiert. »Nichts«, sagte sie schnell und hob beschwichtigend die Hände.

»Na ja, ich hatte Urlaub eingereicht, mir Wanderklamotten und einen neuen Rucksack gekauft. Und dann hat der da«, sie wies mit dem Kopf auf ihren Vater, »einen Tag vorher abgesagt. Er wäre im Büro unabkömmlich.«

Hanna wusste nichts zu sagen. Wie konnte man seine Tochter so hängenlassen? War das einer der Gründe, warum Daniel nie über sie gesprochen hatte? Weil ihn das schlechte Gewissen plagte?

Die Kellnerin brachte die Cola und stellte sie mit einem freundlichen Lächeln vor Nicole. Diese nahm einen langen Schluck, dann seufzte sie tief auf, etwas theatralisch, wie Hanna fand. »Danke für die Cola«, sagte sie und grinste sarkastisch.

»Schön, dich kennengelernt zu haben.« Das Lächeln, das sie Hanna schenkte, war warm, liebevoll und – ja, es war Daniels Lächeln. Tatsächlich sah sie ihm in diesem

Moment unglaublich ähnlich. Das Lächeln zauberte die Ähnlichkeit herbei, ihre Gesichtsform oder ihre grünen Augen hatte sie nicht von ihm. Nur die üppigen roten Locken.

»Wir sehen uns«, sagte Nicole unvermittelt, stand auf und nahm ihre Lederjacke von der Lehne. Dabei sah sie lediglich Hanna an.

Daniel erhob sich hastig und trat einen Schritt auf sie zu. Wollte er seine Tochter umarmen? Doch diese schüttelte seinen Arm ab wie ein lästiges Insekt, streichelte zart mit dem Handrücken über Hannas Wange, drehte sich um und eilte mit klackenden Absätzen zum Ausgang. Dort angelangt hielt sie inne, zog ihre Jacke an, warf einen letzten langen Blick auf Hanna und war zur Tür raus.

Hanna hatte ihr mit offenem Mund nachgesehen. Sie fühlte sich eigenartig aufgewühlt von der Berührung. Es war eine sehr liebevolle Berührung. Galt diese ihr, Hanna, oder der Freundin des Vaters?

Hanna drehte sich zu Daniel um, der sich langsam auf seinen Stuhl niederließ.

»Jetzt hast du meine Familie kennengelernt«, sagte er mit schleppender Stimme.

»Wen gibt es denn sonst noch?«, fragte Hanna in sarkastischem Ton. »Weitere Töchter? Einen Sohn? Enkelkinder?«

Sie sah Daniel direkt in die Augen, den Kopf hatte sie vorgebeugt. Was war in seinen Augen zu lesen?

Daniel wandte den Blick ab. »Sonst niemand«, sagte er. »Und ich hab dich nicht angelogen, falls du das sagen willst.«

Stimmt. Er war der Frage nach Familie oder Kindern immer ausgewichen.

»Kannst du mir mehr über sie erzählen?«, fragte Hanna mit weicher Stimme. Er tat ihr leid. Sie erzählte immer so viel von ihrer Familie, wie sie alle zusammen hielten, demnächst sich alle um Timos Kind kümmern wollten. Und er hatte offensichtlich bei seinem einzigen Kind als Vater völlig versagt.

»Ja, natürlich.« Daniel sah sie dankbar an, er hatte ihren veränderten Ton bemerkt. »Nicole ist dreiundzwanzig Jahre alt, nicht verheiratet, keine Kinder, soviel ich weiß. Sie ist bei diesem Zahnarzt beschäftigt, mit dem sie ein Verhältnis hat. Er ist verheiratet, seine Frau weiß angeblich nichts davon. Aber er erzählt Nicole dauernd, dass er sich demnächst scheiden lassen will und Nicole heiratet. Tja.« Daniel runzelte die Stirn. »Meine Ex und ich haben damals geheiratet, weil sie schwanger war, und wir uns gut verstanden haben. Das hat aber leider nicht für eine Ehe gereicht. Wir haben uns ziemlich bald nach Nicoles Geburt nur noch gestritten. Und dann haben wir uns getrennt, als Nicole sieben Jahre alt war. Ich hab sie die erste Zeit regelmäßig gesehen, jedes zweite Wochenende und in den Ferien, wie das halt so üblich ist.« Er hielt inne und strich mit der Hand über seine Augen. Die Erinnerung schien ihn sehr zu schmerzen. »Dann hat meine Ex angefangen, die Kleine gegen mich aufzuhetzen. Nicole wollte immer seltener zu mir, oder meine Ex erfand Ausreden, warum meine Tochter nicht kommen könne. Und mit der Pubertät wurde es richtig schlimm, Nicole war frech und aufsässig, hat mich beschimpft, mit Wörtern, die sie eigentlich nur von ihrer Mutter haben konnte. Und dann hab ich mich immer mehr zurückgezogen.«

Daniel wischte sich mit der Hand über seine Augen. Er tat Hanna unbeschreiblich leid. Wie hart musste es für ihn sein, wenn sie häufig von ihrer Familie erzählte, von dem Zusammenhalt, von ihrem engen Kontakt zum Bruder, Cousine und Cousins. Daniel war ein empfindsamer Mensch, das hatte sie schon lange bemerkt, der seine Verletzlichkeit manchmal unter schroffem Verhalten verdeckte.

»Und die Geschichte mit der Hüttenwanderung?« Das musste sie wissen. »Warum hast du die abgesagt?«

»Nicole wollte ihren Zahnarzt mitnehmen.« Seine Stimme klang rau. »Einen Tag vorher hat sie mich darüber informiert. Und da hatte ich keine Lust.« Er sah Hanna an. »Das hat sie natürlich nicht erzählt. So ist sie immer. Erzählt nur einen Teil, das Wichtigste lässt sie gerne weg. Ihre Mutter war genauso.«

Die Kellnerin beendete zu Hannas Bedauern das Gespräch, sie kam zu ihnen und fragte nach ihrer Bestellung. Hanna warf einen raschen Blick auf die Karte und bestellte Chicken Masala, Daniel ebenfalls. »Und dazu bitte Naan Brot«, orderte Hanna noch. »Mit Knoblauch.«

»Können wir jetzt bitte das Essen genießen und ein andermal über meine verkorkste Familie sprechen?«, bat Daniel. Er zog ein müdes Gesicht, und Hanna nickte stumm. Ihre Gedanken konnte sie nicht abschalten. Das böse Teufelchen in ihr fragte, ob Daniel in ihr, Hanna, wohl seine Tochter sah. Sie sah ihr überhaupt nicht ähnlich, aber sie waren fast gleichaltrig. Wollte er bei ihr, Hanna, einige der Fehler wiedergutmachen, die er bei Nicole gemacht hatte? War das etwa ein Muster in ihrer Beziehung? Sie suchte einen Ersatz für ihren toten Vater, und er Ersatz für seine Tochter, die sich losgesagt hatte?

Kapitel 19

Eine Woche Urlaub mit Daniel! »Ein Freund von mir ist ein begeisterter Nordseefan«, erzählte Daniel. Sie hatten sich in einer Pizzeria getroffen.

»Ach, ein Freund?«, fragte Hanna. »Welcher Freund? Telly?«

Sie fragte sich wieder einmal frustriert, warum sie noch keinen seiner Freunde kennengelernt hatte, außer dieser flüchtigen Begegnung mit Telly.

Daniel ignorierte ihre Frage. »Bekannte von ihm haben ein Haus auf der schönen Insel Schiermonnikoog.«

»Schier- ... wie?«, fragte Hanna. Sie hatte den Namen noch nie gehört.

»Ich schreib's dir auf«, sagte Daniel mit einem zärtlichen Lächeln, griff nach einem Bierdeckel und schrieb den Namen der Insel auf. »Sie liegt vor Holland, westlich von Borkum. Sehr klein, sechzehn mal vier Kilometer oder so, mit etwa eintausend Einwohnern. Plus Feriengäste, plus Tagestouristen. Man darf nicht mit dem Auto hin, sondern muss mit der Fähre übersetzen. Vor Ort kann man sich ein Fahrrad leihen oder sein eigenes mitbringen. Der Ort wird dir gefallen, sehr romantisch. Und es gibt hübsche Restaurants und wunderschöne Strände.«

»Ich war noch nie auf einer dieser Nordseeinseln«, antwortete Hanna und sah versonnen vor sich hin. »Wollte ich immer schon mal machen.«

»Das ist eine günstige Gelegenheit«, sagte Daniel. »Jemand hat kurzfristig abgesagt, daher können wir das Haus haben. Das ist sonst das ganze Jahr ausgebucht. Ab nächsten Dienstag für eine Woche. Ich sag also zu, okay?«

»Äh, Moment, ich muss das noch mit der Rettungswache klären, ob ich die Woche Urlaub kriege.«

Das war kein Problem. »Fährst du tatsächlich mit deinem Freund in Urlaub?«, fragte Mark und sah sie forschend an. Hanna ärgerte sich. *Warum nur spürten alle Menschen um sie herum, dass es Probleme in der Beziehung mit Daniel gab? Und zogen sie damit auf? Und warum gab es eigentlich diese Probleme? Warum war Daniel nicht einfach so wie ihre bisherigen Freunde? Von seinem Alter mal abgesehen. Oder war das ein wesentliches Element der Probleme?*

Sie rief sofort Daniel an. »Es klappt!«, rief sie.

»Prima. Hatte ich dir erzählt, dass Schiermonnikoog autofrei ist?«, fragte Daniel. »Die Touristen dürfen ihre Autos nicht mitnehmen. Auf der Insel fahren ein paar Busse, Lieferwagen und Taxis, ansonsten sind alle mit dem Fahrrad unterwegs. Nimmst du lieber dein eigenes Fahrrad mit oder sollen wir uns welche leihen?«

»Ich will mein eigenes Fahrrad mitnehmen«, sagte Hanna sofort. Wegen ihrer geringen Körpergröße hatte sie mit Leihrädern schon mal Probleme gehabt, die waren einfach zu groß für sie.

»Dann pack so, dass du alles auf dem Fahrrad transportieren kannst«, erklärte Daniel. »Oder wir müssen ein Taxi nehmen.«

Daniel holte Hanna ab, wie immer stand sein Leihwagen in einer Nebenstraße.

»Ich bin noch nie in einem Landrover gefahren!« Hanna grinste und musterte den schwarzen SUV. Ihrer Cousine Sarah durfte sie davon nicht erzählen, Sarah war eine leidenschaftliche Umweltschützerin und reagierte allergisch auf die großen SUVs.

»Eigentlich wollte ich mir einen Porsche leihen.« Daniel war ausgestiegen und lud ihr Gepäck in den Kofferraum. »Aber ich hab keinen mit Anhängerkupplung für einen Fahrradträger bekommen. – Gut, dass du nicht mehr Gepäck dabei hast«, kommentierte er lächelnd.

»Darf ich auch mal fahren?«, fragte sie.

»Nein, tut mir leid.« Daniel schüttelte den Kopf. »Ich konnte dich nicht eintragen, dazu hätte ich deinen Führerschein gebraucht.«

Nach einer gemütlichen dreistündigen Fahrt waren sie in Lauwersoog angekommen, dem Hafen zur Insel Schiermonnikoog. Daniel fuhr in das große Parkhaus, hob die Fahrräder herunter, sie luden ihr Gepäck aus und schoben die Räder zur Fähre.

Den Schatten, der sich Hanna beim Verlassen des Parkhauses in den Weg stellte, ignorierte sie und schob ihr Fahrrad weiter. Sie warf einen raschen Seitenblick zu Daniel, er schien nichts bemerkt zu haben.

Kurz danach gingen sie mit Hunderten anderer Touristen an Bord der Fähre und fuhren zur Insel.

Hanna stand an der Reling und ließ sich den Wind um den Kopf pusten. Bald schon konnte sie die Insel erkennen und die beiden markanten Leuchttürme, der eine weiß, der andere leuchtend rot.

Sie verließen die Fähre und radelten über einen Deich durch das Dorf zu ihrem Haus. Hanna war froh, dass sie wenig Gepäck dabei hatte, die Riemen des Rucksacks drückten sich hart in ihre Schultern. Daniel kannte den Weg und nach etwa fünfzehn Minuten standen sie vor ihrem Ferienhaus.

Hanna nahm den Rucksack herunter, rieb sich die verspannten Schultern und musterte ihr Feriendomizil.

»Das ist ja geradezu kitschig schön!«, rief sie begeistert. Das Haus lag in einer ruhigen Straße, die von Bäumen gesäumt war. Es war ein schmales Haus, mit zwei

Etagen, vor dem Haus standen eine Holzbank und ein einfacher Tisch auf einem kleinen Vorplatz. Hanna bewunderte die dunkelblaue Haustür und die Sprossenfenster. In der ersten Etage erstreckte sich ein schmaler Balkon mit schmiedeeisernem Geländer um die Front.

Daniel hob einen weißen Porzellanigel an, der auf dem kleinen Mäuerchen vor der Haustür stand, nahm den Schlüssel, der sich darunter verborgen hatte, und schloss auf. Sie traten ein und standen in einem kleinen Wohnzimmer mit einer offenen Küche, eine geschwungene Treppe führte in die obere Etage. Landschaftsbilder hingen an den Wänden, die dunkelbraune Couch sah gemütlich aus, mit einer Decke darauf und fünf bunten Kissen.

Oben gab es zwei Schlafzimmer, eines mit einem Doppelbett, das andere mit zwei Einzelbetten, dazu ein geräumiges Badezimmer.

»Und – gefällt es dir?«, fragte Daniel.

Hanna nickte und verdrängte sofort den Gedanken, dass dies das ideale Haus für ihre Eltern war.

»Gibt es keine Terrasse oder Garten?«, fragte sie, nachdem sie vergebens nach einer rückwärtigen Tür Ausschau gehalten hatte.

»Nein«, antwortete Daniel. »Hinter diesem Haus steht ein weiteres, direkt angebaut, das Garten und Terrasse hat. Weil die Insel so klein ist, stehen die Häuser häufig unmittelbar hintereinander. Aber wir können uns vorne auf die kleine Terrasse setzen.«

Sie nutzten die kleine Vorderterrasse während der nächsten Tage häufig und beobachteten die Besucher, die gemütlich vorbeischlenderten oder auf dem Fahrrad durch die schmale Straße fuhren. Die meisten Personen waren augenscheinlich Touristen, alle grüßten freundlich, auf deutsch oder niederländisch. Allerdings mussten sie abends nach kurzer Zeit hineingehen, weil es draußen trotz

Pullover zu kalt wurde. Tagsüber erkundeten sie die Insel, bewunderten die reizvollen breiten Strände und die kitschig schönen Häuser.

»Der Sex klappt hier doch besser als in Paris«, stellte Hanna am zweiten Tag fest. Daniel sah sie überrascht an. »In dem schönen Pariser Hotel bin ich doch immer auf dich draufgerollt. Das fand ich schon etwas lästig.«

Daniel lachte. »Ich finde Sex mit dir überall wunderbar«, sagte er und küsste sie leidenschaftlich. »Und du bist meine wunderschöne Muse.«

»Aber mein Busen ist doch viel zu klein«, protestierte Hanna. »Die Musen haben doch alle eine Rubensfigur mit ausladenden Formen. Da kann ich überhaupt nicht mithalten.«

»Du bist perfekt, so wie du bist und aussiehst«, gab Daniel zurück, schob ihr T-Shirt hoch und liebkoste ihre Brüste. Hanna liebte seine rauen Hände mit den Schwielen, die ein Ergebnis seiner Arbeit mit Gips waren, auf ihrer weichen Haut. Sex mit Daniel war fast wie eine Droge für Hanna. Er war leidenschaftlich und erfahren, ganz anders als ihre bisherigen Liebhaber. Beim Sex mit ihm vergaß Hanna alles um sich herum, sie erlebte das Zusammensein wie einen Rausch. Es war nicht nur die körperliche Begegnung, sie empfand für Daniel so viel mehr als für die beiden Jungs, mit denen sie vorher geschlafen hatte. Wenn Daniel sich über sie beugte und sie die pure Leidenschaft in seinen Augen sah, dann existierte nur noch Daniel für sie. Daniel, ihre große Liebe.

Trotz ausgiebigem genussvollem Sex war Hanna nach einer Woche insgeheim froh, als sie abreisten. So hübsch es war und so sehr sie die Zeit mit Daniel genoss, es wurde ihr langweilig. Sie war Reisen mit Action gewohnt, mit Wandern, Gesellschaftsspielen, Diskussionen,

Schwimmen, abendliche Disco, Ball spielen am Strand, gemeinsames Barbecue.

»Ich hab überhaupt kein Ballgefühl«, gab Daniel kleinlaut zu, als sie Fußballspielen oder Beachball vorschlug. »Du würdest mich hassen, wenn ich hier am Strand einen Ball in die Hand nehmen würde. – Du kannst ja zu Hause wieder in deinem Fußballclub spielen.«

»Hier würde es so viel Spaß machen, auf dem tollen Strand«, gab Hanna mürrisch zurück. Sie spielte leidenschaftlich gerne Fußball und bedauerte zutiefst, dass sie diesen Sport wegen ihrer unregelmäßigen Dienstzeiten kaum noch ausüben konnte.

Hannas Vorschlag, gemeinsam zu kochen, lehnte Daniel ebenfalls ab.

»Warum sollten wir kochen?«, fragte er. »Hier gibt es so viele gute Restaurants. Du isst doch auch gerne Fisch. Lass uns doch lieber die Zeit zusammen verbringen, statt uns mit dem altertümlichen Herd herumzuschlagen«, sagte er und streichelte ihre Wange. Schade.

Auf ihren Vorschlag, etwas zu spielen, reagierte er entsetzt: »Spielen? Was willst du denn spielen? Mensch-ärgere-dich-nicht?« Sein Gesicht malte Erschrecken und Hanna musste wider Willen lachen. »Ich hatte eher an ein Würfelspiel gedacht«, sagte sie. »Hier gibt es mehrere Spiele.« Sie wies auf das Regal im Wohnzimmer, das eine Anzahl an Gesellschaftsspielen beherbergte. Daniel schüttelte nur den Kopf und Hanna schnitt das Thema nicht mehr an.

Sie erkundeten die Insel mit ihren Fahrrädern, aber die Insel war sehr klein, und die Hälfte von ihr lag nahezu brach, mit Dünen, Watt und Salzwiesen, ohne befestigte Radwege. Nach drei Tagen hatten sie die ganze Insel kennengelernt und die Hauptwege mindestens fünf Mal befahren.

Immer wieder flüsterte ihr ein kleines Teufelchen zu, dass dies ein Urlaub für ältere Leute war. Abends konnte sie öfters nicht einschlafen. Zu viele Gedanken gingen ihr im Kopf herum. Wie würde ihre Mutter in dieser Situation reagieren? Oder Sarah, die Cousine? Sie wäre gerne mehr wie die beiden, tough, entschieden, durchsetzungsfähig. Hanna war immer auf Harmonie bedacht, versuchte stets, Streit zu vermeiden. ‚Du musst mehr an dich selber denken‘, ermahnte Helene sie des Öfteren. ‚Du kannst es nicht allen Menschen recht machen. Ab und zu muss auch mal ein Streit sein.‘ Tatsächlich stritten Helene und Sandro sich selten, und wenn dann meistens abends, wenn Elias und Hanna das kaum mitbekamen. An Konflikte zwischen Helene und Thomas, ihrem ersten Ehemann, konnte Hanna sich überhaupt nicht erinnern. *Warum nur gab es so häufig Kontroversen mit Daniel?* Obwohl sie doch erst so kurze Zeit zusammen waren, und sich eher selten trafen. Zumindest für Hannas Geschmack trafen sie sich zu selten.

Sie hatten mittlerweile alle Geschäfte des Dorfes erkundet und Hanna kaufte Mitbringsel: ein T-Shirt für sich und einen Schiermonnikoog-Magneten für den Kühlschrank. »Sollen wir auch einen für dich kaufen?« Daniel schüttelte den Kopf. Für Mark erwarb sie eine Tasse, mit dem roten Leuchtturm von Schiermonnikoog, sie hatte vor kurzem seine alte, die schon etwas angeschlagen war, fallenlassen. *Ob er sich wohl darüber freuen würde? Vielleicht sollte sie den Becher lieber behalten.*

Welches Gefühl machte sich in ihr breit? Heimweh? Freude. Sie freute sich auf zu Hause, auf Mark, auf ihre Eltern und Elias, ihre Freunde. Die Woche mit Daniel war schön, es tat gut, ihn besser kennenzulernen. Aber die Leichtigkeit war ihnen verloren gegangen. Die vielen kleinen Geheimnisse: Telly, Nicole, Nora, seine mangelnde Kompatibilität mit ihrer Familie, und nicht zuletzt seine

Eifersucht, als sie mit ihren Freunden wandern war – das alles hatte einen Riss in ihrer Beziehung hinterlassen. Einen Riss, der sich nicht mehr komplett kitten ließ.

Kapitel 20

»Du hast Besuch.«

Mark stand in der Tür, die zum Aufenthaltsraum der Rettungswache führte, und neben ihm erblickte Hanna eine junge Frau: Nicole. Daniels Tochter.

»Ach, hallo!« Hanna erhob sich, sie hatte am Tisch gesessen und Tee getrunken. Rasch stellte sie den Becher mit rotem Ahornblatt, den Elias ihr aus Kanada mitgebracht hatte, zur Seite. *Was macht sie hier?*

»Das ist Nicole, äh ...« Als was sollte sie sie vorstellen? Als die Tochter ihres Freundes? »Und Mark hat sich bestimmt schon selber vorgestellt.«

Mark nickte und sah sie neugierig an. Natürlich war ihm ihr Zögern nicht entgangen, und dass sie die Art ihrer Bekanntschaft nicht beschrieb. Nicole war ähnlich gekleidet wie bei ihrem letzten Zusammentreffen: eng anliegende Jeans, schwarzes T-Shirt, darüber eine schwarze Lederjacke, um den Hals hatte sie ein knallrotes Seidentuch geschlungen.

»Wie hast du mich denn gefunden?«, fragte sie an Nicole gewandt. »Entschuldige, möchtest du auch einen Tee? Mark kocht meistens grünen Tee, soll ja gesund sein.«

»Gerne«, antwortete Nicole und setzte sich auf einen der Stühle, ohne dass sie jemand aufgefordert hätte. »Wie ich dich gefunden hab? Ganz einfach, so viele Rettungsstationen gibt es ja nicht in dieser Stadt. Ich hab einfach angerufen und gefragt.«

»Okay, und was machst du hier?«, fragte Hanna, die sich unbehaglich fühlte. Sie hörte förmlich, wie die Fragen in Marks Kopf kreisten.

»Ich lass euch dann mal allein«, sagte der zu ihrer Erleichterung und verließ den Raum.

Nicole blickte ihm versonnen nach. »Gut sieht er aus«, sagte sie und sah Hanna vielsagend an. »Ist er noch zu haben?«

Hanna öffnete den Mund für eine Antwort, besann sich aber rechtzeitig: Mark und sein Beziehungsstatus gingen Nicole überhaupt nichts an.

»Bist du deswegen hier?«, fragte sie. »Um meinen Kollegen kennenzulernen?«

»Ach was«, tat Nicole ihre Frage ab. *Bildete Hanna sich das ein, oder breitete sich eine Röte auf Nicoles Wangen aus?* »Ich wollte DICH kennenlernen«, ergänzte sie. »Unser Zusammentreffen letztens war ja doch ziemlich kurz. Und da wollte ich einfach mehr über dich erfahren.« Ihr Lächeln war geradezu liebreizend zu nennen. »Du wohnst noch bei deinen Eltern, richtig?«

Hanna nickte. »Woher weißt du das?«

»Ach, ich weiß so einiges über dich«, antwortete Nicole und lächelte geheimnisvoll. »Du postest ja eifrig auf Insta und TikTok. Deinen Carlos und deine Eltern würde ich gerne kennenlernen. Allerdings fürchte ich, dass deine Eltern nicht besonders an der Tochter deines Freundes interessiert sind. Oder dass du mich gerne deinen Eltern vorstellen würdest. Haben sie denn überhaupt schon meinen Vater kennengelernt?«

Jetzt war es an Hanna, zu erröten. Nicole hatte den Nagel auf den Kopf getroffen. Es war alles kompliziert mit Daniel, aber am meisten störte es sie, dass er nicht in ihre Familie passte. Dass sie ihn dank seiner Vorgeschichte mit Nora nicht zu ihrer Familie mitnehmen konnte. Dass ihre Eltern Daniel ablehnten. Sie sagten es zwar nicht so klar, aber es klang in jeder Bemerkung, in jeder Frage nach Daniel durch.

Sie atmete tief durch und versuchte, den Frust über ihre verkorkste Beziehung wegzuatmen. »Wenn du so viel über mich weißt, dann erzähl mir doch etwas über dich«, schlug sie in lockerem Ton vor. »Du kannst mir gerne etwas über dein Verhältnis zu deinem Vater erzählen. Warum versteht ihr euch nicht? Warum lehnst du ihn so vehement ab?«

Das hatte gesessen. Nicole lehnte sich im Stuhl zurück und strich die Haare aus der Stirn. »Er hat sich eigentlich nie wie ein Vater benommen«, sagte sie leise. »Als ich klein war, war er immer entweder arbeiten oder in seinem Atelier. Da durfte ich ihn keinesfalls stören. Wenn ich mal schüchtern geklopft hatte, hat er mich angebrüllt. Ein Familienleben, wie ich es bei meinen Freundinnen erlebt hab, gab es bei uns nicht. Wir haben am Wochenende nichts zusammen unternommen und sind nicht in Urlaub gefahren. In den Ferien bin ich mit meiner Mutter zu ihrer Tante gefahren oder später gemeinsam mit Freundinnen zu einem Reiterhof oder ein Surfcamp. Nie bin ich mit der Familie in Urlaub gewesen. ‚Das bringt mir nichts‘, hat mein Vater gesagt. Oder er hätte gerade eine tolle Inspiration, da müsste er drauf aufbauen. Dabei hat er nie etwas verkauft! Brotlose Kunst.«

Mit Tränen in den Augen sah sie Hanna an.

»Außerdem ist er notorisch fremdgegangen«, fügte sie hinzu. »Das hab sogar ich als kleines Mädchen von sechs Jahren oder so gemerkt, da hab ich ihn mit einer anderen Frau gesehen, innig umarmt. Als ich ihn drauf angesprochen hab, hat er sich irgendwie rausgeredet. Meine Mutter hat mir später erzählt, dass er sie andauernd betrogen hat. Bis sie ihn rausgeworfen hat.«

»Das tut mir leid«, sagte Hanna und verwünschte sich, dass ihr nichts Besseres zum Trösten einfiel. Ein hässlicher Gedanke schlich sich ein: *Ob er ihr auch untreu war? So*

»Und darum wolltest du deinen Zahnarzt zum Wandern
mitnehmen?«, fragte sie nach einer kurzen Pause.

»Ach, das.« Nicole machte eine wegwerfende
Handbewegung. »Das war wirklich blöd von mir. Warum
sollte ich? Damit mein Vater und mein Freund sich
gegenseitig angiften? Ich hab das nur behauptet, um
meinen Vater zu verletzen. Um zu gucken, wie er reagiert.
Na ja, die Reaktion war keine Überraschung. Ich hab dann
meinen neuen Rucksack zurückgeschickt und eine Woche
lang nur ferngesehen und rumgegammelt.«

Sie straffte die Schultern. »Genug von mir und meinem
Vater. Erzähl mir doch lieber von dir. Hast du Familie? Mit
einem richtigen Familienleben?« Als Hanna zögerte, fügte
sie hinzu: »Bitte. Ich möchte es wirklich gerne erfahren.«

Hanna holte tief Lust und erzählte von ihrer Familie, von
ihrer Mutter und ihrem Bruder. Von Sandro und ihrem
Vater, der vor acht Jahren tödlich verunglückt war.

»Das tut mir so leid!« Nicole rückte näher an Hanna und
legte ihre Hand auf ihren Arm. »Wie alt warst du da? Das
muss ja furchtbar gewesen sein.«

»Ja, das war es«, antwortete Hanna. »Es war ein
furchtbarer Schlag für uns alle, der Unfall kam ja völlig
unerwartet. Das konnten wir zunächst überhaupt nicht
begreifen. Mein Bruder und ich haben eine Trauergruppe
besucht, und meine Mutter hat mit ihrer Schwester eine
Wanderung auf dem Jakobsweg unternommen.
Irgendwann hatten wir es alle einigermaßen verarbeitet.
Und dann hat Mama den Sandro kennengelernt. Der ist
wirklich nett, obwohl er Lehrer ist.«

Nicole lächelte bei diesen Worten.

»Und deine Mutter fragt dich bestimmt, ob Daniel für
dich ein Vaterersatz ist.«

»Quatsch!« Hanna rückte von Nicole ab. Sie spürte, wie die Röte ihre Wangen hochschlich. »Ich finde ihn einfach toll, das hat überhaupt nichts mit meinem toten Vater zu tun.«

Wirklich nicht?, fragte eine feine Stimme in ihrem Kopf.

»Entschuldige«, Nicole rückte noch näher und streichelte wieder Hannas Arm. »Ich wollte dich nicht kränken. Außerdem kannst du mir dasselbe sagen. Mit meinem Zahnarzt ersetze ich den Vater, den ich im wirklichen Leben nie hatte.«

Die beiden sahen sich an. »Was für ein trauriges Leben«, sagte Nicole und lachte. Hanna war zunächst irritiert, dann stimmte sie ein. Die beiden jungen Frauen lachten lauthals und fielen sich irgendwann in die Arme.

»Was du von deiner Familie erzählst, hört sich jedenfalls toll an«, sagte Nicole, als sie sich beruhigt hatte, und wischte sich ihre Lachtränen mit der Hand ab. »Meinst du, ich kann sie mal kennenlernen? Du könntest mich ja als eine Bekannte vorstellen, ohne Bezug auf meinen Vater.«

Warum eigentlich nicht?, fragte Hanna sich und wusste sofort die Antwort. *Als was sollte sie Nicole ihren Leuten vorstellen? Und ihre Mutter mit dem sechsten Sinn würde möglicherweise sogar erraten, woher sie Nicole kannte. Aber wie sagte Helene immer so schön: Es gibt immer Optionen. Man muss sie nur entwickeln.*

»Wir können uns ja demnächst mal verabreden«, schlug Hanna vor. »Mittwochs treffe ich mich meist mit meiner Clique in einer Kneipe, da kannst du gerne dazustoßen.«

Sie erwähnte nicht, dass Daniel nicht begeistert über diese regelmäßigen Treffen war, aber Hanna wollte ihre Clique nicht verlieren und hatte das ihrem Liebsten klargemacht.

Ein Schatten flog über Nicoles Gesicht. *Das war wohl nicht die Option, die sie erwartet hatte. Aber andererseits hatte sie keinen Anspruch darauf, Hannas Familie kennenzulernen.*

»Ich melde mich«, sagte sie und stand auf. »Gibst du mir deine Telefonnummer?«

Sie tauschten ihre Nummern aus, dann hauchte Nicole einen Kuss auf Hannas Wange und verließ die Wache.

Kapitel 21

»Sie ist da! Timos Baby ist da! Ein Sonntagskind!«

Helene war die Treppe hinaufgerannt zu ihrer Tochter und riss die Zimmertür auf.

»Was?«, kreischte Hanna. »Super!«

Sie rannte auf ihre Mutter zu und umarmte sie.

»Nora hat mich eben angerufen«, erzählte Helene. »Deine kleine Nichte ist heute früh auf die Welt gekommen. Alles bestens, Mutter und Kind geht es gut. Timo ist schon losgefahren, mit Sarah, um das Baby abzuholen.«

»Schon eine eigenartige Situation«, stellte Hanna mit Bedauern in der Stimme fest. »Gibt die Mutter ihre Tochter her.«

»Ja, das ist wirklich traurig«, antwortete Helene. Ihr strahlendes Lächeln war verflogen. »Aber Hauptsache, unsere Nichte wächst nicht bei Fremden auf. Und ich freue mich schon riesig auf die Kleine.«

»Wann können wir sie sehen?«, fragte Hanna.

»Ich denke, heute Nachmittag. Ich werde nachher mal kurz nachhören, ob das okay ist für die Familie.«

Hanna ging mit ihrer Mutter die Treppe hinunter, sie hielt es nicht mehr allein in ihrem Zimmer aus. Helene rief Elias an, der bei Lea übernachtet hatte, und erzählte ihm von der aufregenden Neuigkeit, danach berichtete sie Sandro, der in seinem Arbeitszimmer Schulaufgaben korrigiert hatte. Hanna telefonierte mit Aylin, die mit spitzen Schreien auf die Neuigkeit reagierte.

»Ich bin soooo neidisch«, sagte Aylin. »Am liebsten würde ich mitkommen und das Baby bewundern.«

»Das machen wir demnächst«, antwortete Hanna. »Aber heute dürfen wir die kleine Familie nicht übermäßig beanspruchen.«

Endlich war Nachmittag und Helene und Hanna fuhren mit dem Fahrrad zu Nora und ihrer Familie. Hanna hatte rosa Bänder an den Lenkern befestigt, die sie vor wenigen Tagen von ihrer Cousine Sarah bekommen hatte.

Nora öffnete ihnen die Haustür und ging ihnen ins Wohnzimmer voraus, wo Timo sein Baby im Arm hielt.

»Ist die süß!« Hanna war überwältigt. So ein kleines perfektes Menschlein. Das Baby hatte ein rotes Gesichtchen, schwarze Haare und ein plattes Näschen. Es trug ein weißes Strampelhöschen und ein rosa Jäckchen mit passendem Mützchen und winzigen Pantöffelchen.

»Die sieht dir total ähnlich«, sagte Helene zu ihrem Neffen. »Nur die Haare und das Näschen sind vermutlich von ihrer Mutter.«

»Hast du denn schon einen Namen?«, fragte Hanna.

»Melina«, sagte Timo. »Melina Leonora. Hab ich zusammen mit Sarah ausgesucht.«

»Leonora«, sagte Helene grinsend. »Nach ihrer Großmutter.« Sie grinste, und Nora knuffte ihrer Schwester leicht in die Seite.

Sie überreichten die Geschenke, die sie bereits eine Woche zuvor eingepackt hatten: ein Jäckchen mit Mütze und passenden Schühchen, außerdem ein kleiner schwarzer Stoffbär und eine Rassel.

»Der Bär musste sein«, sagte Nora mit einem grimmigen Unterton in der Stimme.

Helene grinste. »Klar«, sagte sie. »Der verbindet uns doch irgendwie.«

Niklas schnaubte unwillig. Alle dachten an Noras Erlebnisse vor drei Jahren im kanadischen Nationalpark. Nora hatte viele Gefahren gemeistert, unter anderem die

Begegnung mit einer großen Bärin. Sie konnte bis heute nicht sagen, ob es ein Grizzly oder ein Braunbär war; das spielte keine große Rolle. Furchteinflößend war die Bärin gewesen, außerdem hatte sie zwei kleine Bären dabeigehabt, was sie noch gefährlicher gemacht hatte.

Helene und Hanna bewunderten immer noch Melina. »Was für ein wunderschöner Name für ein wunderschönes Mädchen«, äußerte Helene mit belegter Stimme. Hanna hatte den Eindruck, dass ihre Mutter einen neidischen Blick auf Nora warf. Beneidete sie ihre Zwillingsschwester um die süße Enkeltochter?

Nach einer halben Stunde, die sie mit Bewundern und geflüsterten Bemerkungen verbracht hatten, erklärte Helene: »Wir fahren jetzt wieder nach Hause, die junge Familie braucht Ruhe«, und sie ging mit ihrer Tochter zur Haustür. Hanna wäre gerne noch geblieben, sie konnte sich gar nicht sattsehen an dem Baby. Aber sie musste zugeben, dass Timo jetzt lieber nur seine Eltern und Sarah um sich hatte.

Gedankenverloren radelte Hanna neben ihrer Mutter nach Hause. Sie wünschte sich Kinder, das wusste sie. Ein Leben ohne Kinder konnte sie sich überhaupt nicht vorstellen. In ihrer Familie waren Kinder und deren Freundinnen und Freunde immer willkommen. Sie selber war häufig bei Timos Familie zu Besuch, und ihr Bruder Elias und Timos Schwester Sarah waren seit vielen Jahren eng befreundet.

Aber könnte sie sich Kinder mit Daniel vorstellen? Sie war noch zu jung für Kinder, auch wenn Timo nur zwei Jahre älter war. Sie würde mindestens acht oder neun Jahre warten wollen. Dann wäre Daniel über fünfzig Jahre alt. Ob er dann Windeln wechseln, Babygeschrei und durchwachte Nächte ertragen würde? Und sie wollte nicht, dass ihre Kinder auf den ‚Opa' angesprochen würden.

Wollte Daniel überhaupt Kinder? Vermutlich nicht. Er hatte eine erwachsene Tochter und ließ ab und zu eine Bemerkung fallen, dass er keine weiteren Kinder wolle.

Hanna stellte sich wieder einmal die Frage, ob die Beziehung zu Daniel überhaupt eine Zukunft hatte. Oder ob sie die Beziehung nicht besser beenden solle und sich jemanden suchen, mit dem sie sich eine Zukunft und gemeinsame Kinder vorstellen könnte. Sie seufzte tief auf und ihre Mutter, die neben ihr radelte, warf ihr einen prüfenden Blick zu.

Kapitel 22

Die nächsten Wochen bedeuteten weiteren Frust für Hanna.

»Nora lädt uns zur Pinkelparty ein.«

Helene hatte Hanna nach deren Schichtende die Haustür geöffnet, sie hatte offensichtlich am Fenster auf die Rückkehr ihrer Tochter gewartet. »Schließlich muss man das Baby ja pinkeln lassen«, fügte sie lächelnd hinzu. »Sie ist immerhin schon drei Tage alt. Die Party ist nächsten Sonntag, im Garten, die Familie ist eingeladen, ein paar Freunde und die Nachbarn.«

Hanna nahm die Nachricht mit gemischten Gefühlen auf. Konnte sie Daniel mitnehmen? Zu Nora, seiner ehemaligen Geliebten? Seit dem missglückten Treffen von Daniel mit Helene und Sandro vor über drei Monaten hatte sie keine weiteren Versuche unternommen, Daniel ihrer Familie vorzustellen. Helene hatte sie ein paar Mal gefragt, ob sie überhaupt noch »mit diesem Bildhauer« zusammen war, und Hanna hatte jedes Mal eine ausweichende Antwort gegeben. Aber wie hätte ein Aufeinandertreffen von Daniel mit Nora ablaufen sollen? Nora hatte jetzt andere Probleme als ihren verflossenen Liebhaber. Und Helene würde Daniel vermutlich nicht gerade freudig empfangen.

Sie fuhr daher wieder einmal ohne Freund zu einer Familienfeier. Elias hatte seine langjährige Freundin Lea dabei. Immerhin war Timo ebenfalls solo.

Nora öffnete ihnen lächelnd die Tür. »Willkommen bei eurer vergrößerten Familie«, sagte sie und lud sie mit einer Handbewegung zum Eintreten ein.

Hanna bemerkte wieder einmal, dass Nora sich farbenfroher kleidete als ihre Zwillingsschwester. *Wie kam es nur, dass sie, Hanna, gerne bunte Kleidung trug und nicht gedeckte Farben – erdfarben – wie Helene?* Wollte sie sich von ihrer Mutter absetzen? Nora trug eine dunkelrote Cordhose, dazu ein rot-bunt gemustertes T-Shirt, goldene Creolen und ein breites goldenes Armband. Ihre Haare waren kurz geschnitten, die Spitzen blond gefärbt. Helene sah ebenfalls gut aus, hatte aber zu ihrem Kummer ein paar Kilo mehr und färbte ihre brünetten Haare, die einige grauen Strähnen aufwiesen, nicht. Nora war IT-Managerin des örtlichen Chemiekonzerns, und Sandro lästerte öfters, dass sie auch privat gerne die Managerin herauskehrte.

Hanna schob die Gedanken weg und zeigte stolz ihr neues Türschild, das sie für Noras Haustür getöpfert hatte.

»Passend zu eurer vergrößerten Familie«, sagte sie. Das neue Schild war breiter und höher als das alte und zeigte wie das bisherige die Namen der fünf Familienmitglieder und die Katze Nina. Zusätzlich hatte Hanna die Namen von Juliette, dem Au-pair-Mädchen, das seit etwa sechs Wochen bei Nora lebte, und Melina hinzugefügt.

Sie begrüßten Timo im Garten, der stolz seine kleine Tochter auf dem Arm hatte. *Aylin hat recht,* dachte Hanna, Timo sieht wirklich gut aus. *Jungenhaft, mit seinen dunklen lockigen Haaren und den sanften braunen Augen, die von einer modischen Brille betont wurden.*

»Darf ich sie mal halten?«, bettelte Lea. Timo gab ihr die Kleine. Lea streichelte Melina zärtlich und warf Elias immer wieder auffordernde Blicke zu.

»Willst du etwa auch ein Baby?«, fragte der mit übertrieben schockiertem Gesicht. »Ist ja noch etwas früh, oder?«

»Ja, aber sie ist soooo süß«, antworte Lea mit Nachdruck und streichelte der Kleinen liebevoll über das Bäckchen.

»Nachts ist sie nicht ganz so süß«, meinte Timos Vater Niklas und zog sich einen strafenden Blick seines Sohnes zu.

Es wurde eine vergnügte Feier, zu der einige enge Freunde und die nächsten Nachbarn eingeladen waren. Nora nutzte die Gelegenheit, ihnen Juliette, das Au-pair-Mädchen, vorzustellen. Juliette war genauso alt wie Hanna, das hatte Helene erzählt, hübsch mit langen hellblonden Haaren und blauen Augen.

»Ist sie immer so schüchtern?«, fragte Hanna ihre Cousine Sarah. Die nickte. »Ja, sie sagt nur wenig, dabei soll sie ja eigentlich ihre Deutschkenntnisse verbessern. Aber sie ist lieb, kocht gut und kümmert sich super um Melina.«

Hanna bemerkte, dass einige Nachbarn tuschelten. Vermutlich fanden sie Timo zu jung, Juliette nicht unbedingt geeignet für ein Baby, und überhaupt die ganze Situation eigenartig. Aber Nora überspielte alle kritischen Fragen mit einem freundlichen Lächeln.

Sechs Wochen nach Melinas Geburt gab es eine weitere Feier, ebenfalls ohne Daniel. Das Baby wurde getauft und Nora organisierte eine kleine Familienfeier.

»Nora lädt nur die engste Familie ein«, erklärte Helene am Frühstückstisch. »Die sind doch alle etwas geschafft, auch wenn es keiner zugeben will. Daher gibt es nur eine kleine Feier, ohne Freunde oder Nachbarn.«

Timos Schwester Sarah und Hannas Bruder Elias waren Taufpaten. Melina trug ein schneeweißes Taufkleid. »Das hat meine Mutter Irene genäht, und sie hat die kleinen Blümchen draufgestickt«, erklärte Karin, die Mutter von Nora und Helene. »Darin sind Nora, Sarah, Timo und

Dominik getauft worden.« Sie zerdrückte ein paar Tränen, als sie das kleine Mädchen in dem langen Taufkleidchen sah.

Nach der Taufe in der örtlichen Kirche trafen sie sich bei Nora, das Wetter verwöhnte die Taufgesellschaft mit Wärme und Sonne, die von einigen Wolken verdeckt wurde, so dass sie sich in den Garten setzen konnten. Die engste Familie war zugegen und der Pfarrer, ein jugendlich wirkender Mann, dessen Predigt alle berührt hatte. Er sprach von der Liebe, die jedes Kind erhalten sollte, von der Verantwortung der Familie und der Gesellschaft den Kindern gegenüber.

Lebhaft plaudernd saß er mit den anderen Gästen im Garten und bediente sich am kalten Büfett, das Nora mit Hilfe von Niklas, Helene und Karin vorbereitet hatte. Am frühen Nachmittag fuhren die Gäste wieder nach Hause.

»Du bist so still«, sagte Helene auf der Rückfahrt und sah ihre Tochter mitfühlend an. »Was beschäftigt dich?«

Wolken zogen auf und die ersten Regentropfen prasselten auf das Auto.

»Alles bestens«, gab Hanna giftig zurück. Als sie das verletzte Gesicht ihrer Mutter sah, tat ihr die unfreundliche Antwort leid, aber sie wusste nicht, was sie hätte antworten sollten. Sie hatte sich in den letzten Worten von ihrer Mutter entfremdet. Das schmerzte sie, und sie wusste, dass es Helene genauso erging. Sie hatten immer ein gutes Verhältnis gehabt, anders als zu ihrer Freundin Aylin, aber doch sehr eng, von Vertrauen und gegenseitiger Liebe geprägt. Und jetzt konnte sie Helene nur wenig von ihren Freizeitaktivitäten erzählen, und noch weniger von ihrem Freund. Hanna kam sich häufig vor, als würde sie ihre Mutter hintergehen, auch wenn sie keine Lügen erzählte. Aber das Verhältnis war distanziert geworden.

»Ich geh gleich mit Carlos«, sagte sie. »Der verlangt sein Recht und das Baby ist ihm ziemlich egal.«

Zu Hause angekommen rief sie den großen Hund, der nicht zur Feier mitgedurft hatte, zog ihre Regenjacke an und ging mit Carlos in den nahe gelegenen Wald. Sie musste in Ruhe nachdenken, und das konnte sie gut bei ihren Spaziergängen mit dem gutmütigen Carlos, der ungestört an allem schnüffeln durfte, was er am Wegesrand interessant fand.

Hatte diese Beziehung mit Daniel wirklich Sinn? Sie könnte ihn niemals zu einer Familienfeier mitnehmen, wie sollte das Zusammentreffen mit Nora gehen? Ihr waren die Zusammenkünfte sehr wichtig, sie hing an ihrer Familie, sie war ein wesentlicher Bestandteil ihres Lebens.

Sie fühlte sich mies, wenn sie Helenes Fragen nach ihrem Freund ausweichend beantwortete. Nur mit ihrer Freundin Aylin konnte sie sich austauschen und ihr von Zeit zu Zeit das Herz ausschütten. Hatte ihre Tante Nora sich ähnlich gefühlt während ihrer Liaison mit Daniel? Hanna kam sich vor wie eine Heuchlerin, obwohl sie nichts Falsches sagte, aber alle Nachfragen nach Daniel abwimmelte. Wie sollte das weitergehen?

Der Regen wurde stärker, und Wind war aufgekommen. Er warf Blätter und kleine Äste auf den Weg vor Hanna. *Wie passend!*, dachte sie. *Erst das schöne Wetter während der Tauffeier, und jetzt der Sturm. Harmoniert bestens mit meiner Stimmung.*

Sie hatte sich für den Abend mit Daniel in seiner Wohnung verabredet und erzählte von der Taufe und der Familienfeier. Daniel reagierte abwesend und ging nicht auf ihre Erzählung ein. Stattdessen berichtete er aufgeregt von einer Ausstellung, die ein bekannter Veranstalter ihm in Aussicht gestellt hatte.

»Dem gefallen meine Skulpturen total gut«, erzählte er strahlend. »Es wird eine Ausstellung mit meinen Werken und denen eines anderen Bildhauers sein, der komplett andere Arbeiten anfertigt. Daher konkurrieren wir nicht, sondern ergänzen uns. Das wird super-interessant für die Besucher werden und eine tolle Gelegenheit für mich. Da kommen einige Kunstliebhaber und sicher auch die Presse.«

»Ist ja schön für dich«, antwortete Hanna. »Dann nehme ich meine ganze Familie zu dieser Ausstellung mit, damit die alle dich endlich kennenlernen.«

Das hatte gesessen. Daniel wurde blass, das strahlende Lächeln war wie weggewischt. Er tat Hanna fast leid, und sie bedauerte, dass sie mit dieser Bemerkung ihren gemeinsamen Abend ruiniert hatte.

»Was soll das?«, fragte Daniel mit finsterem Gesicht. Hanna hatte ihn selten so gesehen, die Brauen zusammengezogen, wütende Augen blitzten sie an. *Er sieht aus wie ein leidenschaftlicher Wikinger, der sich gleich mit Axt und Schwert in den Kampf stürzt*, dachte sie.

»Das soll heißen, dass wir nicht zusammenpassen«, antwortete Hanna und genoss den Schrecken, der sich auf Daniels Gesicht abzeichnete.

»Ich habe meine Familie, die ist mir total wichtig, und du kannst und willst meine Familie nicht treffen«, erläuterte sie. »Das geht auf Dauer nicht gut.«

»Willst du dich trennen?« Daniels Stimme klang heiser.

»Ich weiß es wirklich nicht«, antwortete Hanna mit müder Stimme.

»Ich liebe dich«, sagte Daniel und nahm ihr Gesicht zwischen seine Hände. »Ich liebe dich über alles und kann ohne dich nicht sein. Du bist meine Muse, meine Inspiration, mein Glück. Du darfst mich nicht verlassen! Das überlebe ich nicht!«

Hanna sah Daniel verblüfft an. »Das klingt ja ziemlich theatralisch«, sagte sie und schob seine Hände zur Seite. Sie mochte diesen Griff um ihr Gesicht nicht. Aber seine Worte rührten sie, so klar hatte er ihr noch nie gesagt, wie viel sie ihm bedeutete. Er sah sie flehend an, in seinen Augen standen Tränen. Selbst jetzt, wo er so jämmerlich redete, sah er umwerfend aus. *Warum nur war er so attraktiv? Was genau empfand sie eigentlich für ihn?* Liebe? Das war ein großes Wort. Es war sicher mehr als Verliebtheit. Er war der erste Mann in ihrem Leben, bei dem sie Herzklopfen bekam, wenn sie nur an ihn dachte. Der häufig ihr ganzes Denken beherrschte. Wären da nur nicht die anderen Probleme gewesen.

»Gehört zu einer Liebe nicht auch, dass man sich ein gemeinsames Leben vorstellt? Die Zukunft plant? Am Leben des anderen teilnimmt?«, fragte sie und sah Daniel durchdringend an.

Daniel lächelte milde. »Du möchtest gerne planen, dein Leben, unser Zusammensein, Urlaube, Familienfeiern. Ich lebe in den Tag hinein. In der Vergangenheit sind all meine Zukunftsträume geplatzt, darum hab ich mir das Planen abgewöhnt.« Er legte den Finger unter ihr Kinn. »Ich weiß nur, dass ich mit dir zusammen sein will. Dass ich dich ganz bestimmt nicht verlieren will. Sag mir, was ich ändern soll und kann, und ich werde es probieren.«

»Aber das, was mir wichtig ist, funktioniert nun mal nicht«, seufzte Hanna und warf sich in seine Arme. »Wie soll ein Treffen zwischen dir und meiner Familie inklusive Nora klappen? Es ist schlichtweg unmöglich!«

»Warte doch einfach ab«, flüsterte Daniel und streichelte sie. Hanna wandte ihm ihr Gesicht zu und küsste ihn leidenschaftlich. Daniel erwiderte ihre Küsse, seine Hände wanderten ihren Körper hinunter, dann stand er auf, hob sie hoch und trug sie ins Schlafzimmer.

Und dann geschah das Unbegreifliche.

Kapitel 23

»Melina ist verschwunden!«

Helenes Schreckensruf schallte durch das Haus. Es war Anfang September, ein Mittwoch, Melina war fast zwei Monate alt. Das Leben mit ihr hatte sich gut eingespielt, erzählte Helene immer wieder, die regelmäßig mit ihrer Schwester telefonierte und die neuesten Baby-Ereignisse austauschte. Mit Juliette, dem französischen Au-pair-Mädchen, Timos Eltern und Schwester funktionierte die Betreuung des Babys ziemlich gut. Hanna hatte ebenfalls ein paar Mal das Baby hüten dürfen und war völlig verliebt in ihre süße kleine Nichte.

Hanna hatte am 1. September mit ihrem Studium begonnen, Physiotherapie in Köln, und saß in ihrem Zimmer und lernte. Sie hatte mit Mark vereinbart, dass sie bis Ende September in Teilzeit als Sanitäterin aushelfen würde, da ihr Nachfolger erst im Oktober beginnen konnte. Den Dienstplan hatten sie entsprechend gemeinsam aufgestellt, an diesem Mittwoch war sie nicht für die Rettungswache eingeteilt. Im Oktober wollte sie entscheiden, wie stark das Studium sie beanspruchte, und ob sie auch während des Semesters in der Rettungswache arbeiten konnte.

Ihr Bruder Elias arbeitete ebenfalls für die Uni, Sandro korrigierte in seinem Arbeitszimmer Schularbeiten. Alle drei wurden durch Helenes Ruf alarmiert und rannten die Treppe hinunter ins Wohnzimmer. Sie sahen Helene, die ihr Handy in der Hand hatte und den Arm sinken ließ, das Handy fiel zu Boden.

»Was ist los?«, fragte Hanna entsetzt. Ihre Mutter war leichenblass geworden. Elias rannte zu ihr und führte sie vorsichtig zu einem Sessel. Schwer ließ Helene sich darauf plumpsen.

»Melina ist verschwunden«, wiederholte sie mit dünner Stimme. »Nora hat mich angerufen. Juliette war mit dem Baby in einem Park, hat einem kleinen Jungen geholfen, der sich verletzt hatte, und dann war Melina plötzlich weg. Jemand muss sie aus dem Kinderwagen genommen haben.«

Sie verbarg das Gesicht in den Händen.

»Wir müssen sie suchen!«, rief Hanna. »Wir fahren zu ihnen und suchen die Umgebung ab.«

»Gute Idee«, sagte Elias. »Ich muss noch mein Referat abspeichern, dann fahre ich zu ihnen. Am besten teilen wir uns auf, ich nehme mein Auto, Mama und Sandro, ihr fahrt separat. Hanna – willst du mit mir mitkommen oder mit dem Fahrrad fahren?«

»Fahrrad ist eine gute Idee«, antwortete Hanna nach kurzem Überlegen. »Damit komme ich im Park rum. Am besten fahren wir zuerst zu Nora.«

Sie rannte in den Flur und zog ihre Turnschuhe an, Sandro und Helene taten es ihr nach und gingen zum Auto.

Elias und Hanna kamen kurz nach ihrer Mutter zu Noras Haus, fragten Nora, ob es etwas Neues gäbe, und machten sich sogleich auf die Suche.

»Melina trägt ein rotes Strampelhöschen mit weißen Sternen und ein weißes Kapuzenjäckchen«, rief Nora ihnen nach. Elias fuhr in seinem alten Ford Fiesta, Hanna stieg wieder auf ihr Fahrrad. »Ich komme mit«, rief Juliette, die völlig verweint aussah, und rannte zur Garage.

»Moment«, rief eine Polizistin, die auf einmal in der Haustür auftauchte. »Wir brauchen Sie hier. Sie müssen gleich dem Hundeführer beschreiben, wo das Baby verschwunden ist.«

Juliette brach in Tränen aus und flüchtete sich schluchzend ins Haus.

Hanna radelte los, zum Park. Sie durchquerte ihn mehrfach, sehr langsam, und musterte scharf alle Personen, die durch den Park bummelten oder auf einer der Bänke saßen. Einige hatten es sich auf Picknickdecken gemütlich gemacht, andere standen am Teich und sahen den Enten zu. *Benahm sich jemand auffällig? Sah sich jemand verstohlen um? Wurde ein Baby verdeckt?* Das rote Strampelhöschen war kaum zu übersehen, Hanna hatte es der Kleinen noch vor wenigen Tagen selber angezogen. Es war so friedlich im Park, einige Vögel zwitscherten, Lachen ertönte, auf den Picknickdecken waren Getränke und Sandwiches angerichtet, mehrere Kinder spielten johlend Fußball. Wie konnte in solch einer friedlichen Umgebung ein Baby verschwinden? Hanna war versucht, das Baby beim Namen zu rufen, aber die Kleine würde kaum auf ihre Rufe reagieren.

Ein Junge kam ihr langsam auf einem Mountainbike entgegen. Er suchte genau wie sie die Umgebung ab. »Dominik!«, rief sie. Ihr dreizehnjähriger Cousin hielt an und stieg vom Fahrrad. »Hast du schon was gefunden?«, fragte er mit hoffnungsvollem Blick.

»Nein, gar nichts«, antwortete Hanna. »Keine Spur von deiner kleinen Nichte.«

Liebevoll musterte sie ihn. Dominik, Timos Bruder, war ebenfalls ungeplant gewesen, wie Timos Kind. Nora und Niklas hatten ihre Familienplanung nach Sarah und Timo für beendet erklärt. Und dann hatte Noras Spirale versagt, und acht Jahre nach Timo kam Dominik zur Welt. Eine Abtreibung war weder für Nora noch für Niklas in Frage gekommen, auch wenn sie nicht prinzipiell gegen Abtreibungen waren. Nora hatte damals gesagt, dass sie ihr Familien- und Berufsleben mit den beiden größeren Kindern gut organisiert hatten, da würden sie mit einem weiteren Kind ebenfalls klarkommen. Hanna konnte sich gut erinnern, wie begeistert damals Sarah und Timo über ihr kleines Brüderchen waren. Und sie ebenfalls und natürlich die übrige Großfamilie. Als Dominik auf der Welt war, hatte er mit seinem sonnigen Wesen und seinem strahlenden Lächeln alle Herzen im Sturm erobert.

Bis vor wenigen Monaten hatte sie ihrem Cousin gern durch die dunklen Locken gewuschelt, aber jetzt war er einen halben Kopf größer als sie. Sie legte ihm die Hand auf die Schulter. »Wir werden sie finden«, sagte sie und hoffte, dass sie sich optimistischer anhörte, als sie sich fühlte. »Wir oder die Polizei. Ganz bestimmt.«

Dominik schluckte. »Hoffentlich«, sagte er mit leiser Stimme. »Ich fahr mal weiter, irgendwo muss sie ja stecken. Ein paar Freunde von mir sind auch dabei.«

Hanna hob anerkennend den Daumen hoch, dann schwang sie sich auf ihr Fahrrad und fuhr langsam vorwärts.

Nach einiger Zeit sah sie mehrere Polizisten, die durch den Park streiften und die Passanten befragten. Sie überlegte, dass es für sie vermutlich nicht viel Sinn machte, weiterzusuchen, die Polizisten hatten ganz andere Möglichkeiten.

Sie drehte um und fuhr zurück zu Noras Haus, stellte ihr Fahrrad ab und ging zur Haustür. Nora öffnete die Tür, bevor Hanna klingeln konnte.

»Ich kann sie nicht finden«, erklärte Hanna. »Aber jetzt sind jede Menge Polizisten unterwegs.«

Nora nahm ihre Nichte in die Arme. »Es ist ein furchtbarer Albtraum«, sagte sie mit rauer Stimme. »Willst du kurz hereinkommen? Deine Mutter und Sandro sind auch schon zurück.«

Hanna ging ins Wohnzimmer, wo Helene und Sandro auf der Couch saßen.

»Ich hab grad angefangen, zu erzählen, was passiert ist«, erklärte Nora. Hanna vermutete, dass es ihrer Tante half, über das Ereignis zu reden. War sicher besser, als zu grübeln.

»Juliette war mit Melina im Park.« Nora wartete nicht auf die Bestätigung. »Da ist ein kleiner Junge vom Baum gefallen und hat heftig geweint. Juliette ist zu ihm hin, natürlich mit dem Kinderwagen, und hat dem Jungen geholfen, seine Mutter war völlig hysterisch. Sie hat das Kind getröstet und ein Pflaster auf den Kopf geklebt. Dann hat sie seiner Mutter gesagt, dass sie jemanden anrufen soll, der sie abholen kann und mit ihr und dem Kind ins Krankenhaus fährt. Juliette wollte ihr Handy nehmen und hat gesehen, dass der Kinderwagen leer war.« Nora ließ den Kopf auf die Hände sinken.

»Sie ist nach Hause gerannt. Ich hab dann Timo angerufen und die Polizei. Zwei Polizisten haben unser Haus durchsucht, fragt mich nicht, was sie zu finden hofften. Einer von den beiden ist mit Timo zu Michelle gefahren, der Mutter des Kindes. Möglicherweise hat sie es sich anders überlegt und will ihr Kind zurück. Obwohl sie die ganze Zeit nichts von sich hat hören lassen! Tja, es war aber niemand bei Michelle im Haus. Timo hat erzählt, dass die Polizisten bei den Nachbarn geklingelt und rumgefragt haben, eine meinte, das Ehepaar wäre vor drei Tagen weggefahren. Und sie glaubte, dass Michelle gar nicht mehr da wohnte. Sie hätte sie schon seit Monaten nicht mehr gesehen. Vielleicht ist sie ja weggezogen, damit die Nachbarn ihre Schwangerschaft nicht mitbekommen und Fragen stellen. Oder sie hat sich die ganze Zeit im Haus aufgehalten. Von einem Baby wusste keiner der Nachbarn etwas.«

Nora hielt kurz inne. »Die Polizisten werden jetzt Michelle unter die Lupe nehmen, und checken, ob sie noch an der Uni ist. Sie hat sich nicht umgemeldet, das haben sie natürlich schon überprüft.« Sie seufzte tief auf. »Timo hat noch nicht einmal ein Foto von Michelle, die Polizisten wollten eins haben. Sie werden Michelle wohl bald zur Fahndung ausschreiben, vorläufig als Zeugin.«

Nora fuhr sich mit den Fingern durch die Haare, die sowieso schon wirr in alle Richtungen abstanden. »Warum nur hat Juliette nicht besser auf Melina aufgepasst? Wie konnte sie einem anderen Kind helfen und unser Baby aus den Augen lassen?«

Darauf wusste niemand etwas zu erwidern.

Abends rief Hanna Daniel an und erzählte ihm von der Entführung. Daniel reagierte fassungslos.

»Das kann ich nicht glauben«, stieß er hervor. »Wer tut denn so etwas? Dein Cousin tut mir total leid, und seine Eltern natürlich. Wie gehen die damit um?«

»Sie halten sich irgendwie aufrecht«, antwortete Hanna.

»Willst du zu mir kommen? Oder sollen wir uns irgendwo treffen?«, fragte Daniel mit besorgter Stimme. Hanna hätte ihn küssen können.

»Nein, ich bleibe hier bei meiner Mutter«, lehnte sie zögernd ab. »Da höre ich am schnellsten, was es Neues gibt. Oder ob wir irgendetwas tun können.«

»Ja klar«, antwortete Daniel rasch. »Aber denk dran, ich bin für dich da. Ruf mich an, wenn du etwas brauchst.« Er holte tief Luft.

»Ich hab übrigens tolle Neuigkeiten«, sagte er. »Ich hatte dir doch von dieser Ausstellung erzählt. Die findet in drei Tagen statt, am Samstag, in Frankfurt. Die kam ziemlich kurzfristig zustande. Es sind nur drei von meinen Skulpturen dabei, und Werke von vier weiteren Bildhauern. Aber es ist ein bekannter Agent und er erwartet viele Besucher. Am Samstag ist die Vernissage, morgens um 10 Uhr. Da bist du doch sicher dabei, oder?«

»Äh, das kann ich noch nicht sagen«, antwortete Hanna, die sich ziemlich überfordert fühlte.

»Wie, das kannst du nicht sagen?«, fuhr Daniel sie an. »Das ist DIE Chance für mich. Ohne dich ist die Ausstellung für mich nur halb so viel wert. Du kannst doch sowieso nichts tun, um deine Nichte zu finden. Also kannst du doch bestimmt mit mir übermorgen nach Frankfurt fahren.«

»Ich guck mal«, antwortete Hanna erschöpft. »Ich melde mich. Tschüss.«

Sie hauchte einen Kuss in ihr Handy und legte auf, ohne Daniels Antwort abzuwarten.

Kapitel 24

Melina blieb wie vom Erdboden verschwunden.

Es war Tag eins nach der Entführung. Sandro holte wie immer morgens als Erstes die Zeitung herein. »Seht mal, Niklas hat einen Artikel über die Entführung platziert«, sagte er und hielt die Zeitung hoch. Sein Schwager Niklas arbeitete als Journalist für eine Lokalzeitung. Auf der ersten Seite war in der unteren Hälfte ein Bericht über Melinas Verschwinden abgedruckt.

»Dann kommen nachher bestimmt wieder die Reporter zu Timo«, sagte Hanna. Sie konnte sich gut daran erinnern, wie vor drei Jahren die Journalisten Noras Haus belagert hatten, Timo und Dominik um Interviews angebettelt und Fotos von der Familie gemacht hatten. Selbst mit den Nachbarn hatten sie damals gesprochen und sie nach Informationen über Noras Familie befragt.

»Ich weiß nicht, ob ich heute arbeiten kann«, sagte Hanna und rieb sich die Augen. Sie stand auf dem Dienstplan der Rettungswache für diesen Donnerstag und den folgenden Freitag. »Ich hab kaum geschlafen und Albträume gehabt, was alles mit Melina passiert sein könnte.«

»Ich glaube nicht, dass wir heute etwas tun können«, antwortete Helene mit müder Stimme. »Ich mache heute Homeoffice und fahre nachher bei Nora vorbei, aber wenn es etwas Neues gäbe oder wir etwas tun könnten, hätte sie sich schon lang gemeldet. Am besten ist es, wenn wir wie immer zur Arbeit gehen, und das Handy in Reichweite halten. Okay?«

Zögernd stimmte Hanna zu. Ihre Mutter hatte sicher recht, aber es fühlte sich trotzdem falsch an, ganz normal zur Rettungswache zu fahren, anstatt nach Melina zu suchen.

Mark sah ihr sofort an, dass etwas nicht stimmte. »Was ist los?«, fragte er. »Ist was passiert? Jemand krank? Irgendwas mit Daniel?«

Hanna schüttelte den Kopf. »Viel schlimmer«, antwortete sie und musste einen Schluchzer unterdrücken. »Meine kleine Nichte ist verschwunden. Du erinnerst dich, Melina, das Baby von meinem Cousin. Sie ist fast zwei Monate alt und gestern in einem Park verschwunden. Jemand hat sie aus dem Kinderwagen genommen, während das Au-pair-Mädchen sich um einen verletzten Jungen gekümmert hat.«

»O nein!« Mark nahm sie in die Arme und streichelte zart über ihren Rücken. »Das tut mir so leid. Wie furchtbar! Habt ihr eine Idee, wer es war? Die Mutter des Kindes?«

»Wir wissen es nicht. Die Polizei ist natürlich dran.« Sie erzählte Mark von den Ereignissen und den Aktivitäten der Polizei und der Familie.

»Willst du lieber wieder nach Hause? Oder zu deinem Cousin?« Mark sah ihr forschend ins Gesicht.

»Nein, danke, das ist lieb von dir«, wehrte Hanna ab. »Ich kann ja momentan sowieso nichts tun. Ich werde aber natürlich heute den ganzen Tag mein Handy in Hörweite halten.«

»Ja klar«, antwortete Mark sofort. »Und wenn was ist oder du nach Hause möchtest, sag Bescheid.«

Hanna lächelte Mark dankbar an. Er war so einfühlsam! Und immer gut gelaunt. Keine Tochter, die sich von ihm losgesagt hatte. Keine Ex-Geliebte aus ihrer Familie. Außerdem war er in ihrem Alter. Warum eigentlich fing sie nichts mit ihm an? Was fand sie bloß an Daniel? Mark hatte sich vor einigen Wochen von seiner langjährigen Freundin getrennt, oder sie von ihm. »Wir haben uns einfach auseinandergelebt«, hatte er Hanna erzählt. »Wir wollen Freunde bleiben, aber das funktioniert wahrscheinlich nicht.«

Sie hatte gemurmelt: »tut mir leid«.

»Kein Problem«, hatte Mark ihre Bemerkung abgetan. »Wir hatten eine schöne Zeit zusammen, und jetzt ist es vorbei.« Er grinste etwas hintergründig. »Jetzt bin ich frei für eine neue Beziehung.«

Meinte er damit sie, Hanna? Aber er wusste doch von Daniel. Seine Abneigung gegen ihren viel älteren Freund ließ er von Zeit zu Zeit unterschwellig einfließen.

Zum Glück war Hanna an diesem Tag gut beschäftigt. Sie führten Krankentransporte durch und hatten kaum Zeit zum Mittagessen. Sie behielt das Handy permanent in ihrer Nähe, in der Hosentasche, in ihrer Hand, auf der Mittelkonsole des Rettungswagens. Immer wieder checkte sie das Display: keine Anrufe, keine Nachrichten. Nachmittags konnte sie sich nicht länger beherrschen und fragte ihre Mutter per Whatsapp, ob es etwas Neues gäbe. Die Antwort kam prompt: nichts, Melina blieb verschwunden. Helene schrieb ihrer Tochter, dass Dominik Zettel gedruckt hatte, mit Melinas Foto und Infos über ihr Verschwinden. Die verteilte er zusammen mit Freunden im Park und in angrenzenden Geschäften. *Gute Idee!,* dachte Hanna und lobte ihren Cousin im Stillen.

Nach Dienstschluss eilte sie sofort nach Hause. Das Haus war leer, Sandro hatte am Vorabend von einer Schulkonferenz gesprochen und war vermutlich in der Schule, Elias in der Uni, und wo Helene war, wusste Hanna nicht. Aber wenn es Neuigkeiten über Melina gäbe, hätte sie es erfahren.

Unschlüssig stand Hanna im Wohnzimmer und überlegte, was sie tun könnte. Noch einmal mit dem Fahrrad herumfahren? Dominik helfen, seine Zettel zu verteilen? Im Park die Besucher befragen?

»Ich bin zurück«, schallte es aus dem Flur. Elias hatte ihr die Entscheidung abgenommen. »Gibt es was Neues von Melina?«

Helene kam kurz nach ihm und informierte ihre Familie über die Ereignisse bei Timo.

»Es gibt nicht viel Neues«, erzählte sie frustriert und knetete ihre Hände. »Die Kommissare wollen wissen, ob es im persönlichen Umfeld von Nora oder Niklas einen möglichen Entführer gibt, jemanden, der sie über ihre Enkelin erpressen will. Oder ob jemand es auf mich abgesehen haben könnte. Ich war kurz bei Nora, und der Kommissar – seinen Namen hab ich vergessen – meinte, der oder die Entführer könnten mich mit Nora verwechselt haben. Sie müssen natürlich alle Möglichkeiten in Betracht ziehen.« Sie seufzte laut auf. »Immerhin haben sie endlich Michelles Vater erreicht. Der behauptet aber, er hätte von seiner Tochter seit Wochen nichts gehört. Er hat der Polizei ein Foto von ihr gegeben, und jetzt ist sie offiziell zur Fahndung ausgeschrieben. Als Zeugin. Niklas wird das Bild morgen in der Zeitung zeigen.« Helene hielt kurz inne und grinste verhalten. »Niklas hat wohl einen Rüffel von der Kripo bekommen, weil er heute den Artikel über die Entführung gebracht hat, ohne das mit der Polizei abzusprechen. Und er hat seine eigene Telefonnummer angegeben. Ist aber bisher nix Belastbares bei rausgekommen.« Sie fuhr sich mit den Händen durch die Haare. Hanna dachte, dass ihre Mutter müde aussah, geradezu alt und krank.

»Tja, und dann kamen schon die Reporter. Niklas hat mit denen geredet, ist ja sein Job. Mehr weiß ich nicht.«

Sie setzten sich zum Abendbrot an den Tisch. Keiner hatte Appetit, aber sie versuchten mühsam, etwas zu essen und ein Gespräch in Gang zu halten.

Als Helenes Handy klingelte, schraken alle auf.

»Es ist Nora«, stieß Helene hervor und nahm den Anruf an. Konzentriert lauschte sie, ihre Familie am Esstisch wagte kaum zu atmen.

»Das hört sich doch vielversprechend an«, sagte sie, beendete das Gespräch und sah ihre Familie an. »Sie haben eine Detektivin engagiert«, erzählte sie. »Michael kennt eine. Sie heißt Lara und fängt wohl sofort mit der Recherche an.«

Elias streckte anerkennend den Daumen hoch. »Endlich mal eine Aktion«, sagte er.

»Ja«, bestätigte seine Mutter. »Und Timo ist eingefallen, dass Michelle mal von einem Wohnmobil erzählt hat. Vielleicht ist sie mit dem Baby weggefahren, möglicherweise mit einem Freund. Zumindest gibt es einen Anhaltspunkt, etwas, wonach die Polizei und die Detektivin suchen können.«

Müde fuhr sie sich mit der Hand über ihre Augen. »Diese Entführung bringt uns alle zurück zu den wesentlichen Dingen«, stellte sie fest. »Der Ärger vom Büro, Knatsch mit den Nachbarn, die unfreundliche Kassiererin vom Supermarkt, das alles spielt keine Rolle. Wichtig ist einzig und allein, dass Melina zu uns zurückkommt.«

Darauf wusste keiner was zu sagen. Sie nickten stumm.

Hanna musste sich bewegen, sie konnte nicht mehr zu Hause herumsitzen und abwarten. »Carlos!« Der Hund kam freudig angelaufen, sie legte ihm seine Leine um und ging in den Wald. Nach wenigen Minuten klingelte ihr Handy. Sie meldete sich und hielt den Atem an.

»Hier ist deine Tante Cordula«, ertönte eine schrille Stimme. »Ihr habt ja schon wieder Probleme! Was macht ihr nur, dass das Unglück euch dauernd heimsucht?«

Hanna seufzte tief auf. Es war ihr gleich, dass die Tante den Seufzer hören konnte. Cordula war die ältere Schwester von Hannas verstorbenem Vater. Das letzte Mal hatte sie vor drei Jahren von ihr gehört, als Nora sich in einem kanadischen Nationalpark verirrt hatte. Cordula hatte sie angerufen und sich darüber ereifert, dass Helene nach Kanada geflogen war, um ihre Schwester zu suchen. Die Vorwürfe von Cordula, dass Helene ihre Kinder alleine lassen würde, schrillten ihr noch in den Ohren, an jedes Wort konnte sie sich erinnern. Und jetzt rief sie wieder an! *Wollte sie Einzelheiten über die Entführung hören? Wollte sie sich an dem Unglück ihrer Schwägerin erfreuen? Helene wieder Vorwürfe machen?*

»Warum rufst du an?«, fragte Hanna in barschem Ton.

Keine Antwort. Hanna schwieg ebenfalls.

»Ich wollte euch meine Hilfe anbieten«, behauptete Cordula schließlich. »Ich bin eure Tante, und wenn da ein Baby entführt wird, äh, da ...« Sie stockte. »Ich wusste ja gar nicht, dass Nora Großmutter geworden ist.« Ihre Stimme klang vorwurfsvoll und – ja, lauernd. Sie wollte offenbar unbedingt mehr wissen, über das Baby und die Details der Entführung.

»Jetzt weißt du es«, antwortete Hanna kurz angebunden. Auf das Hilfsangebot ging sie nicht ein, was hätte Cordula tun können? »Mein Onkel Michael hat eine Detektivin engagiert, der hilft uns.«

»Michael?«, kam es verwundert zurück. »Wer ist dein Onkel Michael?«

O nein! Hanna verwünschte sich für ihre Unbedachtheit. »Michael Burger, der Halbbruder von Mama und Nora. Jetzt weißt du alles. Sonst noch etwas?«

»Das ist ja wohl eine Unverschämtheit!«, keifte Cordula. Ihre Stimme war noch höher geworden. »Du bist genauso undankbar wie deine Mutter! Was ist denn das für ein Halbbruder? Und warum erfahre ich nicht, dass meine Schwägerin auf einmal einen Halbbruder hat? Wo kommt der denn her? Der gehört jetzt zur Familie, und ich, deine Tante, nicht? Unglaublich! Es geschieht euch recht, dass euch schon wieder ein Unglück heimgesucht hat. Ihr habt es nicht anders verdient!«

Hanna stockte der Atem. *Was hatten sie Cordula getan? Warum war die nur so gehässig?* Sie holte Luft, um etwas zu sagen, aber kein Laut kam über ihre Lippen. Sie war zu geschockt.

»Das wird euch leidtun, dass ihr schon wieder meine Hilfe ablehnt«, schrillte die Stimme ihrer Tante durch das Telefon. »Ihr werdet noch von mir hören!« Mit diesen Worten legte sie auf.

Hanna fasste sich unwillkürlich an den Hals. Cordulas Worte waren so voller Hass und Wut erfüllt, dass sie sich bedroht fühlte. Auch ihre Familie schien bedroht. Was war nur mit dieser Frau los? Was hatten sie ihr getan?

Carlos kam zu ihr und leckte ihre Hand. »Merkst du, dass ich Aufmunterung brauche?«, fragte Hanna und streichelte ihn ausgiebig. Dann ging sie weiter.

»Cordula hat angerufen.« Hanna traf ihre Mutter in der Küche und erzählte ihr sofort von dem Anruf.

»Ach du Ärmste«, sagte Helene und nahm ihre Tochter in den Arm. »So ähnlich hat sie reagiert, als ich vor drei Jahren nach Kanada geflogen bin, du kannst dich vielleicht erinnern. Sie hat mir bittere Vorwürfe gemacht, wie ich nach Kanada fliegen kann. Sogar die Presse hatte sie informiert, dass ich meine Kinder ‚allein lassen‘ würde. Allerdings war ihr Telefonanruf bei einem von Niklas' Kollegen gelandet, und der Kollege hat Niklas über den eigenartigen Anruf informiert. Die wollte unbedingt euch armen ‚Halbwaisen‘ helfen.« Helene fuhr mit der Hand durch ihre Haare. »Sie hat mir nie verziehen, dass ich zwei Jahre nach dem Tod von ihrem Bruder mit Sandro zusammengekommen bin. Dabei hatte sie noch nicht einmal ein enges Verhältnis zu Thomas, sie ist ja zehn Jahre älter als er. Ich weiß nicht, ob ich dir mal erzählt habe, dass sie mir Vorwürfe gemacht hat, ich hätte mich nicht genügend um Thomas gekümmert. Sonst hätte ich doch seine Kopfschmerzen ernst genommen und etwas dagegen unternommen.«

Schmerzvoll verzog Helene ihr Gesicht.

»Arme Mama«, sagte Hanna. »Das tut dir immer noch weh.« Helene nickte.

»Hat sie eigentlich keine eigene Familie? Mann, Kinder?«

»Tja, sie ist mittlerweile sechzig Jahre alt. Jahrelang hatte sie ein Verhältnis mit einem verheirateten Mann und hat gehofft und gewartet, dass der seine Ehefrau verließ. Bis er endgültig mit ihr, Cordula, Schluss machte. Danach hat sie uns alle überrascht und einen Kollegen aus ihrer Firma geheiratet. Sie ist Controllerin in einem großen Chemieunternehmen und hat einen Mitarbeiter aus der IT-Abteilung geehelicht. Sie hat mir einmal die ganze Geschichte kurz nach Papas Tod erzählt. Für Kinder war sie zu alt, den Ehemann hat sie häufig mit ihrem früheren Liebhaber verglichen, meist zum Nachteil des Gatten.« Helene grinste.

»Soviel ich weiß, sind sie schon wieder geschieden. Cordula ist einfach eine zutiefst unzufriedene Frau, die sich und anderen Personen das Leben schwer macht. Ich hab ihr damals nach meiner Rückkehr aus Kanada gesagt, dass ich nichts mehr mit ihr zu tun haben will. Daran hat sie sich gehalten. Bis heute.« Sie zog ein finsteres Gesicht, und Hanna musste lachen.

Später telefonierte Hanna mit Daniel und erzählte ihm von den jüngsten Ereignissen. »Du scheinst ja nicht besonders interessiert!«, beschwerte sie sich nach wenigen Minuten. »Meine kleine Nichte ist entführt worden, keiner weiß, wie es ihr geht, und du hörst überhaupt nicht richtig zu!«

»Äh, ich kenn das Baby überhaupt nicht, hab sie noch nie gesehen«, verteidigte Daniel sich.

»Da kann ich ja nix dafür!« Hanna hörte, dass ihre Stimme schrill klang. »Du bist derjenige, der meine Familie nicht treffen will. Alle fragen sie nach dir, und du willst nichts mit ihnen zu tun haben.« Der ganze Frust über die verkorkste Beziehung, die Angst um das Baby – ihre Wut entlud sich auf Daniel.

»Außerdem ist sie nicht deine Nichte, sondern eine Cousine«, fügte Daniel hinzu und brachte Hanna vollends auf die Palme. »Es tut mir natürlich leid, dass das Baby entführt worden ist. Aber so was kommt vor. Und sie taucht bestimmt bald wieder auf, du wirst sehen. Ach, und du denkst doch noch an die Ausstellung? Morgen Nachmittag fahren wir nach Frankfurt, die Skulpturen hab ich schon hingeschickt. Telly hat mir mit den Skulpturen geholfen. Ich muss dann morgen prüfen, ob der Veranstalter die richtig platziert hat, die Lichtverhältnisse und die Raumaufteilung checken. Telly wollte eigentlich mitkommen, aber der ist aus irgendwelchen Gründen verhindert. Der Check bei der Ausstellung wird bestimmt interessant für dich. Äh – bist du noch dran?«

»Ich hab momentan andere Sorgen als deine Ausstellung«, gab Hanna kurz angebunden zurück.

»Wie? Kommst du etwa nicht mit? Was willst du denn für das Baby tun, außer herumsitzen und warten?«

»Du kannst mich mal!«, giftete Hanna und legte auf.

Kapitel 25

Den folgenden Tag verbrachte Hanna überwiegend damit, ihr Handy anzustarren.

Sandro hatte morgens die Zeitung hereingeholt und entfaltete sie am Frühstückstisch. »Hier ist ein Bild von Michelle«, sagte er und reichte die erste Seite herum. Im unteren Teil war Niklas' Artikel, mit dem Aufruf um Informationen, wer das Baby gesehen haben könnte. Der Artikel zeigte ein Foto von Michelle, die – ohne weitere Erläuterung – als Zeugin gesucht wurde.

»Hübsch ist sie«, stellte Hanna fest. »Apart. Diese ausdrucksvollen Augen, das ovale schmale Gesicht. Dazu die schwarzen Locken, oder ist es Krause? Kein Wunder, dass Melina hinreißend aussieht.«

»Ihr Wesen ist wohl weniger hübsch«, antwortete Elias trocken.

In der Rettungswache angekommen checkte Hanna als Erstes ihr Handy. Nichts. Sie wartete. Hanna wartete auf einen Anruf oder eine Nachricht. Wartete auf Neuigkeiten über Melina von ihrer Mutter, Erfolgsnachrichten von der Detektivin oder der Polizei. Und sie wartete darauf, dass Daniel sich meldete. Aber – nichts. Kein Anruf, keine Nachricht. Nach kurzer Zeit kontrollierte Hanna wieder ihr Handy. Immer noch nichts.

»Kannst du mich bitte mal anrufen?«, fragte sie Mark. Der sah sie überrascht an, tippte aber sofort auf seinem Handy herum. Ihr eigenes Handy klingelte und sie sah Marks freundliches Gesicht.

»Du bist ein Schatz«, flötete sie und fragte sich wieder einmal, warum sie eigentlich an dieser verkorksten Beziehung mit Daniel festhing.

Mark ging zu ihr und nahm sie in die Arme. »Das wird schon wieder«, sagte er und drückte sie an sich. »Du hast doch von der Detektivin erzählt – die findet euer Baby. Ganz bestimmt. Du musst nur fest dran glauben.«

»Es ist einfach nur ein furchtbarer Albtraum«, erklärte Hanna mit dünner Stimme. »Ich denke die ganze Zeit, ich muss doch gleich aufwachen, liege in meinem Bett und nix ist passiert. Aber es ist kein Albtraum. Wir erleben das tatsächlich.«

Daniel rief an. Hanna sah sein lächelndes Gesicht im Display des Handys, murmelte »Moment« und ging in den Nebenraum, der leer war.

»Ich fahre jetzt los«, sagte er in vorwurfsvollem Ton. »Kommst du mit? Dann hole ich dich ab.«

Hanna hatte völlig vergessen, dass Daniel am Freitagnachmittag nach Frankfurt fahren wollte. Sie hatte überhaupt nicht mehr an ihn oder seine wichtige Vernissage gedacht.

»Nein, ich kann nicht«, antwortete sie sofort. »Ich hab jetzt wirklich keinen Sinn für deine Ausstellung. Du musst ohne mich fahren. Ich drücke dir die Daumen, dass alles gut klappt.«

Daniel legte wortlos auf.

Es gab keine Neuigkeiten. Hanna machte pünktlich Feierabend und fand zu Hause ihre Mutter im Wohnzimmer, die an ihrem Laptop saß. »Gibt es was Neues?«, fragte Hanna.

Helene schüttelte mit frustriertem Gesicht den Kopf.

»Nora hat erzählt, dass Timo bei Michelles Mutter war. Er hat versucht, sie zur Mitarbeit zu bewegen. Immerhin hat sie ihn angehört. Ach ja, und Timo war wieder auf dem Kommissariat. Da gibt es wohl eine alte Geschichte mit Juliette. In ihrer Heimatstadt Nantes ist vor einem Jahr schon mal ein Baby verschwunden. Das ist nach ein paar Tagen unversehrt wieder aufgetaucht. Trotzdem irgendwie eigenartig.«

»Hat Juliette etwa Melina entführt? Oder ein Freund von ihr?« Hanna stockte. »Nein, ganz bestimmt nicht. Das kann ich mir nicht vorstellen.«

Sie diskutierten, was passiert sein könnte, und bemühten sich nach Kräften, nicht an die schlimmstmöglichen Szenarien zu denken. Wo war Melina? Was war geschehen? Was konnten sie nur tun, um sie zu finden?

»Es ist ein Albtraum«, fasste Helene ihre Stimmung zusammen.

Kapitel 26

Der folgende Vormittag – Tag drei nach Melinas Verschwinden – verlief ähnlich. Hanna war froh, dass sie an diesem Samstag ebenfalls in der Rettungswache Dienst hatte, und dass es einiges zu tun gab. Ein Verkehrsunfall mit zwei Leichtverletzten hatte sich ereignet, und eine alte Frau war auf der Straße zusammengebrochen.

»Wir haben eine Spur!« Hannas Bruder Elias rief sie am frühen Nachmittag an, seine Stimme hörte sich aufgeregt an.

»Timo und ich waren mit der Detektivin in einer Wohnung, in der jemand vermutlich Melina versorgt hatte, wir haben eine Windel von ihr gefunden. Dummerweise waren die ausgeflogen, aber Lara hat keine Zweifel, dass der Typ, der die Wohnung gemietet hat, mit Michelle und Melina unterwegs ist.« Elias holte tief Luft. »Und Nora hat angeblich das Baby gehört, in einem Wohnmobil. Sie war mit dem Fahrrad unterwegs und hat Melina gehört. Du kennst sie ja, sie behauptet, dass sie ganz sicher ist. Dann haben wir alle Fotos durchgesehen, die Lara und ich in der Wohnung von diesem Entführer, Moritz irgendwas, gemacht haben. Wir glauben, dass die drei zur Nordsee gefahren sind. Nora hat beschlossen, dass wir ebenfalls an die Nordsee fahren und die Campingplätze abklappern. Bist du dabei?«

»Hä? Was? Kannst du das noch mal der Reihe nach erzählen?« Hanna spürte die Aufregung in ihr hochkriechen. *War es das endlich? Hatten sie eine Spur von Melina gefunden?*

»Ich erklär dir das gerne später. Wir fahren jetzt jedenfalls an die Nordsee, klappern die Campingplätze ab und suchen Melina. Kommst du mit? Du müsstest für drei Tage oder so Klamotten mitnehmen.«

»Klar«, antwortete Hanna und holte ihre Jacke.

»Ich muss los, meine Nichte suchen«, erklärte sie Mark, der sie verwundert ansah. »Mein Bruder, oder die Detektivin, so genau hab ich das nicht verstanden, jedenfalls haben die eine Spur gefunden. Die Spur führt zur Nordsee, zu einem Campingplatz. Und wir, also die Familie und die Detektivin, wir fahren jetzt Richtung Norden und klappern die Campingplätze nach einem Wohnmobil ab, in dem meine Tante das Baby gehört hat. Kann ich ausnahmsweise früher weg? Es ist ja wenig los.«

Mark starrte sie mit offenem Mund an. »Das muss ich jetzt nicht verstehen, oder?«

»Nein.« Hanna ging zu ihm und hauchte einen Kuss auf seine Wange. »Danke für dein Verständnis! Drück mir die Daumen, dass wir sie finden. Ich melde mich von unterwegs.«

Und schon war sie draußen und eilte mit dem Rad nach Hause. Kurz vor ihrer Straße wäre sie beinah überfahren worden, weil sie ohne Handzeichen nach links abbog.

»Häss du se noch all?«, fluchte der Fahrer im roten Taunus Kombi, der knapp vor ihr zum Stehen kam.

Hanna ignorierte ihn und raste weiter, versuchte aber, vorsichtiger zu sein. Es nutzte keinem, wenn sie jetzt einen Unfall erlitt. Unterwegs klingelte ihr Handy, vermutlich jemand aus der Familie.

»Hast du es schon gehört?«, empfing ihre Mutter sie, kaum dass sie die Haustür aufgeschlossen hatte. Ihre Wangen waren gerötet, die Bewegungen fahrig.

»Ja, Elias hat mich angerufen«, bestätigte Hanna. »Ich pack schnell ein paar Sachen zusammen, dann können wir losfahren.«

Elias stürmte ebenfalls zur Tür herein. »Seid ihr zwei dabei?«, fragte er. »Dann fahrt ihr am besten zusammen. Hast du mit Sandro gesprochen?«

»Ja«, knurrte Helenes Mann aus dem Wohnzimmer, wo er in einem Sessel saß und eine Zeitschrift durchblätterte. »Deine Mutter hat mich überzeugt, dass ich die nächsten Tage mit dem Fahrrad zur Schule fahre. Du kannst mein Auto haben. Aber fahr vorsichtig und hinterlass bloß keinen Müll!«

Elias grinste Helene an, dann rannte er die Treppe hinauf. Kurz danach fuhr er mit Sandros Fiat los, dem Auto, das Sandro normalerweise nicht verlieh.

»Pass gut auf Carlos auf«, rief Helene ihrem Mann zu und warf ihm eine Kusshand rüber. Carlos hob kurz den Kopf, als er seinen Namen hörte, dann döste er weiter. Beide Frauen nahmen ihre Reisetaschen, stiegen in Helenes Kombi und fuhren los.

Sie legten einen kurzen Stopp beim Friedhof ein. »Wir bitten Oma Irene und deinen Papa um Hilfe«, hatte Helene ihrer Tochter vorgeschlagen. Diesmal hatten sie wenig Zeit für ihre Verstorbenen. Helene und Hanna gingen schnellen Schrittes zum Familiengrab und hielten wenige Minuten inne.

Mia, ich hoffe, du bekommst nicht Gesellschaft von einem anderen Kind aus unserer Familie! Hier hast du eine Puppe. Hanna dachte wehmütig an ihre kleine Schwester und platzierte eine hübsch bemalte kleine Puppe, die sie vor kurzem getöpfert hatte, in die Mitte des Grabes.

Sie atmeten tief durch und sahen sich an, dann eilten sie zum Ausgang zurück und fuhren zu Noras Haus.

Die Familie war vollzählig in Noras Wohnzimmer versammelt und besprach die nächsten Schritte.

Hanna musterte neugierig die Detektivin, die Nora kurz vorgestellt hatte. Lara saß breitbeinig auf einem Stuhl, die Rückenlehne nach vorne, und stützte sich mit den Armen auf. Sie war Anfang vierzig, groß, das konnte Hanna trotz der Sitzhaltung erkennen, muskulös und hübsch mit roten halblangen Haaren, Sommersprossen und grünen Augen. Ihr kantiges Gesicht strahlte Entschlossenheit aus, sie trug Jeans und ein graues T-Shirt. Kein Lodenmantel, dachte Hanna leicht belustigt.

»Warum nehmt ihr Carlos nicht mit?«, fragte Dominik, der zu seinem Leidwesen nicht mitfahren durfte. »Ihr könnt ihn doch an einem Strampelhöschen oder so schnuppern lassen, dann führt er euch zu Melina.«

»Carlos fährt nicht gerne Auto«, erklärte Hanna. »Der jault die ganze Zeit, das brauche ich nicht. Und Melina ist ja vermutlich im Auto oder Wohnmobil, da kann er sie nicht riechen. Schade eigentlich.«

Es klingelte an der Haustür und Nora lief schnell hin. Sie ließ eine wutschnaubende Karin ein.

»Ich wollte ja mitkommen zur Nordsee, aber Reto will sich nicht an der Suche beteiligen«, stieß ihre Mutter mit puterrotem Gesicht hervor. »Er meinte, es wär Blödsinn, so weit zu fahren, wir würden die Kleine sowieso nicht finden, das wäre Aufgabe der Polizei. Und allein macht es keinen Sinn für mich, wie soll ich fahren und gleichzeitig die Liste der Campingplätze studieren?« Sie blies die Backen auf. »Kein Wort red ich mit Reto, mindestens drei Wochen lang.«

Nora verkniff sich jeden Kommentar zu Reto. »Du kannst Niklas unterstützen«, schlug sie vor. »Der bleibt ebenfalls zu Hause, und ihr bildet das Kommunikationszentrum. Niklas soll sich außerdem um eine Übernachtungsmöglichkeit kümmern. Und er muss natürlich weiterhin den Journalisten zur Verfügung stehen, die rufen immer noch häufig an und stehen sogar ab und zu vor der Tür.«

Karin brummte unwillig und ging mit energischem Schritt ins Wohnzimmer.

»Kommt Juliette auch mit?«, fragte Hanna. Das junge Mädchen tat ihr leid, sie hatte ihren Schützling verloren. Und die Geschichte, dass Juliette in die Entführung eines Babys in Nantes verwickelt war, glaubte sie keine Minute.

»Nein«, antwortete Nora. »Sie ist dazu nicht in der Lage, sie ist völlig mit den Nerven runter. Ich hab kurz mit ihr gesprochen. Sie soll für Niklas, Dominik und Karin kochen, das kann sie.«

»Dann lasst uns mal die Route und die Vorgehensweise besprechen«, schlug Timo vor.

»Fast wie vor drei Jahren«, sagte Elias. Damals war er mit seiner Mutter und Sarah nach Kanada geflogen, um Nora zu suchen. Und jetzt fuhr er mit Sarah an die Nordsee, um ihre Nichte zu suchen. »Wir finden sie, ganz bestimmt!«, sagte Sarah und Hanna dachte, dass sie vermutlich nicht so optimistisch war, wie sie klang.

Gemeinsam und mit Hilfe von Google Maps fertigten sie Listen von Campingplätzen an, die in der Nähe der Nordsee lagen.

»Hier sind Fotos von Moritz und Michelle«, sagte Timo und verteilte vier Kopien von jedem. »Die haben wir in seiner Wohnung entdeckt.«

Hanna betrachtete aufmerksam Moritz' Foto. Es zeigte einen jungen Mann in Badehose und T-Shirt, mit einer Baseballkappe auf dem Kopf. Das Gesicht lag im Schatten und das Foto war unscharf. *Damit kann man nicht unbedingt eine Suche starten,* dachte sie. *Und an wen erinnerte der Mann sie?* Sie kam nicht darauf.

Karin schlug eine glaubhafte Geschichte, warum sie Moritz und Michelle suchten, vor: »Michelles Vater hatte einen schweren Unfall und die Familie kann sie nicht erreichen. Das hat den Vorteil, dass die Leute sich sofort erschrecken und Mitleid haben. Die denken dann nicht genauer nach«, fügte sie hinzu.

»Und warum kann Michelle nicht erreicht werden?«, fragte Sarah nach.

»Keine Ahnung«, antwortete Karin mit einem Schulterzucken. »Das ist ja zusätzlich beunruhigend, man kann sie nicht erreichen. Ihr seid zufällig in der Gegend und wollt der Familie helfen, Michelle von dem Unfall ihres Vaters zu berichten.«

Daumen hoch von mehreren Seiten.

Lara briefte die Gruppe mit ihrer angenehmen, etwas rauchigen Stimme. »Lasst euch Zeit, wenn ihr mit den Betreibern – oder wer immer an der Rezeption sitzt – redet«, schärfte sie ihnen ein. »Aus meiner Erfahrung kann ich euch mitteilen, dass die erste Reaktion von Leuten, wenn man nach jemandem fragt, immer dieselbe ist: Sie haben niemanden gesehen. Immer. Solche Fragen sind lästig, bringen nichts, halten den Betrieb auf. Lasst euch keinesfalls sofort abwimmeln. Fragt nochmal nach, zeigt die Fotos ein weiteres Mal, fragt, was für Leute auf dem Campingplatz sind: Junge oder Alte, Familien mit Kindern, mit Babys, mit Hunden. Ob es eher Wohnwagen, Wohnmobile oder Zelte sind. Dauerstellplätze – das gibt es ja oft, dass ein Wohnmobil oder Wohnwagen permanent abgestellt wird. Meist mit einem Vorgärtchen. Ob die Besucher überwiegend Stammkunden sind, das gibt es auf den kleinen Campingplätzen häufig. Das ist dann oft so eine verschworene Gemeinschaft. Ich hoffe, dass Moritz nicht zu einer solchen Gemeinschaft gehört. Versucht, ein bisschen mit den Leuten zu plaudern, möglichst locker.

Redet über das Wetter, oder was man so in der Gegend unternehmen kann. Lasst euch Zeit!«

Dann ging es endlich los, das ‚SWAT-Team‘ – so hatte Dominik es genannt – startete zur Nordsee. Timo und Nora führten die Gruppe mit dem kobaltblauen SUV von Niklas an, Helene und ihre Tochter Hanna folgten mit Helenes Kombi, Elias und Sarah mit Sandros Fiat.

Lara würde etwas später Richtung Nordsee starten, sie erklärte, dass sie noch auf ihre Freundin Katja warten musste, die als Fliesenlegerin tätig war und nicht früher wegkonnte. Katja sollte Laras Kinder betreuen. Lara fuhr mit ihrem alten VW Golf, und Hanna hoffte nach einem Blick auf den Wagen, dass die Karre bis zur Nordsee durchhielt.

Am frühen Abend erreichte der Suchtrupp die Nordsee und jede Gruppe steuerte die ersten der ihr zugeteilten Campingplätze an.

Sie starteten mit großem Elan. In der Whatsapp-Gruppe, die sie für ihren Suchtrupp eingerichtet hatten, tauschten sie sich über ihre ersten Erfahrungen aus.

»Das dauert alles viel länger, als ich dachte!«, beschwerte Hanna sich. »Man muss denen jedes Wort aus der Nase herausziehen.« Ein frustriertes Emoji war angehängt.

»Gut, dass Lara uns vorgewarnt hatte«, fügte Elias hinzu. »Die sind misstrauisch und wollen erst mal gar nichts sagen. Und manche gucken uns an, als wären wir Verbrecher.« Sein Emoji hatte einen roten Kopf.

»Wir haben einen ziemlich netten Menschen an der Rezeption getroffen«, schrieb Nora. »Der hat uns allerdings seine ganze Lebensgeschichte erzählt. War schwierig, ihn wieder auf unsere Fragen zurückzubringen.« Sie hängte ein Zwinker-Emoji an.

Kapitel 27

Sie hatten keine Spur von Michelle oder Moritz entdeckt. Gegen 21 Uhr verabredeten sie, zu dem Hotel zu fahren, das Niklas gebucht hatte. Er hatte ein Landhotel gefunden, das über freie Zimmer für die ganze Gruppe verfügte. Sie checkten ein, machten sich kurz frisch und trafen sich im Restaurant des Hotels. Hanna sah sich um. Es war ein typischer Landgasthof, kleine Sprossenfenster ließen wenig Licht hinein, die Wände waren holzgetäfelt, meerestypische Gegenstände waren dekorativ aufgehängt: ein Anker, ein Fischernetz, einige Seesterne und Muscheln. Die Sitzpolster der Stühle waren etwas verschlissen, die Tischplatten wiesen zahllose Kratzer auf. Etwa die Hälfte der Tische waren hübsch eingedeckt, mit Fischbesteck und meerblauen Servietten. Die Speisekarte enthielt viele Fisch- und Krabbengerichte, außerdem einige wenige ‚internationale' Speisen wie Schnitzel und Burger.

Alle waren enttäuscht und mutlos.

»Gut, dass du uns vorgewarnt hattest«, sagte Sarah und nickte Lara zu. »Die erste Reaktion bei den Campingplätzen ist tatsächlich immer: ‚Nein, die sind nicht hier'. Noch bevor sie die Fotos angesehen haben. Und wenn man sie dann in ein Gespräch verwickelt, gucken sie wenigstens hin, überlegen mal. Oder fragen einen Kollegen. Man darf sich echt nicht gleich abspeisen lassen.«

Lara grinste nur wissend.

»Und die misstrauischen Fragen!«, beklagte Helene sich. »Warum wir das denn wissen wollen, was für ein

Unfall das war, was wir mit Michelle zu tun haben, und so weiter und so weiter.«

»Wenn man dann noch erwähnt, dass Michelle eine dunkle Haut hat, werden sie erst recht misstrauisch«, ergänzte Sarah. »Einer hat mich doch tatsächlich gefragt, ob sie eine Kriminelle ist! Na ja, ist sie ja irgendwie ...« Sie warf einen raschen Blick auf Timo. »Aber das hörte sich so an, als hätte es mit ihrer Hautfarbe zu tun.«

»Seid ihr einigermaßen sicher, dass man euch die Wahrheit gesagt hat?«, fragte Lara und sah alle scharf an.

»Ich denke schon«, antwortete Sarah. »Wir sind genau nach deinen Anweisungen vorgegangen. Darum haben wir ja auch nur vier Campingplätze geschafft.«

»Bei uns genauso«, fügte Helene hinzu. »Drei Plätze, und wir sind ziemlich sicher, dass Michelle nicht da ist.«

»Wir auch«, sagte Nora. »Und nochmal danke an dich, Lara, für dein sorgfältiges Briefing. So fühle ich mich einigermaßen sicher, dass niemand mich angelogen hat. Und lasst euch nicht entmutigen – besser, wir schaffen einige wenige Campingplätze, sind aber dafür zuversichtlich, dass Melina tatsächlich nicht da war.«

Allgemeines Nicken am Tisch.

Hanna saß Nora gegenüber und konnte nicht vermeiden, dass sie sich immer wieder Nora mit Daniel im Bett vorstellte. Bei allen bisherigen Begegnungen hatte sie darauf geachtet, dass sie möglichst weit weg von ihrer Tante saß, aber diesmal war sie als letzte am Tisch angekommen und der einzige freie Stuhl war gegenüber Nora. Angestrengt kämpfte sie die Gedanken nieder und versuchte, sich auf die Gespräche zu konzentrieren. *Es gibt wirklich Wichtigeres als Daniels ehemalige Geliebte!*, ermahnte sie sich.

»Was für ein Tag!«, stöhnte Timo und stützte den Kopf auf die Hände. »Erst findet Lara die Wohnung von Moritz und wir durchsuchen sie gemeinsam. Mama hört meine

Kleine im Wohnmobil. Und wir finden den Hinweis auf die Nordsee. Das waren Aktionen für eine ganze Woche, nicht für einen einzigen Tag! Ich bin völlig erledigt.«

Er hob den Kopf und sah Lara an. »Erlebst du solche Tage öfter?«

Lara grinste matt. »Nee, zum Glück nicht«, sagte sie. »Das war für mich heute auch ziemlich stressig.«

»Hoffentlich haben wir morgen Erfolg«, sagte Timo mit leiser Stimme.

Nora streichelte ihrem Sohn über die Haare. »Jetzt lass mal nicht den Kopf hängen«, sagte sie mit einem aufmunternden Lächeln. »Wir finden Melina. Ganz bestimmt.«

»Hast du denn kein Gefühl, ob sie hier irgendwo ist?« Timo sah seine Mutter verzweifelt an.

Hannas Herz zog sich zusammen, als sie das schmerzerfüllte Gesicht ihres Cousins sah. Ihre Mutter und Nora wechselten einen Blick miteinander. Hanna dachte zurück an die Ereignisse vor drei Jahren, als Nora sich in einem kanadischen Nationalpark verirrt hatte.

Während die anderen weiter redeten, war Hanna in Gedanken versunken. Plötzlich schrak sie auf, Helene hatte sich geräuspert.

»Vielleicht sollten Nora und ich morgen zusammen fahren?«, schlug sie vor. »Wenn ihr damit einverstanden seid.«

»Klar«, sagte Timo sofort. »Dann fahre ich mit Hanna zusammen. Hoffentlich hilft es, wenn ihr eure Kräfte bündelt.«

Er verzog sein Gesicht zu einem schiefen Lächeln, aber Hanna wusste, dass er es bitterernst meinte. Die Erlebnisse vor drei Jahren hatten ihnen allen bewiesen, dass ihre Mutter und Tante spezielle Fähigkeiten hatten.

»Hoffentlich wirkt eure Gabe auch bei eurer Enkelin«, fügte Timo hinzu.

Helene und Nora sahen sich an und Hanna wusste, was sie dachten: *Ihre Gabe umfasste tatsächlich die Enkelin. Den Beweis hatten sie: Nora hatte das Weinen des Babys im Wohnmobil, das neben ihr gefahren war, gehört. Hoffentlich kann sie morgen zusammen mit Helene Melina hören!*, dachte sie.

»Und du bist einem richtigen Bären begegnet?« Lara machte große Augen und sah Nora bewundernd an.

»Ja, das war ziemlich beängstigend«, antwortete Nora und schauderte beim Gedanken an den riesigen Bären.

»Ich hab auch das passende T-Shirt an«, fiel es Sarah ein. Sie öffnete den Reißverschluss des schwarzen Hoodies: Darunter waren drei schwarze Bären auf einem hellgrauen T-Shirt zu sehen, ein großer und zwei kleine.

Elias grinste. »Das ist mir jetzt irgendwie peinlich«, sagte er und zerrte sein graues Sweatshirt von der Lehne seines Stuhles. Er hielt es hoch und alle lachten.

»Ein rotes Ahornblatt«, stellte Nora fest. »Sehr hübsch.«

»Hab ich mir in Kanada gekauft«, sagte Elias.

Schweigen trat ein. Bevor es sich allzu sehr im Raum ausbreiten konnte, sprach Elias Lara an.

»Erzähl uns doch mal etwas von dir, von deinen spektakulärsten Fällen.«

Helene sah ihren Sohn dankbar an, und Lara erzählte von einigen ihrer Fälle, sie hatte mehrfach vermisste Personen aufspüren können.

Wie geschickt sie die Erlebnisse auswählt, dachte Hanna. *Genau das, was wir jetzt hören wollen.* Sie war ihrem Onkel Michael unendlich dankbar für die Vermittlung der Detektivin.

»Habt ihr eigentlich auch mal auf die Landschaft geachtet?«, fragte Sarah. »Hier ist es richtig hübsch, eine schöne Gegend, um Urlaub zu machen. Gerade auch mit Kindern.«

Hanna sah ihre Cousine verständnislos an, sie hatte überhaupt keinen Sinn für das schöne Ostfriesland.

»Das Meer ist so häufig weit weg«, beklagte Elias sich.

»Es kommt aber immer wieder«, antwortete Sarah grinsend. »Zuverlässig. Auf die Uhrzeit genau.«

Ein Handy klingelte. Alle schraken auf. Hanna war blass geworden und fingerte ihr Handy aus ihrer großen Handtasche.

»Sorry«, sagte sie mit zittriger Stimme. »Kein Zusammenhang mit Melina.« Sie eilte zur Tür des Gasthauses und hinaus in die Dunkelheit. Ihre Verwandtschaft ließ sie verdutzt zurück.

»Wo steckst du?«, fuhr Daniel sie mit wütender Stimme an, als sie das Gespräch mit zitternden Händen angenommen hatte. »Ich hab hier die Chance meines Lebens, eine tolle Vernissage, jede Menge interessierte Leute, und du bist nicht dabei!«

»Ich bin an der Nordsee«, entgegnete Hanna. »Meine Nichte suchen.«

»An der Nordsee?«, fragte Daniel. »Wie kommst du denn darauf? Ist das nicht Sache der Polizei? Ihr habt doch überhaupt keine Chance. Ich wollte mit dir auf die Vernissage anstoßen, mehrere Besucher haben geäußert, dass sie eine meiner Skulpturen kaufen wollen, einer war aus München gekommen und wird vermutlich dort eine Ausstellung mit meinen Kunstobjekten organisieren. Ich hab jede Menge Champagner gekauft – und du bist nicht dabei!«

»Jetzt mach mal halblang«, unterbrach Hanna ihn, als er Luft holen musste. »Meine Familie ist hier, um gemeinsam Melina zu suchen, wir haben eine vielversprechende Spur. Und ja, es tut mir leid, dass ich deine Vernissage verpasst habe. Aber das Baby ist mir wichtiger.«

Schweigen.

»Na dann«, sagte Daniel und legte auf.

Hanna starrte verdutzt das Display ihres Handys an, dann schüttelte sie sich, schüttelte die Gedanken an Daniel ab und ging wieder in das Gasthaus, zu ihrer Familie.

Kapitel 28

Es war Tag vier nach Melinas Verschwinden.

Nach dem Frühstück checkten alle aus dem Hotel aus. »Wir finden Melina heute, und dann fahren wir sofort nach Hause«, hatte Nora mit fester Stimme am Frühstückstisch gesagt. »Ich hab mich allerdings vorsichtshalber an der Rezeption vergewissert, dass die Zimmer noch einen weiteren Tag frei sind«, fügte sie hinzu.

Wie am Vorabend besprochen, hatten sie die Plätze getauscht. Nora fuhr mit ihrer Schwester in deren Kombi, Timo hatte Noras blauen SUV übernommen mit Hanna als Beifahrerin.

Sarah hatte gefragt, ob Hanna mit ihr zusammenfahren wolle. Sie hatte am Vorabend, als sie und Hanna in ihr Zimmer gegangen waren, versucht, Hanna nach ihren Problemen zu befragen. »Was ist los, Hanna?«, hatte sie gefragt, als beide im Bett lagen. »Was war das für ein Anruf, der dich so alarmiert hat? Du kommst mir überhaupt sehr verändert vor, so ernst. Wenn du über etwas reden möchtest – ich höre gerne zu. Und ich gebe ganz bestimmt keine Tipps, wenn du das nicht möchtest.«

Hanna war erschrocken. Konnte man ihr so gut anmerken, dass ihre Gedanken häufig weit weg waren? Es gab doch jetzt wirklich Wichtigeres als ihre Probleme mit Daniel!

»Alles gut«, sagte sie mit möglichst abweisendem Gesicht. »Aber danke für das Angebot.« Dann hatte sie sich umgedreht und versucht zu schlafen. *Sarah würde vermutlich über ihre Probleme grinsen, sie war so tough und würde garantiert nicht auf einen Daniel hereinfallen. Warum nur war sie nicht ähnlich wie Sarah? Und Helene und Nora? Neben den anderen Frauen in ihrer Familie kam sie sich manchmal vor wie ein verschrecktes Mäuschen. Zum Glück hatte Sarah nicht über ihr bevorzugtes Thema gesprochen, Umweltschutz. Sie war eine geradezu fanatische Umweltschützerin und ging ihrer Familie öfters auf die Nerven, wenn sie mit dem Thema begann und kein Ende fand. Hanna war ebenfalls an Klima- und Umweltschutz interessiert, aber ohne Sarahs Tendenz, andere Personen zum Handeln zu drängen.*

»Lieber nicht«, sagte Lara zu Sarahs Vorschlag, mit Hanna zusammenzufahren. »Ich hätte lieber in jedem Auto einen Mann, wir wissen ja nicht, was uns erwartet.«

Hanna war erleichtert.

Dann ging es endlich los, und Hanna fuhr mit Timo den ersten Campingplatz für diesen Tag an.

Sie waren unterwegs und beinah an ihrem Ziel angelangt, als Hannas Handy klingelte: »Sie ist hier!« Es war Nora.

»Ruf die Polizei!«, fügte sie flüsternd hinzu. »Ich bin ziemlich sicher, dass Melina hier ist.«

Das Gespräch war beendet. Eine Nachricht folgte, Nora hatte per Whatsapp ihren Standpunkt markiert und an die ganze Gruppe geschickt.

»Sie haben sie gefunden!«, rief Hanna, tippte den Standpunkt in ihrem Handy an und startete die Navigation.

»Du musst drehen!«, kommandierte sie.

Timo reagierte sofort, wendete sein Auto und fuhr in die Richtung, die Hanna ihm entsprechend Noras Nachricht ansagte. Hanna warf ihrem Cousin einen bedenklichen Blick zu, er fuhr viel zu schnell. *Das muss jetzt wohl sein,* dachte sie und rief die Polizei über die 110 an. Atemlos berichtete sie von der Entführung und dass sie das Baby vermutlich gefunden hatten.

Der Beamte reagierte skeptisch: »Was sagen Sie da? Sie hätten ein Baby gefunden? Wo ist das entführt worden?«

Hanna versuchte verzweifelt, ihm kurz die Hintergründe zu erklären, und verwies ihn an die Kommissare, die den Fall bearbeiteten. »Wie hießen die noch mal?«, fragte sie an Timo gewandt.

»Peter Bremer und Tülay Yilmaz«, antwortete er und Hanna gab die Namen weiter.

»Wir sehen mal, was wir tun können«, war die lapidare Antwort des Polizisten und das Gespräch war beendet.

»Gibst du mir dein Handy?«, fragte Hanna. »Du hast doch bestimmt die Telefonnummern von den Kommissaren gespeichert.«

Timo nickte, wies auf die Mittelkonsole und raste weiter die leere Landstraße entlang. Hanna scrollte durch Timos Kontakte und versuchte, einen der Kommissare in Köln zu erreichen. Ohne Erfolg, beide waren außer Haus. Sie hinterließ eine Nachricht und konzentrierte sich auf die Wegstrecke.

Lara rief an. »Hanna, tut mir einen Gefallen und wartet auf mich«, sagte sie eindringlich. »Ihr kennt euch mit solchen Leuten nicht aus. Ich bin in ungefähr zehn Minuten bei euch.« Sie legte auf, ohne Hannas Antwort abzuwarten. Sarah schickte eine Nachricht in den Gruppenchat, dass sie in etwa einer halben Stunde am Ziel seien.

Endlich bogen sie in die Zufahrt zum Campingplatz ein und Hanna fragte sich, ob Helenes Kombi die rasante Fahrt auf der unebenen Straße mit den zahlreichen Löchern unbeschadet überstand.

Schon von weitem sahen sie Helene vor der Rezeption stehen. Timo bremste scharf und sprang aus dem Auto, die Tür ließ er offen stehen. Hanna stieg ebenfalls aus und eilte hinter ihm zur Rezeption. Helene war offenbar so über die Hilfe erleichtert, dass sie Timo kurz um den Hals fiel. »Gut, dass ihr da seid«, sagte sie und stieß einen lauten Seufzer aus. »Sie sind hier«, ergänzte sie.

Es folgte eine Diskussion mit dem Ehepaar, das den Campingplatz betrieb, dann traf endlich Lara ein und blockierte mit ihrem alten Golf die Zufahrt zum Campingplatz, damit die Entführer sich nicht entfernen konnten.

Auf ein Kommando von Lara fuhren sie in die Richtung, in der sie das Baby vermuteten.

»Gib Elias und Sarah Bescheid«, wies Timo Hanna an, die sofort Sarah anrief und sie über das Geschehen informierte. »Elias rast schon wie ein Verrückter«, antwortete ihre Cousine. »Wir sind in maximal fünfzehn Minuten bei euch.«

Hanna spürte ihr Herz bis zum Hals klopfen. *Hoffentlich geht alles gut,* dachte sie voller Sorge. *Hoffentlich dreht niemand durch. Und Michelle gibt das Baby bestimmt nicht so ohne weiteres her. Wenn nur der Kleinen nichts passiert!* Sie traute sich nicht, ihre Bedenken laut auszusprechen. Sie würde es nie zugeben, aber sie befürchtete, ein Desaster heraufzubeschwören, wenn sie ihre Ängste aussprach.

Am Ende des Weges erhob sich ein Maschendrahtzaun, der das Gelände umschloss. Direkt vor dem Zaun stand ein Wohnmobil, das ziemlich heruntergekommen aussah.

»Da hat Nora aber von einem anderen Wohnmobil erzählt«, stellte Timo fest und stieg aus, Hanna folgte ihm.

Lara klopfte kräftig an die Tür des Gefährts, riss sie im nächsten Moment auf und stellte sich daneben, eng an die Wand gepresst. Von drinnen hörte man aufgeregte Stimmen, ein Mann und eine Frau. Und dann: Ein Baby weinte. Laut und herzzerreißend.

Timo stieß einen Schrei aus, rannte zur Tür des Wohnmobils und war mit einem Satz drinnen. Lara verdrehte die Augen und stürzte hinterher.

»Gib mir mein Kind zurück«, hörte Hanna ihren Cousin brüllen. Er erschien in der Tür des Wohnmobils, sein brüllendes Töchterchen auf dem Arm. Timo sprang mit dem Baby aus dem Wohnmobil, rannte zu Hanna und überreichte ihr sein schreiendes Kind.

»Setz dich in mein Auto«, kommandierte er. Hanna reagierte sofort, rannte zum SUV, setzte sich auf den Rücksitz und schloss die Tür hinter sich. Das Fenster war halb heruntergelassen, sie hatte es während der Fahrt auf dem Campingplatz geöffnet, um das Baby zu hören. Sie würde es gerne schließen, da hätte sie sich sicherer gefühlt, aber der Motor war abgestellt. Dafür konnte sie alles hören, was vor sich ging. Oder sie hätte alles hören können, wenn das Baby nicht so laut schreien würde. Sachte wiegte sie ihre kleine Nichte im Arm und beobachtete angespannt das Geschehen.

Ein Mann kam aus dem Wohnmobil gesprungen, mit hochrotem Kopf und zerzaustem Haar, groß, muskulös.

»Du kommst nicht weit«, brüllte der Fremde. Lara sprang ebenfalls aus dem Wohnwagen, in der Hand hielt sie einen Baseballschläger. Sie zauderte nicht und schlug mit dem Baseballschläger dem tobenden Mann gegen die Stirn. Der fiel lautlos zu Boden.

Sofort hockte Lara sich hin, zerrte den bewusstlosen Mann auf den Bauch und zog seine Arme nach hinten. Mit Sarahs Hilfe fesselte sie die Hände des Mannes auf dem Rücken mit Kabelbindern.

Gemeinsam mit Timo zerrte sie den Mann hoch und zog ihn zum Wohnmobil, wo sie ihn in sitzender Position an die Wand lehnten.

Eine junge dunkelhäutige Frau erschien in der Tür des Wohnmobils. *Das muss Michelle sein*, dachte Hanna.

»Lasst ihn in Ruhe«, kreischte die Fremde und stürzte sich auf Lara. Nora und Helene griffen jede einen Arm der jungen Frau und zerrten sie zurück. Auf Laras Anweisung setzten sie Michelle neben ihren Freund, mit einem Meter Abstand.

»Du rührst dich nicht vom Fleck!«, wies Helene Michelle an.

»Ich will zu meinem Baby!«, jammerte Michelle und streckte die Hände in Melinas Richtung aus.

»Du wolltest sie doch nicht!«, giftete Helene.

»Lass sie in Ruhe«, beschwichtigte Nora und schubste ihre Schwester sanft weg. Michelle zeterte und plärrte weiter, sie wimmerte vor sich hin, was für eine gute Mutter sie wäre, dass ein Baby zur Mama gehöre, und dass Timo als Vater völlig untauglich sei.

»Halt endlich die Klappe!«, fauchte Helene sie an und erhob drohend die Hand. Michelle verstummte. *Hätte sie sie wirklich geschlagen?*, fragte Hanna sich.

Sie warf einen Blick auf Moritz. Der war still und hielt den Kopf gesenkt.

Dann widmete sie sich ihrer kleinen Nichte, die sich allmählich beruhigte. *Wie kann man nur so ein süßes kleines Mädchen aus seiner gewohnten Umgebung herausreißen?*, fragte sie sich. *Haben die überhaupt Ahnung von Babypflege? Hoffentlich ist die Kleine nicht wund.* Am liebsten hätte sie Melina sofort gewickelt, um sicherzustellen, dass sie gut versorgt war. Tröstend redete sie auf das Baby ein. »Hallo meine kleine Süße«, sagte sie leise. »Hier ist deine Tanti. Jetzt wird alles gut. Dein Papa ist auch hier.« Melina sah sie an, als würde sie jedes Wort verstehen.

Timo stand auf einmal vor dem Auto und öffnete die hintere Tür. »Wie geht es Melina?«, fragte er und beugte sich über sein Töchterchen.

»Sie hat sich beruhigt«, antwortete Hanna und wiegte die Kleine weiterhin sanft hin und her, dabei sprach sie immer noch beruhigend auf das Mädchen ein.

Jetzt, wo Melina nicht mehr weinte, machte ein anderer Gedanke sich in ihrem Kopf breit. Das Gesicht des Entführers ging ihr nicht aus dem Sinn. Sie hatte ihn schon mal gesehen. Kurz. Wann und wo? Hanna zermarterte sich das Hirn.

Elias und Sarah trafen ebenfalls endlich ein. Nora rief ihre Mutter an und informierte sie, dass Melina gefunden war. Dann informierte sie die Polizei.

Hanna stieg mit dem Kind auf dem Arm aus und überreichte es Timo. Dann ging sie näher zu den Entführern. *Michelle ist äußerst attraktiv,* dachte sie. *Selbst so verheult sieht sie klasse aus. Kein Wunder, dass Timo sie kennenlernen wollte. Und kein Wunder, dass Melina so hübsch ist, bei den gutaussehenden Eltern. Schade, dass Michelle kein Mitglied unserer Familie wird. Genauso wenig wie Daniel.*

Der Entführer sah kurz hoch, als sie an ihm vorbeiging. Er stieß einen kurzen Laut aus, einen Laut, der Schock oder Erstaunen ausdrückte. Ungläubig starrte er Hanna an, mit großen Augen und offenem Mund.

Er hatte sie ebenfalls erkannt! Wo hatte sie ihn bloß getroffen? Hanna beschloss, später über ihn nachzudenken, jetzt mussten sie hier, auf dem Campingplatz, erst mal alles zu Ende bringen.

Das ‚SWAT-Team‘ diskutierte kurz die nächsten Schritte und entschied, dass nicht alle auf dem Campingplatz bleiben mussten. Helene würde auf die Polizei warten und sie über die Geschehnisse informieren.

Timo legte Melina in den Babysitz von Niklas‘ SUV und schnallte sie sorgfältig an. »Mama, kommst du mit?«, fragte er. Nora holte rasch ihre Handtasche und den kleinen Koffer aus Helenes Kombi und stieg zu ihrer Enkelin in den Fond. Timo fuhr langsam los, nach Hause. Mit seiner Tochter.

Kapitel 29

Helene und Hanna, Elias und Sarah warteten auf die Polizei und informierten sie über die Ereignisse, dann durften sie endlich ebenfalls nach Hause fahren.

Auf der Rückfahrt erzählte Helene ihrer Tochter, wie sie die Campingplatzbetreiber ausgetrickst hatten. »Sie haben behauptet, auf diesem Campingplatz wäre kein Pärchen mit Baby«, erzählte sie. »Aber Nora und ich haben denen sofort angesehen, dass sie etwas zu verbergen hatten. Nora hat dann ihr Krav Maga angewendet und den Betreiber außer Gefecht gesetzt.« Auf Hannas entsetzten Gesichtsausdruck ergänzte sie: »Der hatte sie mit seinem Mercedes an die Hauswand gedrängt. Na ja, dann kamen noch weitere Gäste hinzu, und die haben auf die Frage nach dem Pärchen nach links geguckt. Und da sind wir halt hingefahren. Hat ja alles bestens geklappt.«

Sie wirkte ziemlich selbstzufrieden.

»Und wie seid ihr auf den Campingplatz gekommen?«, fragte Hanna. »Hat euch wieder ein Babygeschrei alarmiert?«

Helene grinste. »Nein, aber ein Gefühl. Nora und ich hatten beide das Gefühl, in dieser Richtung ist unsere Melina. Und wir hatten recht.«

Hanna seufzte innerlich. Ihre Mutter und Tante hatten eine telepathische Verbindung. Zueinander, und offenbar auch zu ihrer Enkelin. Hanna wusste nie, ob sie es bedauern sollte, dass sie keine derartige Gabe hatte. »Im Allgemeinen überspringt die Gabe eine Generation«, hatte Helene ihr vor einiger Zeit erklärt. »Und in unserer Familie haben nur Frauen sie. Also Elias und Timo haben sowieso

Pech.« *War das wirklich Pech? Und was hatte der schwarze Schatten zu bedeuten, den sie immer wieder auf ihrer Fahrt zu Daniel sah? Der sich ihr in den Weg zu stellen schien? War das auch eine Gabe? Oder eher ein Fluch?*

»Dann könnte es doch sein, dass Melina eure Gabe hat, oder?« Hanna sah ihre Mutter an. Die konzentrierte sich auf die Straße.

»Ja«, sagte sie nach einer Weile. »Das könnte gut sein. Vermutlich hat Nora sie deshalb hören können, als sie im Wohnmobil an ihr vorbeigefahren ist.«

Helene fuhr ruhig und konzentriert, das Navi wies ihr den Weg. Hanna schloss die Augen und dachte nach. *Woher kannte sie den Entführer? Er hatte sie offensichtlich ebenfalls wiedererkannt.*

Endlich fiel es ihr ein: *Es war Telly!* Der Arbeitskollege oder Kumpel von Daniel. Sie war ihm einmal begegnet, vor etwa fünf Monaten. Erstaunlich, dass sie sich überhaupt an ihn erinnert hatte, sie hatte ein schlechtes Personengedächtnis. Aber als der Typ sie so überrascht angesehen hatte, war klar, dass sie sich bereits einmal getroffen hatten. Telly! Der einzige Bekannte von Daniel, den sie kennengelernt hatte. Und auch nur zufällig. Hanna konnte sich erinnern, wie erbost Daniel war, weil Telly sie angeflirtet hatte. Jetzt konnte sie sich auch wieder an seine meerblauen Augen erinnern. Die hatte sie auf dem Campingplatz kaum gesehen, weil der Mann am Boden sitzend die Augen wütend zusammengekniffen hatte. Überhaupt hatte er mit dem charmanten Menschen, in den sie am Ausgang des Bistros beinah hineingelaufen war, kaum etwas gemeinsam. *Wie hatte sie nur auf seinen Flirt eingehen können?* Zumindest hatte sie eine Ahnung, was Michelle an ihm gefunden hatte. Sie hatte ihn damals ausgesprochen attraktiv gefunden. Damals.

Nach etwa vier Stunden waren sie zu Hause, die Straßen waren weitgehend frei gewesen, obwohl es Sonntag war. Hanna und Helene aßen mit Sandro zu Abend und erzählten ausführlich von ihrem Abenteuer. Elias war zu seiner Freundin Lea gefahren. »Ich muss ihr doch von dem aufregenden Tag berichten«, hatte er gesagt. Helene hatte einen schnellen Blick auf ihre Tochter geworfen. *Warum fährt sie nicht sofort zu ihrem Freund?*, schien auf ihrer Stirn geschrieben. Aber Hanna wusste, dass Daniel nichts von überraschenden Besuchen hielt. War er noch in Frankfurt? Oder auf der Rückfahrt? Sie hatte kaum hingehört, als er von seinen Reiseplänen erzählte, und es war ihr völlig egal, wie die Vernissage oder überhaupt das Wochenende gelaufen war. Wegen dieser Vernissage hatten sie sich zerzankt, und Daniel hatte sich nicht für ihre kleine Nichte und die Pläne der Familie, das Baby zu finden, interessiert. Eine Kindesentführung, und Daniels einziges Interesse galt seiner Ausstellung!

Ein weiteres Problem: *Wie sollte sie Daniel auf seinen Kumpel Telly ansprechen?*

Sie beherrschte sich noch fast zwei Stunden, bis sie hinauf in ihr Zimmer ging und Daniel anrief. »Hallo?«, meldete der sich, so als hätte er ihren Namen nicht im Display gesehen.

»Hallo«, entgegnete Hanna mit kühler Stimme. »Ich muss dich dringend sprechen, kann ich zu dir kommen?«

»Nein, das passt jetzt gar nicht«, antwortete Daniel brüsk. »Ich bin grad im ‚Flow‘, es läuft super mit meiner neuen Skulptur, der ‚grübelnden Frau‘, da kannst du nicht kommen. Die Vernissage, die du ja verpasst hast, weil du an die Nordsee gefahren bist, die hat mich total inspiriert.«

Schweigen. Hanna bemühte sich, ihren Frust und ihren Ärger hinunterzuschlucken. »Willst du gar nicht wissen, ob wir meine Nichte gefunden haben?«, fragte sie schließlich.

»O, natürlich«, antwortete Daniel sofort. »Und?«

»Wir haben sie gefunden, unversehrt, und sie ist wieder bei ihrem Vater.«

»Das freut mich«, antwortete Daniel. »Du kannst mir morgen Abend alles erzählen, okay?«

»Okay«, brummte Hanna, obwohl nichts ‚okay‘ war, und legte grußlos auf.

Kapitel 30

Hanna wälzte sich die ganze Nacht hin und her. Wie ging es bloß weiter? Wie konnte sie ihrem Cousin Timo noch in die Augen sehen, wo der Freund ihres Freundes sein Baby entführt hatte? Was war das überhaupt für einer? Und warum hatte er mit Michelle das Baby entführt? Sie nahm sich fest vor, dass Timo nie erfahren durfte, dass sie den Entführer kannte. Dass sie mit ihm geflirtet hatte. Dass er der einzige Freund ihres Liebsten war. ‚Liebster‘ – das war Daniel nicht mehr. Konnte sie überhaupt bei ihm bleiben? Konnte sie Daniel noch in die Augen sehen? Sah sie darin nicht immer das vertrauensvolle Gesichtchen ihrer Nichte? Hörte ihr jämmerliches Weinen im Wohnmobil?

Gegen Morgen schlief sie endlich ein und wurde von Albträumen geplagt. Albträume, in denen Melina weinte, sie vorwurfsvoll ansah, Träume, in denen dieser furchtbare Telly das Baby gegen den Wohnwagen warf. Schweißgebadet wachte sie auf. Ihr Entschluss war gefasst.

»Habt ihr deine Nichte gefunden?«, fragte Mark sofort, als Hanna am nächsten Tag, einem Montag, müde in der Rettungswache auftauchte.

»Ja«, antwortete Hanna. »Wir haben sie gefunden. Es geht ihr gut und sie ist wieder bei meinem Cousin.«

»Das freut mich riesig.« Mark nahm sie in die Arme und drückte sie innig an sich. »Ich hab mir so viele Sorgen gemacht. Du hättest mich ruhig mal anrufen können!«

Leicht vorwurfsvoll sah er ihr ins Gesicht und streichelte ihr zart über die Wange.

»Du hast recht.« Hanna fühlte sich ertappt. Und beschämt. Beschämt darüber, dass ihr Freund sich kaum für Melina interessierte, und sie trotzdem Mark nicht informiert hatte. Und noch schlimmer, Mark hatte genau die Reaktion gezeigt, die sie bei Daniel erwartet hatte.

»Erzähl doch mal, wie habt ihr sie gefunden?«, fragte Mark und sah sie erwartungsvoll an.

Hanna erzählte die ganze Geschichte und stellte fest, wie stolz sie auf ihre Familie war. Stolz, dass alle sofort losgefahren waren. Beeindruckt, wie wunderbar sie zusammengearbeitet hatten. Und sie war froh und glücklich, dass Melina wieder bei ihrem Papa war.

»Du siehst müde aus«, stellte Mark fest, als sie geendet hatte, und musterte Hanna mit besorgtem Gesicht. »Willst du lieber wieder nach Hause fahren und dich ausruhen?«

Hanna konnte seine Fürsorge kaum ertragen. Warum nur war Daniel nicht ein bisschen aufmerksamer? Was fand sie nur an Daniel?

»Ist gut«, wiegelte sie ab und hasste sich selbst für ihre Unfreundlichkeit. »Wenn jetzt nichts los ist, lege ich mich in den Ruheraum. Und wenn nicht, schaffe ich das auch. Meine Mutter sagt immer, ein Erwachsener kommt problemlos mit vier Stunden Schlaf aus.« Wobei sie sicher weniger als vier Stunden geschlafen hatte.

»Na dann«, sagte Mark nur. Die Besorgnis war aus seinem Gesicht gewichen, sie hatte einem mürrischen Ausdruck Platz gemacht, und den Rest des Tages war er zurückhaltend, geradezu unpersönlich Hanna gegenüber.

Beim Abendbrot erzählte Helene ihrer Familie von dem Gespräch mit ihrer Schwester.

»Timo und Nora waren heute Vormittag bei der Polizei. Da mussten sie noch mal alles von ihrer Suche nach

Melina und der Überwältigung des Täters erzählen. Timo hat gefragt, ob die Kommissare wüssten, warum eigentlich Michelle das Baby entführt hatte, wo sie doch die zwei Monate zuvor überhaupt kein Interesse gezeigt hatte. Es war wohl im Wesentlichen ihr neuer Freund, dieser Moritz Telkes. Angeblich liebt er Kinder über alles und hat Michelle die Hölle heiß gemacht, wie sie ihr Baby abgeben konnte. – Was ist?«

Helene sah überrascht Hanna an, die einen erstickten Laut ausgestoßen hatte.

»Liebt Kinder und entführt ein Baby!«, brachte Hanna mühsam heraus. Sie spürte, dass sie knallrot geworden war. »Wie passt das denn?«

Sie fühlte sich miserabel. Wenn ihre Familie wüsste, dass sie den Entführer kannte. Sogar mit ihm geflirtet hatte!

»Erzähl weiter!«, forderte sie ihre Mutter auf.

Helene zog die Augenbrauen hoch und musterte ihre Tochter. »Okay«, sagte sie gedehnt und wechselte einen Blick mit Sandro. »Dann haben die beiden beschlossen, die Kleine zu holen. Michelle war ein paar Mal in der Nähe von Noras Haus und hat das Kindermädchen beobachtet. Die beiden hatten sich vorgenommen, das Baby in einem geeigneten Moment mitzunehmen. Tja, und als Juliette sich um den verletzten Jungen gekümmert hat, hat Michelle kurz entschlossen das Baby aus dem Kinderwagen geholt und ist mit ihm weggegangen.«

»Also hatte Juliette tatsächlich überhaupt nichts mit der Entführung zu tun«, sagte Elias. »Timo hat mir erzählt, dass die Polizei sie verdächtigt hatte. Die Ärmste, die war ja völlig fertig.«

»Ja, aber so arbeitet die Polizei nun mal«, erklärte Helene. »Jeder im Umfeld einer Entführung ist verdächtig und wird überprüft. Jedenfalls hat keiner gesehen, wie das Baby aus dem Kinderwagen genommen wurde, alle haben nur auf den kleinen Jungen geguckt. Das Problem war, dass die Mutter des verletzten kleinen Jungen sich nicht gemeldet hat. Die war für drei Tage zu einer Freundin gefahren und hat erst gestern mit der Polizei telefoniert und Juliettes Aussage bestätigt. Michelle hat jedenfalls das Baby genommen und sich schnell entfernt, ihren Freund angerufen, und der hat die beiden mit dem Auto abgeholt. Und dann haben sie beschlossen, an die Nordsee zu fahren, wo der Telkes wohl häufig Urlaub macht.« Sie stockte.

»Hanna, was ist los?« Besorgt betrachtete sie ihre Tochter und legte ihre Hand auf Hannas Schulter.

Hanna konnte kaum atmen. Ihr Zorn auf den Entführer und auf Daniel stieg und der Klumpen in ihrem Magen wurde immer dicker.

»Entschuldigt mich«, stieß sie hervor, rannte zur Gästetoilette und übergab sich. Sie würgte und würgte, bis nur noch Schleim herauskam.

»Schätzchen, was ist los?« Ihre Mutter klopfte an die Tür. »Kann ich was tun für dich?«

»Geht schon«, brachte Hanna mühsam hervor. »Ich komme gleich.«

Sie wartete, bis ihr Magen sich beruhigt hatte, dann wusch sie sich Gesicht und Hände und ging in das Wohnzimmer zurück.

»Tut mir leid«, sagte sie. »Ich hab mich zu sehr aufgeregt.«

»Das ist doch verständlich«, antwortete Helene und strich ihrer Tochter leicht übers Haar. »Kann ich etwas für dich tun? Am besten legst du dich hin. Ich mach dir gerne einen Tee. Fencheltee.« Sie lächelte, und Hanna lächelte zurück. Fencheltee gab es nur, wenn jemand krank war. Helene verwöhnte ihre Familie gerne, und ganz besonders, wenn es einem von ihnen nicht gut ging. Fencheltee, ein Kirschkernkissen oder eine kühle Kompresse, eine wärmende Decke – Helene hatte immer etwas, das Verletzungen und andere Wehwehchen linderte.

Hanna legte sich für eine Stunde auf die Couch im Wohnzimmer, trank tapfer Fencheltee, den ihre Mutter ihr brachte, kuschelte sich in die Wolldecke, die Helene über sie ausbreitete, und sah auf den Fernseher, ohne aufzunehmen, was dort lief.

Nach einiger Zeit fühlte sie sich besser. Sie musste noch etwas erledigen, und je eher sie es hinter sich brachte, umso besser. Der Zeitpunkt war günstig, es hielt sich niemand im Wohnzimmer auf; Helene war in der Küche zugange, Sandro arbeitete vermutlich in seinem Arbeitszimmer, und Elias war verschwunden, vielleicht zu seiner Freundin. Niemand, der Fragen stellen konnte oder sie vom Wegfahren abhalten würde.

Hanna stand auf, ging in den Flur, zog ihre Turnschuhe und eine leichte Jacke an. Aus dem Flurschrank griff sie zwei Stofftaschen, die sie umhängte.

»Ich bin noch mal weg«, rief sie ins Haus.

Sie hatte kaum den Finger auf den Klingelknopf gedrückt, als schon der Türsummer ertönte. Langsam, mit schwerem Schritt, stieg sie die Treppe hinauf. Hanna hatte sich während der Fahrt ihre Worte zurechtgelegt, aber ihr graute vor dem Moment, in dem sie sie aussprechen würde.

»Hallo meine Süße.« Daniel empfing sie mit strahlendem Lächeln und wollte sie in den Arm nehmen. Brüsk wehrte sie ihn ab und registrierte befriedigt, wie sein Gesicht einen besorgten Ausdruck annahm. Sie ging an ihm vorbei ins Wohnzimmer und setzte sich in einen Sessel, ihre beiden Stofftaschen legte sie auf eine Armlehne.

»Willst du dir nicht mein neuestes Werk ansehen?«, fragte er und zeigte auf sein Atelier. Enttäuschung zeichnete sich in seiner Stimme und in seinem Gesicht ab, Enttäuschung und ein Hauch Besorgnis. »Ich hab es ‚die grübelnde Frau' genannt, und sie hat Züge von dir.«

»Wie gut kennst du Telly?«, fragte Hanna mit eisiger Stimme, ohne auf seine Worte einzugehen. »Oder besser, Moritz Telkes?«

»Äh, was ist mit ihm?«, fragte Daniel verwundert. »Ich versteh überhaupt nichts mehr. Erst fährst du Hals über Kopf an die Nordsee, obwohl wir doch zusammen die Vernissage besuchen wollten, die mir so wichtig ist. Die super gelaufen ist, aber das interessiert dich scheinbar nicht. Und jetzt fragst du nach Telly. Woher kennst du seinen Namen?«

»Warum nennst du ihn Telly und nie Moritz?«, fragte Hanna zurück. Das war nicht wichtig, aber sie wollte es unbedingt wissen. Dann wäre möglicherweise ihr Schock geringer gewesen, als sie den Entführer erkannt hatte.

»Äh, das hängt mit meinem Vater zusammen«, antwortete Daniel und verzog seinen Mund. *Verlegen? Verächtlich?* Hanna konnte es nicht genau sagen.

»Und?«, ermunterte sie ihn, als er nicht weitersprach.

»Ich hab dir, glaub ich, nie erzählt, dass mein Vater meine Kunst immer heruntergemacht hat«, sagte Daniel mit leiser Stimme. Endlich löste er sich von der Tür zum Atelier und ging zu Hanna. Die machte keine Anstalten, ihm in ihrem Sessel Platz zu machen, so wie sie sonst häufig zusammensaßen. Daniel setzte sich auf die Couch, so nah wie möglich zu Hanna, vorne auf die Kante.

Daniel holte tief Luft. »Mein Vater heißt Moritz«, stieß er hervor. »Und ich wollte nicht dauernd an ihn erinnert werden. Meinen Kumpel Telkes zu nennen war auch keine Alternative für mich. Also Telly. Hört sich doch nett an, oder?«

»NETT?!« Hanna sprang wie von der Tarantel gestochen auf. Der Sessel kippte um und fiel nach hinten. Sie achtete gar nicht darauf.

»Dein ‚netter' Telly, dieser Moritz Telkes, hat meine Nichte entführt!«, brüllte sie und sah Daniel wütend an. Der erblasste.

»Das kann nicht sein«, sagte er und stand ebenfalls auf. »Telly liebt Kinder und würde ihnen nie etwas antun.«

»Ja, er liebt Kinder so sehr, dass er Michelle überredet hat, das Baby zu entführen. Das Töchterchen meines Bruders. Bis zu dem Zeitpunkt hatte sie überhaupt kein Interesse an dem Kind. Hast du eigentlich eine Idee, was der meiner Familie angetan hat? Meinem Cousin, meiner Tante? Sarah und Dominik? Meiner Mutter und mir? Meiner Oma und ihrem Lebensgefährten? Wir haben uns alle wahnsinnige Sorgen gemacht, die schlimmsten Szenarien ausgemalt, was der Kleinen passiert sein könnte. Aber dein Telly liebt Kinder!«

Sie hatte die Arme in die Hüften gestemmt und sah Daniel herausfordernd an. Der starrte sie immer noch mit offenem Mund an. Dann seufzte er tief auf und ließ sich zurück auf die Couch plumpsen.

»Das kann nicht sein«, stieß er hervor und schüttelte den Kopf. »Telly würde so etwas nie tun. Er ist doch kein Verbrecher! Kindesentführung! Auf gar keinen Fall. Das muss ein Irrtum sein. Wie kommst du darauf, dass er es war?«

»Weil ich dabei war!«, entgegnete Hanna mit eisiger Stimme. Sie war jetzt völlig ruhig. »Er ist mit Michelle und Timos Baby in einem alten Wohnmobil zur Nordsee gefahren. Meine ganze Familie hat in Gruppen die Campingplätze abgeklappert, bis meine Mutter und Nora den Richtigen gefunden haben. Mein Bruder und die Detektivin haben den Telkes überwältigt. Sie haben ihn gefesselt und auf den Boden gesetzt. Er hat geflucht und uns alle verwünscht. Die Polizisten haben später Timo erzählt, dass dieser Telkes Michelle angestiftet hat, Melina zu entführen. Es war ganz eindeutig die Schuld von diesem Telkes.«

Daniel schwieg und vergrub den Kopf in seinen Händen. Nach einiger Zeit ließ er seine Schultern rotieren und hob den Kopf.

»Was bedeutet das jetzt für uns?«, fragte er mit dünner Stimme.

»Es ist aus«, antwortete Hanna und ging ins Badezimmer. Sie sammelte ihre Zahnbürste und die wenigen Kosmetikartikel, die sie bei Daniel deponiert hatte, ein und steckte sie in einen ihrer Stoffbeutel. Dann marschierte sie ins Schlafzimmer und holte ihre zwei Slips, die drei T-Shirts, das knallrote Sweatshirt und die Socken aus ,ihrer' Kommodenschublade und stopfte sie zur Zahnbürste. Daniel war im Wohnzimmer sitzen geblieben.

Hanna ging zu ihm und blieb ein paar Schritte vor ihm stehen. »Wir beide passen nicht zusammen«, sagte sie in ruhigem Ton. »Ich bin ein Familienmensch, und du hasst Familie. Wir haben keine gemeinsamen Freunde und werden nie welche haben. Du wirst niemals in meiner Familie integriert sein. Du willst keine Kinder, und ich will unbedingt Kinder haben.« Sie holte tief Luft. »Und jetzt mit diesem Telly – wie könnte ich Timo jemals wieder in die Augen sehen, wo DEIN Freund ihm solchen Kummer gemacht hat?«

Daniel schluckte. Er gab keine Antwort.

»Mach's gut«, sagte Hanna. »Wir hatten teilweise eine schöne Zeit. Und jetzt ist es vorbei. Ich will nie wieder von dir hören.«

Sie drehte sich um, nahm ihre Taschen und verließ die Wohnung.

Kapitel 31

Hanna hatte drei Wochen Ruhe. Drei Wochen, in denen sie sich erholte, viel Zeit mit ihrer kleinen Nichte verbrachte und viel las. Sie hatte Ratgeber gekauft, die ihr helfen sollten, ihren Liebeskummer zu verarbeiten. Hanna trauerte immer noch Daniel nach, auch wenn sie keinesfalls zu ihm zurückwollte. Wenn sie ehrlich war, musste sie zugeben, dass sie einem Zusammensein nachtrauerte, das zeitweise wunderschön, aber allzu häufig schwierig war. Belastet. Eine Beziehung, die sie in einem immerwährenden Konflikt gefangen hielt. Das Gefühl, das sich immer stärker in ihr ausbreitete, war Erleichterung. Es dauerte einige Tage, bis sie das Gefühl benennen konnte. Sie war tatsächlich erleichtert. Erleichtert, dass sie nicht mehr permanent den Eindruck hatte, ihre Familie nicht an ihrer Beziehung teilhaben zu lassen. Ihre Familie zu hintergehen. Dass sie nicht mehr darauf achten musste, was sie zu Daniel sagte, dass sie mit ihm möglichst wenig über ihre Familie sprach. Hanna genoss es, keine Angst mehr zu verspüren, sie könnte Daniel verlieren. Ja, dieses Gefühl hatte sie die ganze Zeit beherrscht, Angst, ihn ebenso zu verlieren wie vor acht Jahren ihren Vater.

Mark war ihr eine große Hilfe. Er war auch in der Vergangenheit aufmerksam gewesen, aber seit der Trennung von Daniel, von der sie ihm kurz erzählt hatte, ohne die Gründe darzulegen, noch wachsamer. Er bemühte sich, sie abzulenken und erzählte kleine Storys aus seinem Sanitäterleben. Wie eine junge verletzte Frau permanent nach ihrem Handy gefragt hatte und gar nicht nach ihren Verletzungen, wie ein Mann brüllend die

Notaufnahme betreten hatte, in die seine Freundin nach übermäßigem Alkoholkonsum eingeliefert worden war. Hanna war dankbar für seine Aufmerksamkeit und fragte sich allmählich immer öfter, was sie eigentlich für ihn empfand. Und was Mark für sie empfand.

Ihren Eltern und Elias hatte Hanna wenige Tage nach der Trennung von Daniel erzählt, dass es aus war, ohne auf die Hintergründe einzugehen. Vielleicht konnte sie ihnen eines Tages von Daniels Beziehung zu diesem ‚Telly‘ berichten, aber zurzeit fühlte sie sich außerstande. Zu sehr schämte sie sich, dass sie indirekt mit dem Entführer ihrer Nichte bekannt war. Den sie bei ihrer kurzen Begegnung ausgesprochen attraktiv gefunden hatte und mit dem sie geflirtet hatte. Sie hatte es damals bedauert, dass sie ihn nach dieser flüchtigen Zusammenkunft nicht mehr gesehen hatte.

Immerhin konnte sie verstehen, was Michelle an dem Mann fand. *Wäre es besser gewesen, wenn dieser Moritz abstoßend gewesen wäre?*, fragte sie sich.

Ihre Mutter hatte es bei ihrer Mitteilung nicht geschafft, ihre Erleichterung zu unterdrücken. Hanna sah deutlich, wie Helene aufatmete.

»Kann ich was für dich tun?«, hatte sie gefragt und Hanna in die Arme genommen.

»Nein, alles gut«, hatte Hanna geantwortet und mühsam die Tränen unterdrückt. Dann hatte sie sich schnell freigemacht. »Lass uns einfach nicht mehr über ihn sprechen, okay?«

Es gab einen Menschen in Hannas Familie, dem sie die ganze Geschichte erzählte: ihre Oma Karin, die Mutter von Helene und Nora. Allerdings erzählte sie die Story nicht freiwillig.

Karin rief Hanna eine Woche nach der Nordseetour an. »Kannst du in den nächsten Tagen einmal zu mir kommen?«, fragte sie. »Du könntest mir mit dem Smartphone helfen.«

»Klar, gerne«, antwortete Hanna, obwohl sie ziemlich überrascht war. Ihre Oma hatte keine Berührungsängste mit moderner Technik und sozialen Medien, sie nutzte ihr Smartphone und einen Laptop. Und wenn sie Fragen hatte, wandte sie sich meist an Nora, die in der IT-Branche tätig war.

»Ich komme morgen Abend nach Vorlesungsschluss vorbei, okay?«, fragte sie. »Das wär so gegen 17 Uhr.«

»Perfekt«, antwortete Karin. »Ich freue mich auf dich. Reto ist übrigens in der Schweiz.«

Den folgenden Tag zerbrach Hanna sich den Kopf, was ihre Oma mit ihr besprechen wollte.

Sie hatte an dem Tag keinen Dienst in der Rettungswache, ihre Vorlesungen endeten am frühen Nachmittag, so dass sie kurz vor 17 Uhr zu ihrer Großmutter radelte. Karin wohnte in einer hübschen Eigentumswohnung mit großem Balkon, die sie vor dreizehn Jahren kurz nach dem Tod ihres Mannes erworben hatte. Helene hatte Hanna vor Jahren erzählt, dass Karin das Reihenhaus, in dem sie Nora und Helene großgezogen hatte, günstig verkauft hatte. »Sie war froh, dass sie keinen Garten mehr hatte«, hatte sie ihrer Tochter grinsend verraten. »Endlich wurde sie nicht mehr von Blumen und dem vertrockneten Rasen vorwurfsvoll angeguckt. Deine Oma hat einfach keinen Sinn für Pflanzen, sie bringt es fertig, Strohblumen zu ertränken. Nora und ich hatten ihr damals angeboten, das eigene Haus umzubauen oder mit Karin gemeinsam ein Haus mit einer Einliegerwohnung zu kaufen, wir wollten unsere Mama nicht allein lassen. Aber Karin hat das vehement abgelehnt, sie wollte vermutlich unabhängig bleiben, und sich vor niemandem rechtfertigen müssen, wenn sie eine

Nacht nicht nach Hause kam.« Bei diesen Worten hatte Nora gezwinkert. »Tja, und die Eigentumswohnung ist für Mama einfach perfekt.«

Hanna schloss ihr Fahrrad ab und winkte ihrer Großmutter zu, die aus dem Fenster sah und kurz danach den Türöffner betätigte. Hanna eilte in die erste Etage hinauf und umarmte ihre Oma.

»Schön, dass du da bist«, sagte Karin mit belegter Stimme und Hanna fragte sich erneut, warum ihre Großmutter sie sehen wollte.

Sie gingen hinein, durchquerten das lichtdurchflutete Wohnzimmer und setzten sich auf den großen Balkon. Karin hatte einige Teilchen besorgt und eine Packung Cashewnüsse geöffnet.

»Was gibt es?«, fragte Hanna, als sie in ein Plunderteilchen gebissen und einen Schluck von dem Apfelsaft genommen hatte. »Es geht doch bestimmt nicht um dein Smartphone, richtig?«

»Da hast du recht«, antwortete Karin und trank ebenfalls einen Schluck.

»Bei dir ist in letzter Zeit so viel passiert«, sagte sie nach kurzem Nachdenken. »Ich dachte, du möchtest vielleicht darüber reden. Es gibt Dinge, die man nicht so gut mit der Mutter besprechen kann.«

»Äh, ich hab eine enge Freundin«, entgegnete Hanna und zog die Stirn kraus. Wo wollte ihre Oma hinaus? »Aylin, wir reden über fast alles. Du hast sie vor ein paar Monaten kennengelernt.«

»Ja, kann sein«, antwortete Karin. Sie runzelte die Stirn und schien nachzudenken. »Wie soll ich es sagen? Wir zwei haben einiges gemeinsam.«

Hanna merkte auf. »Ach ja? Was denn zum Beispiel?« Sie hörte, dass ihr Tonfall etwas aggressiv war. Aber sie fragte sich die ganze Zeit, was ihre Oma bloß wollte. Und wann sie endlich zum Punkt kommen würde.

»Wir haben beide unseren Vater früh verloren«, erklärte Karin und sah versonnen in den Garten, der sich unter ihrem Balkon ausbreitete. »Ich war neun Jahre alt, als mein Vater gestorben ist, und du warst zwölf, als Thomas den fürchterlichen Autounfall hatte. Mein Mann Dieter, du hast ihn nie kennengelernt, war dreizehn Jahre älter als ich, und als ich ihn meiner Mutter vorgestellt habe, hat sie mir vorgehalten, ich würde einen Vaterersatz suchen. Das hab ich ihr damals ziemlich übel genommen.« Sie hielt inne und sah Hanna ins Gesicht.

»Und du hattest auch über etliche Monate einen Freund, der viel älter ist als du. Dreiundzwanzig Jahre älter, so wie Helene mir erzählt hat.«

»Ja und?«, fragte Hanna in schnippischem Tonfall. »Wir haben uns getrennt. Außerdem bin ich neunzehn Jahre alt und erwachsen.«

Sie verschränkte die Arme vor der Brust, ließ sie aber wieder fallen, weil ihr die Symbolik dieser Geste bewusst wurde.

»Ich bin nicht sicher, ob du über diesen Daniel hinweg bist«, sagte Karin mit ruhiger Stimme, ohne auf Hannas aggressiven Tonfall einzugehen. »Er war doch sicher der erste Mann, den du wirklich geliebt hast, richtig?«

Woher wusste ihre Oma das? Hanna schossen die Tränen in die Augen, und sie nickte.

»Ach, Süße!« Karin seufzte tief auf, rückte ihren Stuhl nahe an ihre Enkelin heran und legte ihren Arm um die schmalen Schultern des Mädchens.

»Du bist so ein liebes empfindsames Kind«, sagte sie mit weicher Stimme. »Was hat der Kerl dir getan, dass du Schluss gemacht hast? Hängt es mit Helene zusammen? Oder mit Nora?«

Sie sah Hanna scharf an, und diese erstarrte. Konnte ihre Oma hellsehen?

»Der Mann kannte Nora, richtig?«, fragte Karin. »Sprich endlich darüber, dann kannst du die ganze Geschichte viel besser verarbeiten. Ich sehe doch, wie du dich quälst. Deine Mutter hat mir von dieser eigenartigen Reaktion deines Freundes erzählt, als sie ihn getroffen hat. Hat dein Daniel sie mit Nora verwechselt?«

Hanna nickte wieder, fast unmerklich.

»Darum konntest du ihn auch nie zu den Familientreffen mitnehmen, richtig? Weil die Situation mit Nora so unangenehm gewesen wäre.«

»Wie konnte Nora so etwas tun?«, brach es aus Hanna heraus. »Ich dachte immer, sie und Niklas würden eine gute Ehe führen, und dann – dann fängt sie was mit einem Kollegen an, der sieben Jahre jünger ist!«

»Ach, weißt du, so was kommt häufiger vor, als man denkt«, entgegnete Karin gelassen. »Da ist man zwanzig Jahre verheiratet, und auf einmal wird man von einem attraktiven Mann umworben, und fühlt sich zehn Jahre jünger. Und Niklas – ich bin ja zufrieden mit ihm als Schwiegersohn, aber er macht sich meiner Meinung nach ein ruhiges Leben. Er könnte mal öfter mit Nora ausgehen, ihr mehr Aufmerksamkeit schenken. Nora hat übrigens damals der verhängnisvollen Kanada-Reise zugesagt, weil Niklas Druck gemacht hatte, er meinte, sie wäre es ihm schuldig. Tja, das hat er dann vermutlich doch bereut. Und Nora sowieso.« Sie seufzte. »Jedenfalls solltest du Nora dafür nicht verurteilen, sie hat sich ja rechtzeitig besonnen und von Daniel getrennt.«

»Ja, nachdem eine Kollegin Niklas von der Affäre erzählt hat«, entgegnete Hanna wütend.

»Ach, das wusste ich gar nicht.« Karin lächelte, und Hanna dachte, dass diese Information sie nicht allzu sehr erschütterte. *Vielleicht sah sie das alles wirklich zu eng? Vermutlich passierte Fremdgehen viel häufiger, als sie annahm.*

»Es war natürlich eine blöde Situation für dich. Aber dass Daniel eine große Wirkung auf Frauen hat, hast du ja auch bemerkt.« Sie betrachtete Hanna, die ihrem Blick auswich.

»Aber da ist doch noch mehr, das dich bedrückt. Was gibt es denn noch?«, fragte Karin und nahm die Hände ihrer Enkelin.

»Dieser Telkes«, brach es aus Hanna heraus. »Dieser Entführer. Das war ein Freund von Daniel. Ich hab den einmal zufällig mit Daniel getroffen, da war der äußerst charmant und hat mit mir geflirtet. Und dann entführt der meine Nichte!«

Die ganzen traumatischen Erlebnisse der letzten Monate prasselten auf Hanna ein, und die Tränen bahnten sich endlich ihren Weg. Sie schmiegte sich in die Arme ihrer Großmutter und barg den Kopf an ihre Brust.

»Ist ja gut«, murmelte Karin und strich ihrer Enkelin über die Haare. »Wein dich ruhig aus, dann geht es dir endlich besser.«

Nach einiger Zeit hatte Hanna sich beruhigt. »Du hast recht«, schluchzte sie. »Jetzt geht es mir wirklich besser.«

Sie zog ihre Stirn kraus. »Aber du musst mir versprechen, dass du das niemandem weitererzählst, nicht Helene oder Nora und keinesfalls Reto.«

»Ja klar«, beteuerte Karin sofort. »Das hätte ich sowieso nicht gemacht. Vielleicht überlegst du, es von dir aus irgendwann deiner Mutter zu erzählen. Das wäre vermutlich gut für euer Verhältnis. Aber das musst du selber wissen.«

Hanna nickte wieder. Beide saßen eine Zeitlang schweigend beieinander und hingen ihren Gedanken nach.

»Darf ich dich was fragen?« Hanna sah ihre Oma an. Sie war etwas in ihrem Stuhl zurückgerutscht.

»Klar«, antwortete Karin. »Nur zu.«

»Da war so ein Schatten«, begann Hanna zögernd. »Als ich zum Krankenhaus gefahren bin, nachdem Daniel den Unfall hatte. Der Schatten, schwarz, so groß wie ein Mensch, auch die Umrisse von einem Menschen, einem kleinen zierlichen Menschen, der war auf einmal vor meinem Fahrrad. Ich wär beinah hingefallen. Und danach ist der noch ein paar Mal aufgetaucht, immer wenn ich auf dem Weg zu Daniel war.«

Sie sah auf, ihre Oma hatte einen überraschten Laut von sich gegeben. »Du auch?«, fragte Karin und sah Hanna entgeistert an.

»Was, ich auch?«, fragte Hanna. »Meinst du, ich gehöre auch zu den Frauen deines Clans, die etwas sehen oder hören, das andere nicht sehen?«

Karin antwortete nicht.

»Mama hat übrigens letztens von ihrer Oma Irene geträumt, deiner Mutter«, ergänzte Hanna. »Die wäre als Schatten vor ihr gestanden. Ob das derselbe Schatten war, den ich gesehen habe?«

»Sieht irgendwie so aus«, sagte Karin. »Vielleicht wollte sie dich warnen? Warnen vor Daniel?« Sie überlegte. »Eigenartig«, sagte sie. »Eigentlich überspringt diese Gabe immer eine Generation. Aber du hast sie scheinbar. Ich übrigens nicht, ich hab nie etwas Magisches erlebt. Zeit meines Lebens war ich nicht sicher, ob ich darüber traurig oder erleichtert sein sollte. Mein verstorbener Mann, Dieter, wollte von diesem Thema nie etwas hören, obwohl unsere Töchter diese Gabe schon als kleine Mädchen demonstriert haben. Da haben sie meistens gewusst, wo die Schwester ist. Und wenn eine einen Unfall hatte, oder als Helene einmal beinah im Meer ertrunken wäre, hat die andere es gespürt.«

Sie lächelte. Dann seufzte sie auf einmal tief auf und griff an ihr Herz.

Hanna erschrak. »Was ist los, Omi?«, fragte sie, stand auf und beugte sich über Karin. »Soll ich einen Arzt rufen?«

»Nein, nein, nicht so schlimm«, wehrte Karin ab. »Es war einfach etwas viel in letzter Zeit, da merke ich manchmal mein Herz.«

»Du musst zum Arzt gehen!«, bestimmte Hanna und streichelte ihrer Oma über die Wange.

»Ja, mache ich«, antwortete Karin. Sie sah auf einmal sehr erschöpft aus. *Oder hatte Hanna vorher ihre Oma nicht richtig angesehen? War sie so mit ihren eigenen Problemen beschäftigt, dass sie nicht auf ihre Familie achtete?*

»Jetzt brauche ich etwas Ruhe, sei mir nicht böse.«

»Ja, natürlich«, antwortete Hanna rasch. »Aber ich lasse dich jetzt nicht allein. Wo ist Reto?«

»Reto war in der Schweiz, ist aber schon auf dem Weg hierhin«, sagte Karin und lehnte sich in ihrem Sessel zurück. »Er hat mich vorhin angerufen, in einer Stunde ungefähr ist er hier. Du kannst also beruhigt nach Hause fahren. Ich möchte jetzt wirklich alleine sein.«

»Gut, aber versprich mir, dass du mich anrufst, wenn irgendetwas ist, wenn du dich noch unwohler fühlst oder was auch immer«, sagte Hanna und sah ihrer Großmutter in die Augen.

»Versprochen«, sagte Karin und lächelte, etwas mühsam.

Hanna verabschiedete sich, ging zur Wohnungstür und verließ nach einem letzten langen Blick ihre Oma. Auf dem Heimweg wirbelten die Gedanken in ihrem Kopf. Zu Hause angekommen griff sie nach ihrem Handy und rief Reto an.

»Hanna!« Retos Stimme klang überrascht. »Was ist los? Alles in Ordnung?«

»Jaaa, aber Karin war sehr erschöpft«, antwortete Hanna. Sie hatte sich vorher überlegt, dass sie Reto nicht erschrecken durfte. »Ich wollte nur wissen, wann du bei ihr bist.«

»Noch genau fünf Minuten«, antwortete Reto rasch. »Wovon war sie denn erschöpft? Warst du bei ihr?« Er hörte sich besorgt an, und Hanna verwünschte sich, dass sie angerufen hatte. Die fünf Minuten hätte sie noch warten können.

»Ja, wir haben uns unterhalten, über die Vergangenheit«, antwortete sie. »Und da kam wohl einiges hoch, sie hat ja schon viel erlebt. – Sag mir doch bitte rasch Bescheid, wenn du bei ihr bist, und wie es ihr geht.«

»Ja klar, mach ich«, antwortete Reto.

Zehn Minuten später schickte er eine Textnachricht, dass er bei seiner Lebensgefährtin war und Karin auf der Couch lag und sich ausruhte.

Kapitel 32

Es war ihre letzte Woche als Rettungssanitäterin. In der kommenden Woche würde sie die Arbeit in der Rettungswache beenden und sich vorläufig zu hundert Prozent auf ihr Studium konzentrieren. In Köln, damit sie ihrer Nichte und der Familie weiterhin nahe sein konnte. Vermutlich würde sie in den Semesterferien wieder als Sanitäterin arbeiten.

Hanna wartete. Es dauerte ein paar Tage, bis sie das Gefühl hatte benennen können. Warten. *Worauf wartete sie? Sie wartete darauf, dass etwas passierte.* Die Geschichte mit Daniel war noch nicht vorbei. Zurzeit herrschte die Ruhe vor dem Sturm. Der Sturm, der bald ausbrechen würde, da war sie sich sicher.

Drei Tage vor ihrem letzten Arbeitstag als Sanitäterin kam gegen 11 Uhr die Meldung in der Rettungswache an. Es hatte einen häuslichen Unfall gegeben. Ein Mann war verletzt und blutete stark. Als Adresse war Daniels Wohnung genannt. Und sein Name. Daniel Schwarzenthal.

Hanna kletterte in den Rettungswagen, Mark setzte sich auf den Beifahrersitz und Hanna brauste los.

»Ist was?«, fragte er auf einmal und warf ihr einen forschenden Blick zu. *Hatte er ihre Anspannung bemerkt? Dass sie kaum atmen konnte? Oder war ihm der Name aufgefallen, Daniel?*

»Alles in Ordnung«, antwortete Hanna rasch und bemühte sich, ruhig zu atmen. Sie musste Mark sagen, dass der Verletzte Daniel war. Mark würde in der Wohnung erkennen, dass dort ein Bildhauer lebte und konnte sich denken, dass es ihr Ex-Freund war. Sie hatte sofort daran gedacht, Mark zu informieren, aber dann hatte sie Angst, Mark hätte sie nicht mitgenommen. Wenn sie es Mark nicht mitteilte, würde er zu Recht verärgert sein.

Immer wieder schweiften ihre Gedanken zurück zu Daniels Anruf am Vorabend. Was hatte der zu bedeuten? Darüber würde sie später nachdenken. Zunächst musste sie Mark informieren.

»Der Verletzte«, startete sie.

»Ja?«, antwortete Mark und sah sie kurz an. »Was ist mit ihm?«

»Ich kenne die Adresse«, sagte Hanna leise. »Und den Namen. Es ist Daniel.«

Mark wandte ruckartig den Kopf. »DEIN Daniel?«, fragte er. Hanna nickte.

»Bist du sicher, dass du das schaffst?«, fragte Mark. »Oder soll ich lieber ein anderes Team rufen?«

»Ist schon okay«, antwortete Hanna.

»Hättest du mir mal früher sagen sollen«, brummte Mark mit ärgerlicher Stimme. »Dir war doch bestimmt sofort klar, wer der Verletzte ist, richtig?«

Hanna nickte und sah stur geradeaus, zu den Autos, die ihnen Platz machten.

»Ich hoffe nur, du machst gleich nicht schlapp«, fuhr Mark fort. »Nicht, dass du umkippst.«

»Ich kippe ganz bestimmt nicht um!«, fauchte Hanna. »Du solltest mich besser kennen.«

»Ist ja gut«, beschwichtigte Mark. »Wir sind gleich da.«

Kurz darauf hielten sie vor Daniels Haus. Die Haustür stand weit offen. Mit wehem Herzen stieg Hanna aus, zog die blauen Einmalhandschuhe an, holte den Notfallrucksack und folgte Mark die Treppe hinauf. Mark nahm prinzipiell die Treppe und nicht den Aufzug, er hatte ihr erzählt, dass er einmal bei einem Einsatz im Aufzug steckengeblieben war. Ein Albtraum! Zum Glück war der Verunglückte nicht schwer verletzt, so dass die

Verzögerung – der Hausmeister hatte sie aus dem Aufzug befreit – nicht ins Gewicht gefallen war.

Vor der offenen Wohnungstür von Daniel stand die Nachbarin von der ersten Etage, Frau Brenner. Hanna kannte sie aus der Zeit, als sie Daniel besucht hatte. Frau Brenner hatte oft am Fenster gesessen und war häufig ‚zufällig‘ im Flur zugange gewesen, wenn Hanna die Treppe hinaufgegangen war.

Frau Brenner erkannte Hanna offenbar ebenfalls.

»Ach, Sie?«, fragte sie und ließ den Mund geöffnet.

»Das ist die Nachbarin«, wisperte Hanna. »Sie wohnt eine Etage tiefer.«

»Sie haben uns angerufen?«, fragte Mark und drängte die Frau beiseite, damit er in die Wohnung gehen konnte. Hanna folgte ihm. »Wer oder was hat Sie alarmiert?«

»Das hat hier so gepoltert«, antwortete Frau Brenner und ging hinter den beiden Sanitätern her.

Daniel lag in seinem Atelier auf dem Boden. Zahlreiche Skulpturen waren zerstört, die Bruchstücke und Scherben waren im ganzen Raum verteilt.

»Ich hab geklingelt«, erzählte Frau Brenner weiter. »Und dann hat der Herr Schwarzenthal mir geöffnet. Er konnte kaum stehen, war voller Blut. Da hab ich die 112 gewählt.«

»Das war richtig«, antwortete Mark und kniete sich neben Daniel auf den Boden. »Sie können jetzt gehen, danke. Die Polizei wird Sie später noch kontaktieren, bleiben Sie am besten in Ihrer Wohnung.«

Zögernd verließ Frau Brenner die Wohnung.

»Ruf die Polizei«, kommandierte Mark an Hanna gewandt. »Die muss untersuchen, was hier passiert ist.«

Hanna erschrak, tippte aber sofort die Nummer der Polizei ein und berichtete kurz, was passiert war.

»Brauchen wir einen Notarzt?«, fragte sie und sah sich bestürzt im Atelier um. Mark schüttelte den Kopf.

Daniel sah furchtbar aus. Er blutete aus mehreren Platzwunden an der Stirn und der linken Schläfe, sein rechter Unterarm sah verdreht aus und war ebenso von Blut überströmt wie sein Oberkörper. Er lag in einer Blutlache, die von zahllosen weißen Splittern durchsetzt war.

Was war hier nur passiert?, fragte Hanna sich. Hatte jemand Daniel angegriffen? Hatte er sie deshalb am Vorabend angerufen? War es ein Hilferuf gewesen?

Mark verband sorgfältig Daniels Kopf, dann legte er eine Kompresse an seinen Arm. Hanna holte eine Infusion aus der Tasche und reichte sie Mark an, der vorsichtig eine Nadel in Daniels linken Arm einführte.

»Kannst du uns sagen, was passiert ist?«, fragte Hanna mit leiser Stimme und ignorierte Marks Kopfschütteln. Derlei Fragen waren für Sanitäter unangebracht, das wusste Hanna, aber sie musste wissen, was Daniel zugestoßen war.

»Alles vorbei«, flüsterte Daniel und vermied es, Hanna anzusehen.

»War jemand hier?«, fragte sie weiter. Mark hängte die Infusion an die Nadel. »Hat jemand dich so verletzt? Oder warst du das selber?«

Konnte das sein?, fragte Hanna sich. *Wer würde sich solche Verletzungen zufügen? Andererseits – Daniels linker Arm schien unversehrt, bis auf die Infusionsnadel. Sollte er dieses Chaos wirklich selber angerichtet haben? Sich selber den Kopf angeschlagen, diesen furchtbaren Armbruch zugefügt haben?*

Daniels Kopf sank zur Seite.

»Hey, bleiben Sie bei uns!« Mark tätschelte Daniels Wangen, dann griff er nach der Spritze, die Hanna ihm reichte, und injizierte das Medikament in die Infusion. Es wirkte, Daniel regte sich wieder.

Jemand klingelte an der Tür.

»Ich gehe, okay?«, fragte Hanna. Mark nickte. »Das ist vermutlich die Polizei. Du könntest schon mal die Trage holen. Und check mal, ob die in den Fahrstuhl passt.« Hanna fiel erst jetzt auf, dass kurz zuvor der Ton eines Martinshorns zu hören gewesen war.

Sie eilte zur Wohnungstür, zwei junge Polizisten, eine dunkelhaarige Frau und ein hagerer blonder Mann, standen davor. Vermutlich hatte die Haustür immer noch offen gestanden. Hanna schilderte den Beamten kurz, was sie vorgefunden hatten, und dass die Nachbarin, Frau Brenner, sie alarmiert hatte.

»Frau Brenner wohnt eine Etage tiefer«, erklärte sie und ging den Beamten voraus ins Atelier.

»Wie geht es ihm?«, fragte der Mann. »Besteht Lebensgefahr?«

»So, wie ich das sehe, nicht«, antwortete Mark. »Wir bringen ihn jetzt ins Krankenhaus.«

»Können wir ihn vorher befragen?«, fragte die Polizistin. Sie sah sich misstrauisch um und beugte sich hinunter, so dass sie Daniel ins Gesicht sehen konnte.

»Wer hat Sie so zugerichtet?«, fragte sie. »Und wer hat das hier alles zerstört?«

Daniel stöhnte und wandte den Kopf ab.

»Lassen Sie ihn lieber in Ruhe«, kommandierte Mark. »Hanna, du wolltest die Trage holen.«

»Äh, sorry!« Hanna wurde knallrot und rannte zur Tür hinaus und die Treppe hinunter. Wie peinlich! Sie war doch abgelenkt, nicht wirklich professionell.

Rasch öffnete sie den Krankenwagen, holte die Trage samt Gestell und ging ins Haus zurück. Mist, sie hätte zunächst den Aufzug überprüfen müssen, damit sie gegebenenfalls jemanden fand, der die hintere Tür öffnete und den Transport eines Patienten auf einer Trage ermöglichte. Sie drückte den Knopf, der Fahrstuhl kam, und als die Tür sich öffnete, registrierte sie erleichtert, dass der Aufzug groß genug für eine Trage war.

Die Wohnungstür stand immer noch offen. Hanna brachte die Trage in die Wohnung. Die beiden Polizisten standen im Atelier, der Mann schrieb in ein Notizbuch, die Frau machte Fotos mit ihrem Handy.

»Das ist ja ein großes Chaos hier«, sagte die Polizistin. »Haben Sie eine Idee, wer das war?« Sie sah abwechselnd von Daniel zu Mark. Hanna bemerkte, dass Daniel blinzelte. *War er wach? Wollte er die Fragen nicht beantworten und tat nur so, als wäre er nicht bei Bewusstsein?*

»Wir sind so weit«, sagte Mark und sah Hanna auffordernd an. Sie legte die Trage neben Daniel.

»Sollen wir helfen?«, fragte der Polizist und stellte sich neben den Verletzten. Mark nickte, die Polizistin ging ebenfalls zu Daniel, und zu viert hoben sie ihn auf die Trage. »Danke«, sagte Mark.

Hanna betätigte den Knopf, der das Gestell hochfuhr und schob die Trage langsam aus der Wohnung, Mark folgte ihr.

»Äh, lassen wir die Wohnungstür offen?«, fragte sie.

»Das sollen die Polizisten entscheiden«, bestimmte Mark. »Das ist schließlich deren Job. Wir kümmern uns nur um den Verletzten.« Er sah Hanna eindringlich in die Augen.

Hanna hatte den Eindruck, dass Daniel Luft geholt hatte, so als wolle er etwas sagen, aber dann schloss er den Mund wieder. Sie nickte und bemühte sich um ein möglichst neutrales Gesicht. Gemeinsam fuhren sie mit dem Patienten im Aufzug hinunter und schoben ihn zum Rettungswagen.

»Setz dich zu dem Patienten, während ich ihn mir noch mal ansehe«, kommandierte Daniel, als sie vor dem

Rettungswagen standen und Daniel auf seiner Trage hineinschoben.

Hanna kletterte in den RTW, öffnete den Apothekerschrank mit den Medikamenten und die Klappe vor dem Fenster zum Fahrerbereich, in der Infusionen aufgereiht standen. Mark überprüfte ein weiteres Mal Daniels Werte. Daniel war entweder tatsächlich bewusstlos oder er tat nur so. Vielleicht wollte er nicht mit ihnen reden. Hanna hätte aber kaum gewusst, was sie ihn fragen könnte. Könnte sie fragen, wer ihm die Verletzungen beigebracht hatte. Er selber? Und wer hatte die schönen Skulpturen zerstört, seinen ganzen Stolz?

Daniel hatte sich am Kopf und am rechten Arm inklusive der Hand verletzt. Sein linker Arm hatte nichts abgekommen. Er war Linkshänder. *Hatte das etwas zu sagen?*

»Wir können los«, sagte Mark und Hanna stieg aus dem RTW aus und setzte sich auf den Fahrersitz. Sie drehte sich zu Mark um, der erhob den Daumen, und sie fuhr langsam los.

Am Krankenhaus angekommen – es war dasselbe wie bei Daniels Autounfall – luden sie den Verletzten gemeinsam aus und brachten ihn in die Notaufnahme.

Mark beschrieb kurz die Verletzungen, Hanna nannte der Krankenschwester seinen Namen und die Adresse.

Sie zögerte. Sollte sie der Krankenschwester Nicoles Telefonnummer angeben? Aber sie konnte nicht abschätzen, ob es Daniel recht war. Sie würde Nicole später anrufen.

»Alles erledigt«, sagte sie und wandte sich Mark zu. Sie hatte dem Impuls, Daniel über die Wange zu streichen oder seine Hand zu drücken, widerstanden.

Mark ging voraus, sie folgte ihm zum Rettungswagen und fuhr ihn zur Station zurück.

»Willst du drüber reden?«, fragte Mark während der Fahrt. »Willst du wissen, was ich darüber denke?«

»Was denkst du denn?«, fragte Hanna müde.

»Das hat er alles selber gemacht«, sagte Mark in hartem Tonfall. »Er hat die Skulpturen zerstört und sie auf seinen Kopf geschlagen. Oder ist mit dem Kopf gegen die Wand gedonnert, da hab ich einen Blutfleck gesehen. Ist er Linkshänder?«

Hanna nickte.

»Das dachte ich mir. Die linke Hand und den Arm hat er geschont. Aber wie gesagt, darüber mehr herauszufinden ist Sache der Polizei.«

Er langte mit der linken Hand kurz zu Hanna hinüber und drückte ihre Hand. »Was kann ich für dich tun?«, fragte er und sah sie an.

»Alles okay«, antwortete Hanna und sah kurz aus dem seitlichen Autofenster.

»Wirst du ihn besuchen?«, fragte Mark.

»Ja«, antwortete Hanna. »Morgen.«

Sie fühlte sich zu aufgewühlt, um an diesem Tag zu Daniel zu fahren. Es würde sowieso zu spät sein, um ihn nach Ende ihrer Schicht zu besuchen. Und zunächst musste sie sich über ihre Gefühle klarwerden, und überlegen, was sie Daniel sagen sollte. Hanna lauschte in sich hinein. Das vorherrschende Gefühl war Wut. Eine grenzenlose Wut auf Daniel, dass er sie einfach nicht in Ruhe ließ. Dass sie sich schon wieder den Kopf zergrübelte. Dass sie eine weitere schlaflose Nacht wegen ihm verbrachte. Wollte er ihr zeigen, dass er ihr immer noch wichtig war? Hatte er überhaupt gewusst, dass sie im Rettungswagen sitzen würde?

Immer wieder schweiften ihre Gedanken zu Daniels Telefonanruf am Vorabend zurück. Es war gegen 23 Uhr gewesen, sie lag im Bett und las. Beim Ton ihres Handys schrak sie zusammen. *Ist es jetzt so weit?*, schoss durch ihren Kopf. Obwohl sie nicht hätte sagen können, was ‚es‘ bedeutete.

»Du musst zu mir kommen«, hatte Daniel ohne weitere Begrüßung gejammert. »Ich kann ohne dich nicht leben. Ich tu alles, was du willst, aber lass mich wieder in dein Leben. Bitte komm zu mir, jetzt sofort, oder es passiert etwas Schreckliches. Ich will mit dir leben oder mit dir sterben. Bitte komm zu mir!«

Hanna erschrak, das Blut rauschte in ihren Ohren. Sie richtete sich im Bett auf und dann sah sie ihn wieder. Den schwarzen Schatten. Er sah aus wie eine zierliche alte Frau und bewegte sich vor ihrer Zimmertür hin und her. So als wolle er – *oder sie? War es Irene?* – den Ausgang blockieren. Sie nickte dem Schatten zu. *Danke!*, hauchte sie in Gedanken. Dann schüttelte sie sich und sah auf das Display des Telefons.

»Was soll das?«, brachte sie hervor. »Du hattest deine Chance. Wir zwei passen nicht zusammen. Ruf mich nie wieder an!«

Mit diesen Worten hatte sie aufgelegt und ihr Handy ausgeschaltet. Den Rest der Nacht hatte sie sich hin und her gewälzt und sich gefragt, was Daniel vorhatte. Jetzt wusste sie es. *Oder war da mehr dahinter? ‚Ich will mit dir sterben – hatte er sie mitnehmen wollen? Erweiterter Suizid?*

Hanna brachte den Rest ihrer Schicht irgendwie hinter sich, ignorierte Marks teilnahmsvolle Blicke und war froh, als sie Feierabend hatte. Sie fuhr nicht nach Hause, sondern radelte zum Rhein. Dort stellte sie ihr Fahrrad ab – sie verkniff sich im letzten Moment, es einfach auf den Boden zu knallen – und ging an den Strom. Es waren nur wenige Leute unterwegs, das Wetter – es nieselte und war für September relativ kühl – lud nicht zum Spaziergengehen ein. Hanna stellte sich ans Wasser, so dass ihre

Turnschuhe fast umspült wurden. Dann brüllte sie: »Du blöder Mistkerl! Du arrogantes Arschloch! Du eingebildeter Möchtegern-Künstler! Grenzenloser Egoist!«

Sie fügte noch weitere Beschimpfungen hinzu. Ein alter Mann näherte sich mit raschem Schritt, dabei stieß er seinen Spazierstock – ein altertümliches Modell mit gebogenem Griff aus rotbraunem Holz – energisch auf den Gehweg.

»Wat mähs de dann, Leevje?«, rief er, als er wenige Meter entfernt war, in schönstem Kölsch. Er klang etwas außer Atem. »Wä hät dich dann esu jeärjert?«

Er stand jetzt vor ihr. »Ne Kääl, richtich?«

Hanna nickte. »Dä es et nit wät, jläuve mir.«

Da hatte er bestimmt recht!, dachte Hanna. Daniel war es einfach nicht wert.

»Esu e lecker Mädche, un dann mähs do dir ne Kopp wäje enem Kääl!«

»Hast ja recht«, sagte Hanna und versuchte mühsam ein Lächeln.

»Ävver ich muss ja sagen, et es en jode Idee, d'r Rhing aan ze brölle.«

Der Alte grinste verschmitzt. »Ich ben d'r Jupp.«

»Hanna«, antwortete sie und holte tief Luft.

»Ich han noch ene för dich«, sagte Jupp. »Du fiese Möpp. Solle mer dat zosamme rofe?«

Hanna grinste. »Auf drei. Eins, zwei, drei.«

»Du fiese Möpp!«, brüllten sie gemeinsam, sahen sich an und lachten.

»Danke, jetzt geht es mir besser«, sagte Hanna und wischte ihre Tränen weg. »Das Brüllen und deine netten Worte haben geholfen.«

Kapitel 33

Als sie vom Rhein zurück war, verzog Hanna sich in ihr Zimmer. Sie hatte noch etwas zu erledigen. Vermutlich wäre es Daniel nicht recht, dass seine Tochter von seinem – was? Unfall? Suizidversuch? Selbstverstümmelung? – was auch immer es war, erfahren würde. Jedenfalls wäre Daniel dagegen, dass Hanna Nicole davon erzählte. Aber Hanna wollte einen letzten Versuch unternehmen, ihn mit seiner Tochter zusammenzubringen.

»Hallo, Hanna, nett dass du anrufst!«

Nicoles Stimme klang begeistert, und Hanna bekam ein schlechtes Gewissen, dass sie so lang nichts von sich hatte hören lassen. Sie hatte Nicole wenige Tage nach ihrer Rückkehr von der Nordsee informiert, dass sie sich von Daniel getrennt hatte, und auch kurz die Gründe erläutert. Seitdem hatten die beiden jungen Frauen keinen Kontakt mehr gehabt. Hanna, weil sie am liebsten gar nicht mehr über Daniel reden wollte. Nicoles Beweggründe für das Schweigen waren ihr nicht klar.

»Wie geht es dir?«, fragte Nicole. »Hast du mit deinem Studium begonnen?«

»Ja, seit Anfang September«, antwortete Hanna knapp. »Ich bin aber immer noch zeitweise in der Rettungswache tätig. Und ich muss dir etwas über deinen Vater berichten.« Sie erzählte die Ereignisse des vergangenen Tages, schonungslos, dass die Polizei zugegen war und dass Daniel sich die Verletzungen vermutlich selber zugefügt hatte. Sie sprach auch von ihrem Verdacht, dass Daniel seinen linken Arm absichtlich nicht verwundet hatte. Nicole gab außer einem erschreckten Laut keinen Kommentar ab.

»Es tut mir leid, dass ich dir das am Telefon erzähle«, schloss Hanna ihren Bericht ab. »Aber ich bin total erledigt und dachte, dass du möglichst bald von diesem erneuten Vorfall erfahren solltest. Wir können uns gern in den nächsten Tagen mal treffen.«

»Ja klar, kein Problem«, sagte Nicole rasch. »Lieb, dass du mich informierst. Ich fahre morgen mal hin. In welchem Krankenhaus ist er?«

Hanna nannte ihr den Namen. Die beiden Frauen verabschiedeten sich, und Hanna griff seufzend nach ihrem E-Book-Reader. Sie hatte vor zwei Tagen einen Reiseroman begonnen, der sie hoffentlich ablenken würde.

Am anderen Morgen nahm Mark sie nach ihrem Eintreffen beiseite.

»Ich muss dir was sagen«, sagte er und vermied ihren Blick. »Monika hat mir erzählt, dass gestern Vormittag jemand angerufen hat. Er hat vorgegeben, er wolle dich sprechen. Als sie dich rufen wollte, sagte er, dass es sich erledigt habe und sie dir nichts sagen solle. Tatsächlich hatte sie es danach sofort vergessen, sie hätte es dir sonst erzählt.« Er seufzte und sah Hanna in die Augen. »Es sieht so aus, dass dieser Daniel« – er sprach den Namen mit Verachtung aus – »sicherstellen wollte, dass du da bist. Dass du ihn mit seinen Verletzungen findest. Ich dachte, du solltest es wissen, bevor du nachher zu ihm ins Krankenhaus fährst.«

»Danke«, sagte Hanna knapp und gab keinen weiteren Kommentar ab. Sie war nicht wirklich überrascht, sie hatte sofort vermutet, dass Daniel ihr etwas demonstrieren wollte. Seinen Kummer über ihren Weggang, oder seinen Zorn, oder seine Verzweiflung oder was auch immer. Dass er Vorkehrungen traf, damit sie ihn fand, war aus seiner Sicht logisch.

Ihr Entschluss stand fest, und diese Information änderte nichts daran.

Am folgenden Tag war sie nicht in der Rettungswache, sondern in der Universität. Hanna schwänzte die letzte Vorlesung und machte sich auf den Weg ins Krankenhaus. Sie nahm nichts mit, keinen Orangensaft, kein Buch, keine Müsliriegel. An der Rezeption erkundigte sie sich nach seiner Zimmernummer, dann ging sie die Treppe hinauf. Vor dem Krankenzimmer atmete sie tief durch, straffte die Schultern, klopfte an und ging hinein.

Daniel lag im vorderen Bett, das Bett am Fenster war leer und unberührt. Eine weiße Bandage war um seinen Kopf gewickelt, der rechte Arm steckte von den Fingerspitzen bis zur Schulter in einem Gips.

Bei ihrem Eintreten wandte er den Kopf zu ihr. Hanna erschrak. Daniel war furchtbar blass, die Wangen sahen eingefallen aus, ein blau-violettes Veilchen umschattete sein rechtes Auge.

»Hallo Hanna«, krächzte er und hob müde die linke Hand. Die unverletzte Hand, wie Hanna grimmig feststellte. Er trug einen gestreiften Schlafanzug, kein Krankenhausnachthemd. Auf seinem Nachttisch stand eine große Flasche Orangensaft, daneben lagen ein Tablet und eine Zeitschrift. Offenbar hatte Nicole ihn mit dem Nötigsten versorgt. *Telly kann es ja nicht mehr,* dachte sie bitter.

Sie ging näher und blieb zwei Schritte vor seinem Bett stehen. »Wie geht es dir?«, fragte sie in kühlem Ton.

»Beschissen«, antwortete Daniel. »Bist du deswegen hier? Um dich an meiner Pein zu erfreuen?«

»Blödsinn!« Hanna begann sich zu fragen, warum sie gekommen war. »Du hast doch sogar sichergestellt, dass ich dich in deiner Wohnung gefunden habe.«

»Ach das«, sagte Daniel wegwerfend. »Kann schon sein. Aber warum hast du Nicole informiert? Ich wollte nicht, dass sie von meinem Unfall erfährt.« Er sah Hanna finster an. »Aber sie war sehr nett und hat mir alles besorgt, was ich brauchte.«

»Klar, Telly kann dir ja zurzeit nichts besorgen«, antwortete Hanna in trockenem Ton.

»Ach meine Süße«, seufzte Daniel unvermittelt und sah sie bittend an. »Ich will dich zurück. Trotz deiner scharfen Zunge. Wir hatten doch eine schöne Zeit, oder? Ich kann ohne dich nicht leben.«

»Ich kann gut ohne dich leben«, sagte Hanna mit Nachdruck. »Ich habe die letzten Wochen mit meiner Familie sehr genossen, ohne Heimlichkeiten, ohne Halbwahrheiten. Hab viel mit meiner kleinen Nichte gespielt. Der geht es übrigens gut, sie hat die Entführung und die fremde Umgebung ohne ihren Papa gut überstanden. Typisch, dass du dich nicht danach erkundigst. Dir geht es nur um dich. Du bist der Einzige, der dir wichtig ist. Du und deine sogenannte Kunst.«

Hanna hielt inne. Daniel sah sie erschrocken an und streckte seinem Arm nach ihr aus. Hanna ging einen Schritt zurück.

»Ich bin hier, um dir zu sagen, dass es endgültig aus ist. Für immer. Ich will dich nie wiedersehen und nie wieder etwas von dir hören. Mach es gut.«

Sie drehte sich um und verließ das Zimmer. Vor dem Krankenhaus schwang sie sich auf ihr Fahrrad und warf einen Blick nach oben, auf sein Fenster. Da stand jemand und sah ihr nach. Daniel? Das spielte keine Rolle mehr.

Hanna trat in die Pedale und fuhr mit einem Gefühl der Erleichterung nach Hause. Nach Hause zu ihrer Familie.

Epilog

Sieben Monate später.

Ostersonntag. Der Frühling breitete sich in seiner vollen Pracht aus und verwöhnte sie über die Ostertage mit Wärme und Sonne. Die Narzissen waren bereits verblüht, aber jetzt erstrahlten Traubenhyazinthen, Rhododendron, Kirschbäume und einige späte Magnolien in einem leuchtenden Blütenmeer.

Nora hatte die gesamte Großfamilie für den Nachmittag zum Osterkaffee eingeladen. Juliette war dabei, Helene, Sandro, Elias und Lea, Reto und Karin.

Hanna holte Mark ab und gemeinsam radelten sie zur Feier. Nachdem sie ihre Fahrräder vor Noras Haus abgeschlossen hatten, trafen sie auf ein junges Paar, das gerade dabei war, die Tür zu öffnen.

Hanna stutzte.

»Michelle!?« Das war lauter als beabsichtigt. Timo und Michelle drehten sich um, Timo war rot geworden, Michelle lächelte schüchtern.

Mark fasste sich als Erster. »Hallo ihr beiden«, sagte er und ging zur Haustür. »Ich bin Mark. Schön, dich kennenzulernen, Michelle.«

Er klopfte Timo auf die Schulter, die beiden hatten sich schon mehrfach getroffen, und streichelte sanft über Michelles Schulter. Hanna erholte sich endlich von ihrer Überraschung, umarmte Timo flüchtig und gab Michelle die Hand. Sie spürte eine leichte Unbehaglichkeit, aber sie zwang sich, höflich zu sein. Hanna konnte sich allerdings nicht dazu durchringen, Michelle zu umarmen.

Zusammen betraten sie das Haus und trafen auf den Rest der Familie, die bereits auf der Terrasse versammelt war.

Nora begrüßte sie herzlich. »Schön, dass ihr da seid«, sagte sie und umarmte nacheinander alle vier.

»Michelle, ich möchte dir gerne die Familie vorstellen.«

Michelle hatte offenbar nicht zugehört, sondern ging ohne ein Wort zu dem Kinderwagen, der seitlich im Schatten stand. Melina. Sanft schaukelte sie ihre Tochter, während Timo neben ihr stand und leise mit ihr sprach.

Dann nahm er sie an die Hand und ging mit ihr zu seiner Familie. Sarah begrüßte Michelle freundlich, Niklas ebenso. Helene gesellte sich ebenfalls dazu, Sandro, Elias und Lea folgten ihrem Beispiel.

Karin hingegen blieb abseits. »Warum ist die denn eingeladen?«, hörte Hanna ihre Oma knurren. Hanna verdrehte die Augen. *Ihre Oma konnte manchmal so was von nachtragend sein! Und Reto war auch nicht besser.*

Es klingelte an der Haustür und Hanna rannte hin. Michael, der Halbbruder von Nora und Helene, stand vor ihr, gemeinsam mit seinem Sohn Leon und Greta, seiner Lebensgefährtin.

»Michelle ist ebenfalls hier«, warnte Hanna sie, nachdem sie die Erwachsenen umarmt hatte. Der fünfzehnjährige Leon wollte nicht gedrückt werden.

»Dann hat Karin ja einen weiteren Grund zum Ärgern«, kommentierte Michael und alle lachten. Karin hatte sich nach mittlerweile vier Jahren immer noch nicht mit dem unehelichen Sohn ihres verstorbenen Mannes abgefunden. Und jetzt auch noch Michelle! Die ihre Urenkelin entführt hatte.

»Da muss sie durch«, sagte Hanna und zog Michael an der Hand zur Terrasse.

Die Kaffeetafel war eröffnet. Alle bedienten sich bei den Kuchen, schenkten Kaffee, Mineralwasser oder Saft ein, und unterhielten sich angeregt. Michelle hatte sich mit Timo an das Ende der Tische gesetzt, neben dem Kinderwagen.

Dominik und Leon spielten Fußball, vorsichtig, damit sie nicht Melinas Kinderwagen trafen. Als sie zum zweiten Mal Carlos getroffen hatten, begann Michael ein Wikingerschach, ein Holzwurfspiel, auf dem Rasen, und bald gesellten sich sechs Mitspieler dazu. Einige der anderen feuerten die Spieler an. Alle johlten, lachten, quatschten. Melina schlief friedlich weiter.

Mark legte seinen Arm um Hanna und küsste sie auf die Wange. »Du hast wirklich eine tolle Familie«, flüsterte er. »Willst du eigentlich Kinder?«

Hanna sah ihn erstaunt an. »Ja klar«, antwortete sie. »Aber jetzt noch nicht. Ich will erst mein Studium beenden. Und du?«

»Unbedingt!«, antwortete Mark mit Nachdruck. »Mit dir.« Er lächelte, und Hanna ging das Herz auf vor Glück. Mit Mark fühlte es sich rundherum richtig an. Er fühlte sich in ihrer Clique wohl und hatte bereits einige seiner Freunde damit integriert. Familie war ihm genauso wichtig wie ihr, seine Eltern und sein jüngerer Bruder freuten sich immer, wenn Mark und Hanna sie besuchten. Er mochte ihre Familie und ihre Familie mochte Mark.

Michael kam mit zwei Flaschen Bier zu ihnen. »Wer möchte ein Kölsch?«, fragte er und sah Mark auffordernd an. »Sekt ist doch eher was für die Mädels, oder?«

Mark lachte und nahm mit einem »Prost« die Flasche.

Hanna beobachtete Timo und Michelle, die immer noch neben dem Kinderwagen standen und sich angeregt unterhielten, während Melina friedlich schlief. Sie war erleichtert, dass die Spannungen zwischen den beiden abgebaut waren. Die Zeiten, in denen Michelle ihre Tochter nur unter Aufsicht sehen durfte, waren seit ein paar Wochen vorbei. Sie hatte eine eigene kleine Wohnung in der Nähe gefunden und Melina war häufig bei ihr, sogar über Nacht. Hanna wusste, dass Timo zunächst Angst gehabt hatte, Michelle würde die Kleine nicht zurückbringen, aber diese Ängste hatten sich als unbegründet erwiesen. Michelle lieferte sie jedes Mal pünktlich ab, oder Timo holte sie, je nachdem was sie verabredet hatten.

Hanna hoffte inständig, dass Timo und Michelle zusammenfinden würden. Sie mochte Michelle und hatte den Eindruck, dass sie eine gute Mutter war und sich gut um Melina kümmerte.

Mit Nicole hatte sie sich nach der Trennung von deren Vater ein paar Mal getroffen, allerdings bald bemerkt, dass Nicole mehr sein wollte als eine Freundin; sie hatte Hanna eindeutige amouröse Avancen gemacht. Den verheirateten Zahnarzt hatte sie endlich verlassen und sich eine andere Anstellung gesucht.

An Daniel dachte Hanna nur noch selten.

Danksagung – helfende Schatten

Ich möchte mich bei den vielen Menschen bedanken, die ihre Ideen, Tipps, Erfahrungen und ihr Wissen in dieses Buch haben einfließen lassen.

Meine bewährten TestlerInnen Resi Arand und Thomas Arand haben mein Manuskript sorgfältig durchgearbeitet und mich auf einige Fehler aufmerksam gemacht. Dank euch packt Hanna jetzt keinen grünen Trolley ein und am Zielort einen bunten Trolley aus. Resi konnte mir aus ihrer Zeit als Krankenschwester wertvolle Informationen zu der Arbeitsweise der Sanitäter geben. Petra Krausse-Dietz hat ebenfalls mein Manuskript geprüft und mir viele Fehler gezeigt. Meine Zwillingsschwester Dr. Renate Vorwerk hat die erste Version des Manuskripts gelesen und gutes Feedback gegeben. Meine Tochter Sabine Herrmann hat ebenfalls das Manuskript gelesen und mir hilfreiche Hinweise gegeben. Ulrike Henschkowski hat die ‚Kölsch Akademie' besucht und meine Dialoge in kölscher Sprache korrigiert – ein dickes Dankeschön an dich.

Mein Mann Franz Stiefenhofer glaubt an mich und meine Schreiberei – danke dir!

Ein großes Dankeschön geht an die Feuerwehr Bergisch Gladbach und ihren Mitarbeiter, den Notfallsanitäter Hendrik Elias. Er hat mir in einem ausführlichen Telefonat viel über die Dienstzeiten, die Vorgehensweise der SanitäterInnen bei Unfällen und die Aufgabenverteilung zwischen Notfall- und Rettungssanitätern und dem Notarzt erzählt. Außerdem durfte ich die Rettungswache besuchen und einen Rettungswagen besichtigen. Etwaige Fehler, die in meinem Roman bei der Beschreibung der Arbeit der

Sanitäter auftreten, sind allein auf meine Nachlässigkeit zurückzuführen und keinesfalls auf die Informationen durch Herrn Elias.

Steffi Brandt hat das Manuskript – wie auch meine Bisherigen – sehr sorgfältig korrigiert. Es ist immer ein Vergnügen, mit Steffi zu arbeiten, und ich staune, wieviele Fehler sie trotz Korrekturprogramm in Papyrus findet. Etwaige Fehler, die sich trotzdem noch eingeschlichen haben, sind alleine meine Schuld.
Chrissy Bouzrou hat das einfallsreiche Cover gestaltet, bereits das 6. Cover für mein 6. Buch – danke an dich! Ich genieße die gute vertrauensvolle Zusammenarbeit mit dir.
Einige Bloggerinnen und Blogger haben meine vorigen Bücher rezensiert – herzlichen Dank an Euch.
Vielen Dank an meine Freundinnen und Freunde auf Facebook und Instagram. Der Austausch mit euch macht mir Spaß und ich freue mich über eure Kommentare.
Und nicht zuletzt – ein herzliches Dankeschön an euch, meine Leserinnen und Leser. Euer Feedback und eure Rezensionen ermuntern mich, weitere Bücher zu schreiben und helfen mir, mich zu verbessern.

Wollt ihr wissen, wie es weitergeht? In meinem neuen Buch spielen ebenfalls die Familien von Nora und Helene mit, der Roman startet an Ostern, an dem Abend, an dem der Epilog des vorliegenden Buches endet. Es wird ein Thriller werden, und ich plane die Veröffentlichung für Ende 2024/ Anfang 2025.
Demnächst mehr über meinen neuen Roman.

Wilma Borghoff

Wurde in Köln geboren und absolvierte ein Physikstudium an der Universität Köln.

Während des Studiums entdeckte sie ihr Interesse an der Informationstechnologie und arbeitete in verschiedenen Firmen im IT-Bereich.

Aufgrund ihres Einsatzes für Vielfalt und Emanzipation wurde sie zur Diversity Managerin eines großen Industrieunternehmens ernannt. Sie wechselte zurück zur IT und arbeitete in einem internationalen Team.

Seit dem Ende ihres Berufslebens genießt sie Zeit und Muße zum Schreiben. Sie schreibt Frauenromane, unterhaltsam, humorvoll, über starke Frauen und Familienbande, über Optimismus, emotionale Themen und ein wenig Fantasy.

Viele ihrer Ideen schöpft sie aus ihrer großen bunten Familie, in der sieben Nationen vertreten sind. Wilma Borghoff hat zwei Kinder, vier Enkelkinder, siebzehn Großnichten und -neffen und lebt mit ihrem Schweizer Ehemann in der Nähe von Köln.

Ihre Hobbys sind Korfball, Lesen, Spielen, ihr Teilzeithund Jeanny und Reisen.

Wilma Borghoff ist auf Facebook und Instagram aktiv und tauscht sich gerne mit ihren Leserinnen aus.

Mehr über Wilma Borghoff und ihre Bücher auf ihrer Website www.wilmaborghoff.de

Weitere Bücher von Wilma Borghoff

Timos Baby
Erschienen im Oktober 2023
BoD - Books on Demand
ISBN 978 3758 300479

Timo, ein junger Mann von einundzwanzig Jahren, wird nach einer flüchtigen Liebesnacht Vater. Die zukünftige Mutter will das Kind an Adoptiveltern übergeben. Doch Timo und seine Familie sind fest entschlossen, das Baby zu behalten. Mit Hilfe eines Au-pair-Mädchens und tatkräftiger Unterstützung der ganzen Großfamilie nehmen sie die Herausforderung der Kindererziehung an.
Der neue Alltag wird jäh gestört, als das Baby zwei Monate nach seiner Geburt auf mysteriöse Weise aus einem Park verschwindet.
Inmitten der Verzweiflung und Angst macht sich die Familie, unterstützt von der Polizei und einer engagierten Detektivin, fieberhaft auf die Suche.
Wird es ihnen gelingen, das Baby zu finden? Und es unversehrt zurückzuholen?
Dies ist eine packende Familiengeschichte über Mut, Liebe und Entschlossenheit.
»Timos Baby« erzählt die Geschichte von Hanna, ihrer Mutter Helene und deren Zwillingsschwester Nora parallel zu dem vorliegenden Roman. Alle drei Bücher (siehe auch »Die Steine der Zwillinge«) um die Familien von Helene und Nora können unabhängig voneinander gelesen werden.

Die Steine der Zwillinge
2. Auflage
Erschienen im November 2022
BoD - Books on Demand
ISBN 978 37 4700149

Nora verirrt sich in der Wildnis eines kanadischen Nationalparks. Ihre Zwillingsschwester Helene spürt die Gefahr und fliegt nach Kanada. Sie hofft, ihre Schwester dank ihrer telepathischen Verbindung finden zu können. Werden die beiden geheimnisvollen Steine, die die Schwestern seit ihrer gemeinsamen Reise auf dem Jakobsweg mit sich führen, sie wieder zusammenbringen?

Die Daheimgebliebenen bangen um Nora und müssen sich mit Journalisten und einem Fremden, der seltsam vertraut wirkt, auseinandersetzen.

Nora trifft auf viele Gefahren in den kanadischen Wäldern. Die Wildnis lebt. Und Nora mittendrin.

Dieses Buch erzählt die Geschichte von Nora und Helene und ihren Familien drei Jahre vor den Romanen »Timos Baby« und »Hanna«. Alle drei Bücher können unabhängig voneinander gelesen werden.

Gibt's im Himmel Bürgersteige?
Erschienen im Juli 2022
BoD - Books on Demand
ISBN 978 37 55 710806

Oliver Bergmann stirbt mit 43 Jahren an einem Hirntumor. Seine Familie muss die tiefe Trauer über seinen viel zu frühen Tod überwinden. Dabei verfolgen sie unterschiedliche Herangehensweisen.

Olivers Tochter Emily trifft Aislinn, eine zarte rothaarige Elfe, mit der sie die irische Familiengeschichte erkundet.

Emilys Bruder Matthias schreibt sich auf seinem Trauerblog die Seele frei und hilft damit trauernden Jugendlichen weltweit.

Olivers Frau Sofia stößt auf ein Familiengeheimnis: Alexander, den Halbbruder ihres Ehemanns.

Alexander ist eine gescheiterte Existenz, er sehnt sich nach einer Familie und liebt Kinder. Die Zusammentreffen von Alexander mit Sofias großer Familie führen zu einigen Konflikten, die Sofia fürsorglich und entschlossen löst.

Hilft eine dreiwöchige Reise in den Westen der USA, die Oliver eigentlich miterleben sollte, Sofia und ihren Kindern, den Weg zurück ins Leben zu finden?

„Gibt's im Himmel Bürgersteige?" erzählt von Tod und Trauer, Liebe, von starken Frauen und ihrem Weg, mit der Trauer weiterzuleben, und von der Magie enger Familienbande.

Zerbrochene Murmeln
Erschienen im November 2022
BoD – Books on Demand
ISBN 978 3756 862849

Amalie und Matteo treffen sich bei einer Geburtstagsfeier und verlieben sich ineinander. Sie starten eine Beziehung der weiten Wege: Amalie wohnt in Köln, Matteo in Meran in Südtirol.

Ihre unterschiedlichen Charaktere und die schwierigen Umstände stellen die Liebesbeziehung immer wieder auf die Probe. Matteo liebt es, Amalie nachzufahren, und taucht unerwartet bei ihren Reisen auf. Das gefällt Amalie, andererseits möchte sie ihr eigenes Leben führen.

Und dann der Schock: Ein Stalker stellt Amalie nach. Er bricht in ihr Haus ein und belästigt sie mit kleinen Geschenken, Blumen, Briefen, ohne sich zu erkennen zu geben. Wer ist es? Warum macht er das? Ist er harmlos?

Gibt es eine gemeinsame Zukunft für Amalie und Matteo?

Welche Rolle spielen die Raben, die immer wieder auftauchen?

Ein Buch über Liebe, Leidenschaft und Bedrohung.

LeLenas Kieselsteine – Ein fabelhafter Sommer
Erschienen im Mai 2023
BoD – Books on Demand
ISBN 9 783 755 7384 73

Die vierzehnjährige Lena läuft von zu Hause weg. Weg von ihrer nachlässigen Mutter und deren Lebensgefährten, der das Mädchen ablehnt. Lena will zu ihrer Tante nach Bayern, wo sie als kleines Kind ‚heile Welt' erlebte.
Nach einer ereignisreichen Odyssee erwartet sie in Bayern Familienleben, aber auch Konflikte mit der Verwandtschaft. Ihre Tante Jasmin nimmt Lena nur zögernd auf, da sie mit Lenas Mutter Clara, ihrer Schwester, schlechte Erfahrungen gemacht hat.
Lena lernt bald den Nachbarjungen Noah kennen und freundet sich mit ihm an. Allerdings schleppt Noah ein Trauma mit sich herum, das Lena nur allmählich aufdeckt.
Eine schwarze Katze hilft Lena mehrmals aus brenzligen Situationen heraus. Gibt es eine Verbindung zu Lenas Geburtstermin am 30. April - der Hexennacht?
Als Lenas leiblicher Vater unerwartet in Bayern auftaucht, fragt sie sich, ob er seine Tochter kennenlernen will oder andere Absichten hat.

Ein spannender Roman über ein junges Mädchen und das Erwachsenwerden, über Familienbande, Emotionen und dunkle Geheimnisse.